나를 보는 당신을 바라보았다

나를 보는 당신을   바라보았다

김혜리의 영화의 일기

어크로스

엷은 빛으로,
사방을 에워싼 어둠 속에서도
우리의 눈이 찾아가는
윤곽과 움직임과 색깔.
대낮에는 약하고
희미한 그것들이
개인의 생을 지탱한다.

추천사

비평가가 듣고 싶은 찬사 중에는 이런 것이 있다. "당신의 글을 읽기 위해서 그 작품들을 봤어요." 내가 김혜리에게 하고 싶었으나 아직 못 한 말은 이것이다. "당신처럼 써보고 싶어서 영화를 제대로 보기 시작했어요." 그의 글은 다음 네 요소로 이루어진 예술작품이기 때문이다.

첫째, 분석. 분석이란 본래 해체했다가 재구성하는 일이어서 작품에 상처를 입히기 십상인데 그가 우아하게 그 일을 할 때 한 편의 영화는 마치 사지가 절단되어도 웃고 다시 붙으면 더 아름다워지는 마술쇼의 주인공처럼 보인다.

둘째, 인용. 그의 말이 지나치게 설득력이 있어 괜히 반대하고 싶어질 때쯤 되면 그는 그가 검토한 해외 인터뷰나 영화평들 중에서 중요한 코멘트를 적재적소에 인용해 독자로 하여금 이 영화의 모든 관계자들이 그의 글을 지지하고 있다는 느낌을 받게 한다.

셋째, 비유. 그가 개념적, 논리적 서술을 훌륭하게 끝낸 후에 정확한 문학적 비유로 제 논지를 경쾌하게 재확인할 때면 그의 글은 매체(영상과 문장) 간 매력 대결의 현장이 되는데 그는 결코 영화를 이기려 들지 않지만 그렇다고 지지도 않는다.

넷째, 성찰. 그는 영화 서사에 잠복돼 있는 '윤리적' 쟁점에 극히 민감한데 그럴 때마다 특유의 실수 없는 섬세함을 발휘해 현재로서는 우리가 도달할 수 있는 최선이 이것이겠다 싶은 결론을 속삭여주곤 한다.

세상에는 객관적으로 잘 쓴 글들이 많지만 김혜리의 글이 내게는 주관적으로도 그렇다. 그의 어휘, 수사, 리듬 등에서 나는 나를 거슬리게 하는 그 어떤 것도 발견해내지 못한다. 그는 나의 전범 중 하나다. 나는 그냥 잘 쓰고 싶은 것이 아니라 '바로 이 사람처럼' 잘 쓰고 싶다.

_신형철 문학평론가

　　　　　　책상 위에 던져둔 스마트폰에서 〈문라이트〉의 배리 젠킨스 감독과 터렐 앨빈 맥크레이니 작가의 라디오 인터뷰가 흘러나오고 있다. 〈문라이트〉는 플로리다 주 마이애미의 서민 공동주택 단지에서 (서로를 알지 못한 채) 성장한 감독과 작가의 기억이 강하게 반영된 이야기다. 부모에게 방치되고 또래에게 괴롭힘 당하는 내성적 주인공 샤이론은 열 살 되던 해, 후안이라는 동네 마약상 아저씨를 만나 보살핌을 받는다. 3부로 구성된 영화가 샤이론의 10대를 그린 2부로 넘어가면 후안은 이미 죽고 없다. 맥크레이니는 소년 시절 자신을 아들처럼 돌봐주었던 블루라는 마약 딜러로부터 후

안의 캐릭터가 비롯됐다고 밝힌다.

　작가는 생부의 집에 다녀온 어느 주말 어머니로부터 블루가 라이벌 마약상의 총에 죽었다는 소식을 들었다고 한다. 아저씨는 눈 깜박하는 사이에 소년의 인생에서 사라졌다. "그날부터 주의를 기울이자고 결심했어요. 내가 없으면 세계도 없다는 걸, 주의 깊게 바라보고 있지 않으면 소중한 좋은 것들이 사라져버린다는 걸 알았습니다." 나는 하던 일을 멈추고 '15초 앞으로' 버튼을 눌러 맥크레이니의 이 말을 다시 들으며 옮겨 적는다.

　주시하지 않으면 영화는 내게 존재하지 않는다는 생각, 본 것을 적어두지 않으면 보지 못한 것이나 마찬가지가 되어버린다는 두려움은 2010년 여름부터 지금까지 〈씨네21〉에 '김혜리의 영화의 일기'를 일주일에 한 번씩 연재한 동력이었다. '김혜리의 영화 일기'가 아니라 볼썽사납게 소유격이 두 개가 들어간 '김혜리의 영화의 일기'여야 한다고 고집부린 까닭은 이 저널의 제1저자는 내가 아니라 영화였기 때문이다. '영화의 일기'를 쓰는 나는 다만 매일 영화가 보여준 것을 적어두는 속기사였다. 2010년 8월 30일에 쓴 첫 번째 일기는 이렇게 시작한다.

　"일기를 쓰기로 한다. 나의 일기가 아니라 영화의 일기다.

영화관의 어둠에 잠겨 수천만 번째 태초의 빛이 스크린에 떨어지길 숨죽여 기다릴 때마다 나는 다시 한 번 살아보기를 결심하고 있다는 이상한 감정에 사로잡힌다. 그 영화에 아무런 기대가 없을 때조차. 그래서 영화의 일기를 쓰기로 한다. 영화를 보는 마음이란 격류에 밀리고 내던져지는 오갈 데 없는 피조물의 기분인 동시에 살아 있음을 가장 능동적으로 실감하는 고양된 상태다. 영화, 우리의 대낮 같은 밤, '데이 포 나이트(Day for Night)'. 이것은 그저 영화를 보는 자의 출납부와 비슷한 기록이 될 것이다." (〈씨네21〉 771호)

보고 듣는 행위는, 내가 우연히도 잡지 기자를 업으로 삼아 영화에 집중하기 전까지 시각과 청각이 기능하는 사람이 살아 있다면 하기 마련인 다분히 소극적인 활동이었다. 그러나 극장의 어둠 속에 앉아 있는 동안이 내 삶에서 가장 감각이 활성화되고 타인을 공정하게 판단하고자 노력하고 세계의 아름다움과 추함을 낱낱이 실감하는 시간이라는 사실이 분명해지면서 사태는 역전됐다. 사물과 개인은 현실과 달리 프레임 안에서 하나하나 뚜렷한 나머지 나를 최고로 감정적인 동시에 이성적인 상태로 밀어갔다. 말하자면 나는 영화를 보는 동안 가장 살아 있다고, 잠시 더 나은 인간이 된다고 느꼈다. 그리고 그

느낌을 좀 더 오래 소유하고 싶어서 영화가 아직 내 안에 흘러다니는 동안 쓰고자 했다. 영화가 내게 다가와 쓰다듬고 부딪히고 할퀸 자국이 사라지기 전에, 이를테면 '인증 숏'을 남기고 싶었다.

어린 시절 나는 새 학기가 시작될 때마다 과거를 지우고 새롭게 태어나고 싶었는데 영화는 내가 유일하게 아는 (잠을 제외한) 임사체험이자 임생(臨生)체험을 제공했다. 바깥 세계와 나를 단절하고 어둠 속에 숨죽이고 있으면 "빛이 있으라!"라는 신의 명이 떨어진 듯, 영사실 창에서 백광이 쏟아지고 하나의 생애가 시작된다. 그것은 나의 삶이 아니지만 앞에 썼듯 딱히 나의 삶이 아닌 것도 아니다. 영화 한 편 안에도 무수한 삶과 죽음이 있다. 테이크는 지속되는 동안 현재 진행형의 삶이며 편집은 한 쇼트의 죽음이자 다음 쇼트의 탄생이다. 죽음이 삶에게 그러하듯, 쇼트가 끝나기 전에 우리는 그 생의 의미를 깨닫지 못한다. 인간은 삶에 포함돼 있지 않을 때 그것의 전경을 조감할 수 있다. 그래서 예술이 유용하다.

영화가 끝나 스크린이 암전되고 극장에 불이 켜지면 나는 방금 본 영화를 친애하는 사자(死者)처럼 추억하며 몸을 일으켜 내 몫의 지루한 원 테이크 영화, 그러니까 일상 속으로 황홀하게 비척이며 돌아온다. 게다가 영화는 개인으로서뿐만 아니라 내가 같은 물질로 이뤄진 '우리'의 일원임을 환기시킨다. 영화관에서 우리는 완벽히 혼자이지만 같은 공간에 앉아 있는 이름 모를 동료 관객의 감정에 감응하고 은연중에 갈등한다.

급속도로 자본주의화 중인 사회에서 중국인들이 느끼는 현기증을 그린 지아장커 감독의 영화에 언어와 인종, 역사적 체험이 상이한 관객들이 함께 울고 웃은 후, 감독에게 일제히 갈채를 보낼 때 우리는 공통의 근심과 희망을 확인한다. 나는 〈아비정전〉에서 장만옥에게 1분 동안 시계를 같이 보자고 청했던 장국영의 대사를 극장에서 떠올리곤 한다. "우리는 1분 동안 함께했어. 지금부터 우리는 1분의 친구야. 이건 부정할 수 없는 사실이야. 과거가 됐으니까." 인간은 각기 상대적 시간을 살아가지만 영화를 보는 동안 우리의 시간은 무심히 일치한다.

그러나 나에게 아무리 긴요할지언정 '영화의 일기'가 세상에 무슨 소용이 있을까? 인도에서는 눈썰미 좋은 아이에게 여럿이 돈을 모아 영화표를 사주고 나중에 둘러앉아 그의 구연을 통해 영화를 보는 일이 있었다고 한다. 나는 어쩌면 영화 주간지의 독자들에게 일종의 전기수(傳奇叟)가 될 수 있을지도 모른다고 생각했다. 나아가 운이 좋다면 나의 일기가 눈 밝고 생각 깊은 영화의 평자들에게 시시콜콜한 1차 자료로 쓸모 있기를 희망했다. 요컨대 '영화의 일기'는 단행본으로 묶일 가능성을 꿈에도 떠올린 적이 없는 글이다. 출판사 어크로스가 책으로 펴내자는 제안을 했을 때 당황했던 이유다. 그럼에도 한 주 한 주 마감의 압박 아래 거칠게 써낸 글들을 단정하게 고쳐 쓰는 일은 엄두도 나지 않았거니와 부적절하다고 느꼈다. 뻔뻔한 말이지만, 이 글은 한 쪽 한 쪽 써서 묶은 일기이며, 급한 호흡과 설익은 인상이 요체이기 때문이다.

《나를 보는 당신을 바라보았다》는 '김혜리의 영화의 일기'를 영화 관람 날짜 기준으로 열두 달 목차로 재편한 책이다. 암실 같은 극장과 책상을 바삐 오가느라 계절의 왕래에 어두웠지만 책으로 모아놓고 보니 1월의 결기, 7월의 분주함이 행간에서 읽혀 신기하다. 대체로 비교적 최근에 해당하는 2014년부터 2017년 1월까지 〈씨네21〉에 실린 '김혜리의 영화의 일기' 중 어크로스 편집부가 선택한 글을 엮었고 〈시간을 달리는 소녀〉, 〈늑대아이〉는 같은 잡지의 다른 지면에 썼던 평과 에세이를 끌어왔다. 〈우리들〉과 〈클라우즈 오브 실스마리아〉에 관한 일기는 본디 짧았으나 관람 당시의 메모를 토대로 단행본을 위해 보완했다. 여러 날에 걸쳐 쓴 일기를 대상 영화를 기준으로 한 편으로 모으다보니 군데군데 문단의 호흡이 고르지 못해 독자에게 송구스럽다.

이렇다 할 영감을 주지 못하는 원고를 위해 기꺼이 사진을 제공한 서지형 포토그래퍼와 흩어져 날리는 글을 모아 책의 꼴을 갖추어준 강태영 편집자가 이 책의 공동 지은이임은 말할 나위 없다. 일기를 자칭하는 주제에 매주 더딘 마감과 거친 원고를 인내하고 조언과 격려를 쉬지 않았던 〈씨네21〉의 이다혜 편집팀장을 포함한 편집기자들, 취재하는 모습을 정다운 앵글로 담아준 사진기자 오계옥 선배에게도 오래 담아둔 고마움을 전한다. 약하고 게으른 나를 일원으로 포용해 훌륭한 동료와 지면을 허락해온 〈씨네21〉에게도 깊은 목례를 보낸다. '영화의 일기'와 같은 자유롭고 무용한 장문의 글을 독자에게 전할 수 있는 지면은 지금 달리 어디에도 없다.

나는 이번 주에도 '영화의 일기'를 쓸 것이다. 세상 곳곳에서 사랑하는 영화를 기억하기 위해 티켓을 모으고 비망록을 쓰는 무수한 당신들을 상상하며, 영영 셋에 이르지 못하더라도 하나 그리고 둘, 다시 하나 그리고 둘.

2017년 3월 용산에서
김혜리

차례

● 1월 / 내일을 위한 시간

● 2월 / 말 바보

● 3월 / 어쩔 줄 모름

내일을 위한 시간

여행의 기술

와일드

　　　　　　　여행을 통해 자아를 발견하는
영화를 덥석 믿지 못한다. 이 주저에는 내가 여행을 힘들어하
는 부류라는 사실이 작용한다. 무사히 여정을 마치는 것만 해
도 과업인데 기념품으로 무려 자아라니! 나는 짐 싸는 요령이
없고 방향치다. 별자리가 갑각류라서인지 집 떠나면 껍데기가
홀렁 벗겨진 달팽이나 소라가 된 기분이다. 여행 기간이 4박 5
일이면 출발하는 날까지 약 2박 3일 동안 짐을 싸는데 반드시
빠뜨린 물건이 있고 도중에 분실물도 많다. 그래서 나의 여행
지 방문 장소는 의도치 않게 현지인스럽다. 경찰서, 컴퓨터 A/
S 센터, 병원, 은행, 철물점 등등. 좌충우돌하다 간신히 숙소의

냉온수 꼭지와 열쇠 돌리는 방향이 손에 익을 만하면 집에 갈 날이다. 내게 여행은 낯선 공간과 문화가 주는 매혹과 매일의 실제적 곤경이 뒤섞여 하루에도 열두 번 행복하고 열두 번 패닉에 빠지는 시간이다. 그야말로 희로애락의 밀도가 치솟는 기간이다. 돌아오는 길이면 파김치가 된 손발 끝부터 심장 쪽으로 안도감이 밀려든다. 어쨌거나 이번에도 해냈어. 아직은 고향 밖에서 살아남을 수 있고 세상은 나를 받아줄 여력이 있어. 괜찮아. 어쩌면 나는 주기적으로 모종의 확인이 필요한지도 모른다.

여하튼 여행은 부정할 수 없는 고역이다. 세계는 저 밖에서 우리가 휴가 내기만 기다리고 있다가 위안과 각성을 선물하는 놀이동산이 아니고, 대자연은 우리를 팔 벌려 안아주려고 거기 존재하지 않는다. 여행의 고생스러운 면모를 배제한 〈먹고 기도하고 사랑하라〉(2010)나 〈꾸뻬 씨의 행복여행〉(2014) 같은 영화는 그래서 미덥지가 않다. 지중해의 풍미를 담은 몇 번의 저녁 식탁이나 제3세계 국민과의 짧은 교류로, 자아가 발견되고 영혼이 치유될 가능성은 여행사 카탈로그와 항공사 CF에나 있다. 실제로 우리의 자아는 우리를 접대하고 가르치려고 작심한 상대가 아니라 예기치 못하게 부딪히고 부대낀 것들에 의해 딱지를 떼고 형태를 잡아나간다.

오늘 본 장 마크 발레 감독의 〈와일드〉가 나를 붙든 첫 번째 까닭은 이 영화가 바라보는 여행의 개념이 '고생'이라는 점이었다. 평생의 사랑인 엄마(로라 던)와 사별한 후 회한을 견디지 못해 폭주하듯 살던 셰릴 스트레이드(리즈 위더스푼)는 어느 날, 다시 궤도를 찾기 위해 필요한 것은 자기를 완전히 압도하고 휘저어놓을 체험이라고 결정하고 4285킬로미터의 배낭 하이킹에 돌입한다. 이를테면 온갖 날씨와 하중 아래 자기를 던져놓고 '나'라는 인간을 실제로 이루고 있는 물질이 무엇인지 알아보겠다는 심산이다. 보통의 로드 무비에서 알맹이는 주인공이 여정 중에 만나는 새로운 인물과 예기치 못한 사건이지만 〈와일드〉에서는 매일 짐을 지고 수십 킬로미터를 이동하는 행위 자체가 본론이다. 사람들은 재회의 기약 없이 스쳐가고 일화들은 매끈한 서사를 이루기 위해 연결되지 않는다. 셰릴의 여행에는 목표가 없다. 여행 자체가 목표다. 출발 22일째는 23일째를 위한 준비일 뿐이다. 그녀에게는 만나야 할 새로운 사랑도, 풀어야 할 미스터리도 없다. 다시 길을 찾으러 떠났지만 해답이 꼭 반성과 희망이어야 한다는 전제조차 셰릴은 갖고 있지 않다.

〈와일드〉는 우리가 홀로 과중한 짐을 지고 악천후 속을 여행할 때 머릿속에 들려오는 소리와 육체에서 일어나는 현상에 집중하는 원초적 의미의 여행영화다. 물집과 근육통, 기호식품을 향한 기갈, 탈진한 머릿속에서 끝없이 재생되는 과거의 일, 결코 좋아한 적이 없는데도 끈질기게 맴도는 유행가 한 소절, 무표정한 자연과 속모를 이방인들 앞에서 치솟는 울렁임. 장마크 발레 감독은 절묘한 순간을 포착하기 위해 하염없이 카메라를 돌릴 수 있는 디지털 필름메이킹의 장점을 백분 활용해 무방비한 여행자의 감각과 의식을 콜라주한다. 그리하여 여행 이후 어떻게 살 것인가에 대한 답은 길 위의 경험과 사색, 우연히 마주친 현자의 교훈을 종합해 도출되는 것이 아니라 이례적으로 길고 호된 물리적 고역의 '부작용'으로서 계시처럼 닥친다. 나는 극한 체험은커녕 오르막길도 기피하는 여행자지만 여행이 누군가의 삶을 바꾸는 예가 있다면 〈와일드〉의 방식에 가까울 거라고 생각한다.

아, 그리고 〈와일드〉의 셰릴 스트레이드는 여자다. 〈와일드〉는 배낭 멘 여자의 이미지가 종단하는 영화다. 건조 식량과 간이 정수기, 몇 벌의 옷가지와 텐트, 반복해 읽을 책과 노트. 셰릴 스트레이드의 파란 배낭에는 그녀의 의식주와 정신이 몽땅 들어 있다. 한 명의 인간이 최소한의 생존에 필요한 모든 물건을 자신의 등에 짊어질 수 있다는 사실, 나아가 짊어질 수 있

내일을 위한 시간

는 부피를 넘어선 물건은 삶에 반드시 필요하지 않은 소유물일
지도 모른다는 생각은 내게 예기치 못한 위안을 주었다.

로드 무비는 미국적인 장르의 하나로 서부극에서 가지를
쳤다고도 말할 수 있다. 영화 속 남자들은 주로 그들을 길들
이려는 (여성적인) 문명의 구속에서 벗어나기 위해 길을 떠나
는 반면, 많은 여성 로드 무비는 가부장제 사회 바깥으로 탈출
하는 여정이다. 〈델마와 루이스〉(1991)와 〈보이즈 온 더 사이
드〉(1995)의 여자들은 가정폭력, 성폭력, 레즈비언이나 싱글맘
에 대한 차별로부터 도망쳐 길을 가는 동안 일시적 대안 가족
을 이룬다. 여성 여행자들은 남자 없이도, 그들을 지켜주고 있
으니 순응하라고 엄포를 놓던 가부장제 시스템 없이도 충만한
삶이 가능함을 발견한다. 그리고 수순대로 길 위에서 필요하지
않은 것들이 과연 집으로 돌아가서 꼭 필요할 이유는 무엇일까
자문하게 된다. 그러나 도시와 마을을 떠난 후에도 남성적 장
르가 규정한 여성성의 내용은 그대로이기에 그들은 남성과의
관계를 해결할 수 없다. 그냥 내버려두고 도주를 계속하는 길
만 남는다. 여성 로드 무비들이 흔히 죽음이나 판타지에서 비
상구를 찾는 이유일 것이다.

〈와일드〉는 조금 다른 예다. 셰릴의 여행은 가부장제로부
터의 탈주가 아니다. 오래전 나쁜 아버지의 기억이 있긴 하지

만 그녀는 남성적 폭력에 희생된 피해자의 위치에서 여행을 시작하지 않는다(단, 가정폭력으로 싱글맘이 된 후 아이들을 부양하느라 홀로 떠난 적 없는 어머니 대신 어머니의 기억과 동행한 여행이라고 표현할 수는 있겠다). 셰릴은 피해자이기는커녕 불륜으로 착한 남편을 배신했고 약물 중독을 포함한 방종을 저질렀다. 퍼시픽 크레스트 트레일을 완주하는 동안에도 델마와 루이스가 겪었던 것처럼 성적인 폭력과 차별에서 기인한 위협적인 사건은 셰릴에게 닥치지 않는다. 〈와일드〉가 여성의 관점에서 그녀가 여행하는 세계를 그리는 방식은 보다 일상적이고 은근하다. 재미있게 비교할 만한 장면이 있다. 〈델마와 루이스〉에 나온 트럭 운전기사들의 여성혐오적 언어폭력 대신 〈와일드〉에는 〈부랑자 타임스〉 기자의 에피소드가 등장한다. 차도를 걷는 셰릴을 자동차로 따라잡은 남자 기자는 여성 부랑자는 희귀하다며 인터뷰를 시도한다. 셰릴은 발끈해서 "나는 그냥 여행 중이에요. 여자는 부모를 봉양하고 아이를 돌봐야 하니까 일상을 떠나기만 하면 부랑자 꼬리표가 붙어야 하나요?"라고 반박하지만 기자는 막무가내다. "어이구, 페미니스트처럼 말하네요?" "맞거든요!"

유별나게 약하지도 강하지도 않은 평균적 20대 여성인 셰릴의 육체는 시종일관 영화의 중심에 서 있다. 확실히 그녀는 남성 여행자들보다 연약하고 요령이 부족하며 젊은 여성의 매력으로 인해 약간의 호의를 사기도 하고 집적거림을 당하기도 한다. 셰릴과 관객은 그녀가 남자들과 맞닥뜨릴 때마다 반사적으로 긴장하게 된다. 궁극적으로 남자들 중 누구도 성폭행범으로 판명되지 않지만 희미한 위협은 언제나 공기 중에 떠돈다. 주의를 끄는 것은 평범한 남자들에게 내재돼 있는 과시욕과 가학성이다. 그들은 실제로 추행하려는 의도가 없으면서도 그것을 암시하는 말—남자들은 짓궂은 농담일 뿐이라고 생각하는—을 하며 셰릴이 드러내는 두려움과 긴장을 즐긴다. 약자에게 자기가 가진 힘이 줄 수 있는 영향을 확인하고 재미있어한다. 요컨대 〈와일드〉는 치명적 사건을 배제한 채 여성으로서 여행하고 살아가는 일에 불가피하게 따라오는 조건들을 보여준다. 끝으로, 셰릴은 영화 속 선배들과 달리 남자들과의 관계를 내팽개치거나 포기해야 하는 상황으로 내몰리지 않는다. 심지어 그녀의 선택은 나무랄 데 없는 전남편의 품으로 돌아가는 안전한 카드도 아니다. 영화 말미의 보이스 오버 내레이션은 미래완료 시제로 셰릴이 다른 남자를 만나고 아이를 갖고 이 자리로 돌아올 것이라고 알려준다.

셰릴은 현실과 교섭을 포기하고 장렬히 산화해서 관객에게 죄책감을 남기거나 여행으로 죄의식을 털고 안온한 자리로 돌아오지 않는다. 그럼으로써 한번 과오를 저지른 여자는 남자보다 인생을 돌이키기 어렵다는 잠재적 통념에 맞선다. 이 반박의 힘은 영화가 앞질러 그녀의 과오를 보호자연하며 변명하지 않았기에 나온다. 〈와일드〉에는 그랜드캐니언 위로 자동차를 날리는 〈델마와 루이스〉의 정지 화면만큼 해방의 이미지를 응축한 프레임은 없다. 이 영화가 주는 해방감은 다른 곳에서 온다. 전부 아니면 무, 성녀 아니면 창녀, 순응 아니면 통제 강박……. 〈와일드〉는 여성 캐릭터들에게 강요되는 그 모든 양자택일의 프레임들을 거절함으로써 극장을 나서는 내가 조금 더 자유로워졌다고 느끼게 만들었다.

우리는 겨우 이만큼,
아니 그만큼은 선택할 수 있다

내일을 위한 시간

〈내일을 위한 시간〉에서 노동자 산드라(마리옹 꼬띠아르)의 휴직 사유는 우울증이다. 복직을 앞둔 그녀는 회사가 1인당 1000유로의 보너스와 산드라의 복직 중 하나를 투표로 선택하라고 동료 노동자들에게 통보했다는 소식을 듣는다. 나는 생각하지 않을 수 없었다. 감독 다르덴 형제는 왜 하필 육체의 질병이 아닌 우울증을 골랐을까? 부당하게 일자리를 잃을 위기에 처한 노동자의 분투만으로도 충분히 힘 있는 이야기에 괜한 감상성을 보탤 위험까지 무릅쓴 이유는 무엇이었을까?

우선 겉으로 드러난 서사의 효용성 면에서 보면 우울증이라는 휴직 사유는 경계에 걸친 사례(borderline case)를 만든다. 마음의 병은 가시적이지 않기에 과소평가되기 쉬우며 심지어 태도 문제로 오도될 여지도 있다. 산드라가 일을 쉬게 된 원인이 신체의 중병이거나 상해였다면 문제는 법이 정한 복지의 영역으로 넘어갔을 테고 복직 후 업무 수행에 끼칠 영향도 상대적으로 자명했을 터다. 다시 말해 회복 이후에는 후유증이 없거나 후유증의 계량이 가능했을 것이다. 그러나 마음의 병인 우울증은 고용주에게 빌미를 준다. 경영진은 정신이 연약해진 산드라의 능률이 떨어지리라고 애매하게 암시하면서 동료 노동자들의 판단에 갈등을 얹는다. 그녀가 다하지 못한 몫은 나머지의 부담이 될 텐데, 어차피 한 명을 감원할 계획이 있으니 이왕이면 현재 능률이 1인분에 모자라는 산드라가 나가는 편이 전체를 위해 합리적이라는 풍문도 슬쩍 흘린다. 그런데 회사의 논리에 스스로도 말려 흔들리는 산드라를 독려하는 남편 마누(파브리지오 롱기온)의 한마디가 우울증이라는 특정한 핸디캡이 이 영화에서 갖는 의미를 홀연히 일깨운다. "다시 일을 시작하면 눈물도 멈출 거야." 반대로 일을 빼앗기면 눈물은 그녀의 생활을 삼켜버릴 것이다. 남편의 이 대사는 우울증을 노동력으로서 해고되어 마땅한지 평가받아야 할 고립된 결함이 아니라 실직하면 악화되고 복직하여 정상적 일상으로 돌아가면 얼마든지

완화될 일시적인 핸디캡으로 바라보고 있다.

이와 관련해 다르덴 형제는 우울 장애를 다루는 대부분의 영화들과 다른 접근법을 취한다. 우울증을 산드라의 캐릭터가 아니라 현재 처한 조건으로 취급한다. 그녀의 연약한 심리 상태는 완벽하지 않은 우리 모두가 끌고 다니는 다양한 문제 중 하나다. 우울증의 원인 설명을 극 중에서 아예 배제한 연출은 센티멘털리즘의 침입을 막기 위한 조처인 동시에 원인이 무엇이었건 간에 영화 속 시간인 금요일부터 월요일까지 산드라가 겪는 상황에 대한 판단과 무관하다는 입장 표명이다. 요컨대 우울증이 변수로 게재된 특수한 상황이 산드라의 동료 노동자들과 관객에게 묻고 있는 것은 '우울증이 있으니 이윤율을 떨어뜨리는 열등한 인력'이라는 고용주의 효용 중심 관점과 '일할 기회를 돌려줘야 건강한 인력으로 회복될 수 있다'는 사람 중심 관점 사이의 선택이다. 한정된 자원 위에 구축된 현존 자본주의 시스템 안에서 우리는 과연 어떤 가치를 우위에 두고 운영되는 사회를 원하는가? 당신에게 유의미한 진짜 '효율'은 무엇인가? 그것을 추구하기 위해 개인으로서 매일 내려야 하는 결단은 어떤 종류인가? 요컨대 〈내일을 위한 시간〉의 우울증이라는 모티브는 딜레마를 또렷이 드러내고 결정적인 질문을 정교하게 던지기 위해 다르덴 형제가 설계한 실험의 조건 통제로 보인다.

"만인에 대한 만인의 투쟁"이라는 표현을 처음 접한 때가 중학교 사회 수업 시간이었는지 프랑스 혁명기를 그린 만화 《베르사이유의 장미》를 읽는 동안이었는지 정확히 기억나지 않지만, 뭐든 사회계약론에 대한 설명의 도입부였던 것만은 확실하다. 〈내일을 위한 시간〉의 인물들은 하나같이 "내가 원해서 이러는 것은 아니야"라고 강조한다. 심지어 사장조차 아시아 업체와의 경쟁 탓에 인건비를 줄이지 않으면 회사가 위태로워 별수 없다고 해명한다. 그 말들은 거짓이 아니다. 〈내일을 위한 시간〉이 그리는 오늘의 유럽 사회에서 악덕 사주 대 노조의 대결 구도는 옛이야기가 됐고, 산드라의 동료 중 누구도 "이 양자택일의 프레임은 부당하니 싸우자!"고 나서지 않으며, 내 이익이 동료의 이익과 배치되는 현실에 이미 적응해 있다. 생존을 위해 어쩔 수 없음을 모두가 말하는 시대에 "만인에 대한 만인의 투쟁"은 내가 살기 위해 타인을 해친다는 말이 아니라 타인의 삶이 어찌되든 개의치 않는다는 의미로 변했다.

다시 사회 교과서로 돌아가면 우리는 노동(교과서가 쓴 단어는 '직업'이었던 것 같지만)이 경제적 부양 수단일 뿐 아니라 다른 사회 구성원과의 소통, 공동체에 대한 공헌, 자아실현 등의 기능을 갖는다고 배웠다. 산드라와 동료들의 일터에서는 앞에 나열한 노동의 모든 의의가 위기에 처해 있다. 영화의 결말과

내일을 위한 시간

별개로 〈내일을 위한 시간〉이 돌아보게 하는 우리의 세상은 막다른 골목이다. 살자고 들면 나쁘게 사는 수밖에 없고 아니면 생존이 어렵다니 얼마나 암담한가. 그야말로 '죽거나 나쁘거나'다.

이 영화에서 다르덴 형제는 이 비좁고 굴욕적인 삶에서 우리에게 남겨진 선택의 여지에 대해 생각하고 있다. 그것이 고전적 의미의 연대이기는 불가능하다. 계급적 승리이건 정당한 경제적 대가이건 연대를 통한 보상을 약속할 수 없는 세계가 돼버렸기 때문이다. 영화의 결말에 이르러 산드라가 손에 쥔 한 줌의 자유를 갖고 선택한 것은 얼핏 연대처럼 보이지만 자긍심의 천명이다. 그녀는 동료 노동자의 처지에 감연히 '개의' 한다. 내 탓은 아니지만 우리의 삶이 연결돼 있다는 사실을 고려한다. 그럼으로써 세계가 돌아가는 방식을 거스른다. 우리는 겨우 이만큼을, 아니 아직도 그만큼은 선택할 수 있다고 다르덴 형제는 말한다. 우리의 삶이 서로 연결돼 있다는 사실이 의지할 구석과 도움의 가능성을 뜻하는 따뜻한 보루였던 시절은 가버렸는지도 모른다. 그러나 비록 냉담하고 소극적으로 들릴지언정 이렇게는 여전히 말할 수 있다. 우리는 연결돼 있으므로 조심해야 한다. 조심이 낳을 결과가 연대의 그것보다 보잘 것없으리라고 미리 낙담할 필요는 없다.

〈내일을 위한 시간〉의 주연배우 마리옹 꼬띠아르의 인터뷰 영상을 보았다. 꼬띠아르는 다르덴 형제만큼 영화를 만드는 동안 관객을 끊임없이 생각하고 언급하는 감독은 처음이었다고 회고했다. 블록버스터를 포함해 상업영화도 여러 편 경험한 스타 배우가 오늘날 불친절한 예술영화의 대명사처럼 여겨지는 감독과 작업한 다음 들려주는 이야기치고 독특하다. 하지만 다르덴 형제가 밝힌, 그들이 영화를 만들기 시작한 동기와 꼬띠아르의 증언(?)은 잘 들어맞는다. "요즘 사람들은 타인이 어떻게 사는지 모르고 산다. 그래서 우리는 그것을 찍어 식당이나 카페에서 함께 보도록 하고 싶었다." 벨기에의 고향 소도시를 근거지로 노동자들의 역사와 생활에 대한 수십 편의 다큐멘터리를 만들다가 극영화로 전환한 이유도 심플하다. 극영화는 다큐멘터리로는 담기 어렵지만 다르덴 형제 생각에 '타인이 어떻게 사는지'에 포함되는 결정적 사태―죽음과 극단적 수난―를 찍어서 보여줄 수 있기 때문이다.

하지만 "언제나 관객을 생각한다"는 말은 관객이 영화를 편안하게 볼 수 있도록 배려한다는 의미와는 무관하다. 아니, 오히려 정반대에 가깝다. 남이 어떻게 사는지를 본다는 행위도 통념과 달리 다르덴 형제에게는 곧장 연민과 공감을 뜻하지 않는다. 뤽 다르덴은 2006년 평론가 조프 앤드루와의 인터뷰에서 "우리는 우리 영화의 관객이, 극 중 인물이 어디서 왔으며 왜 그런 식으로 행동하는지 설명할 수 없기를 바란다"라고 말했다. 아니, 이건 실패한 캐릭터 구축을 비판할 때 쓰는 말 아닌가? 다르덴 형제에게 캐릭터의 동기와 심리를 설명할 수 있다는 것은, 관객이 영화 밖 삶에서 형성한 기존 가치체계 안에서 인물을 파악하고 요약할 수 있다는 의미다. 내가 본 〈로제타〉(1999) 이후의 다르덴 영화는 인물을 동정하거나 판정하려는 관객의 몸에 밴 습성을 집요하고 치밀하게 차단한다. 우선 시나리오가 현재로 대뜸 뛰어든다. 〈내일을 위한 시간〉은 산드라를 내내 괴롭히는 우울증의 원인을 언급하지 않는다. 〈더 차일드〉(2005)는 젊은 브루노(제레미 레니에)가 어쩌다가 훔치는 족족 써버리는 길거리 인생을 택했는지 맥락을 암시하지 않는다. 관객이 '이 인물이 과연 내가 편들 만한 가치가 있는 인간인가?'를 판단하는 데에 쓸 변수를 아예 제거하는 것이다. 둘째로 인물의 행태다. 육체노동자, 룸펜 프롤레타리아트, 이민자가 대다수인 다르덴의 캐릭터들은 본인 행위의 동기를 말로 설명하는 일이 드물다. 액션과 몸짓이 커뮤니케이션 수단으로 훨씬 중요하다. 따라서 행동의 의도를 보는 이가 확정하기 어렵다. 우리는 〈아들〉(2004)의 목수(올리비에 구르메)가 아들을 죽인 살인범 소년의 목을 왜 조르는지, 또 그러다 왜 멈추는지 해명을 얻지 못한다.

　무엇보다 다르덴의 인물들은 관객의 응시를 좀처럼 되돌려주지 않는다. 배우가 카메라와 눈을 맞추지 않는다는 말이 아니라 스크린에 슬픔이나 기쁨, 고통을 훤히 드러냄으로써 보는 이에게 잠정적으로 소통했다는 착각을 허락하지 않는다는 의미다. 카메라가 인물에 밀착한 작품 〈아들〉의 주인공은 공교롭게도 도수 높은 안경 탓에 눈동자를 읽기 어렵다. 오해하지 말기를. 다르덴의 인물들도 물론 영화 속에서 운다. 그러나 그 정확한 이유를 관객이 적시할 수 있는 예는 적다. 다르덴 영화를 관람하는 일이 힘겹게 느껴지는 데에는 핸드헬드 촬영 기법이 주는 어지럼증도 있지만 메아리 없는 응시가 주는 쓸쓸함도 한몫하는 셈이다. 이는 관객의 응시를 인물이 받아들이고 어떤 방식으로든 돌려주는 주류 영화와 다르덴 영화 메커니즘의 근본적 차이다(어쩌면 마리옹 꼬띠아르라는 아름다운 스타 배우가 우울증을 앓는 인물을 연기한 〈내일을 위한 시간〉이 그나마 가장자리에 걸친 경우일 것이다). 이 메커니즘에는 배우의 연기도 연기지만 카메라, 곧 감독의 자리가 결정적이다. 다르덴 형제의 카메라는 의도적으로 '적재적소'에 있지 않다. 우리가 타인과 세계를 바라볼 때 그렇듯 언제나 흔들리며 움직이고, 장애물이 시야를 가려 결정적 순간을 놓치기도 하면서 애써 설 자리를 찾고 따라간다.

　"다큐멘터리에서 배운 점은 우리의 카메라가 모든 걸 지배할 수 없다는 것이다. 우리가 찍는 현상은 종종 카메라를 거절한다." 언젠가 밑줄 그었던 다르덴 형제의 인터뷰다. 이 거절까지 포함해 찍는 게 영화를 만드는 옳은 방식이라고 그들은 믿는다. 결국 스토리, 인물, 카메라가 동정, 분노, 판단을 철저히 거절함으로써 관객의 자문은 "나는 이 인물과 사건을 어떻게 평가하는가?"에서 "나는 왜 어떻게 어디서 저들을 '보고' 있는가?"로 이동한다. 나와 영화 사이의 거리가 의미심장해진다. 관객은 고작, 그러나 치열하게 깨닫는다. 나는 절대 영화 속 저 사람들이 아니다. 그런데 그들이 나와 같은 세계에 존재함을 인지하고 두 시간 동안 포기하지 않고 지켜볼 수는 있다. '고작'이라고 썼지만 그것이 어떤 감독에게는 영화라는 예술이 다다를 수 있는 최선이다. 다시 꼬띠아르의 인터뷰로 돌아가자. "언제나 관객을 생각한다"라는 진술은 감독을 포함한 관객이 영화를 응시하는 자리를 매 순간 염두에 두는 일이 다르덴 형제의 영화 만들기에서 가장 결정적인 과제라는 의미로 읽힌다. 영화의 환상을 유지하기 위해 카메라가 넘지 말아야 할 180도 선, 제4의 벽보다 더욱 절대적인 보이지 않는 선이 다르덴 형제의 머릿속에는 그려져 있을 것만 같다.

쓰면서
지워가는 이야기

인사이드 르윈

〈인사이드 르윈〉의 포크 싱어 르윈(오스카 아이작)은 고생스러운 여행 끝에 유명 매니저 버드 그로스먼(F. 머레이 에이브러햄) 앞에서 실력을 보일 기회를 얻는다. 르윈의 노래를 듣고 난 버드의 평은 명쾌하다. "솔로로는 안 되겠어. 듀엣이었다고? 재결합하게." 그러나 르윈의 파트너는 자살했으며 르윈에게는 듀엣이건 트리오건 새로운 팀의 일원이 될 의지가 없다. 더 애쓸 기력이 그에겐 없다. 아무런 부언 없이 르윈은 답례한다. "좋은 충고네요. 고맙습니다." 필요한 것이 예술성이 됐건 대중의 귀에 감기는 호소력이건 임계점에 이르기에는 딱 한 되만큼 부족한 재능을 안고 중년에 접어든 아티스트의 피로에, 나는 예술가가 아님에도 설복되었다. 길의 막다른 끝이 보이는데 뒤돌아보니 기력을 소진한 다리로 되짚어 가기엔 너무 멀리 와버렸다는 사실을 발견하는 날의 아득함.

형제 감독이 '악동'으로 불리던 시절부터 조엘과 에단 코언의 작품 대다수는 내게 경탄의 대상이었고 재미의 보증수표였다. 그러나 사랑에 빠진 적은 없었다. "코언 형제는 아주 많은 걸 아는 듯 보인다. 하지만 그들이 아는 것이 정확히 무엇일까." 90년대 후반 평론가 애덤 마스 존스가 〈파고〉에 대해 쓴 한 줄과 비슷한 감상이었는지도 모르겠다. "이번에도 굉장한 장치를 설계했군"이라는 감탄이 매번 우선했다. 극도로 총명한 두뇌가 지상으로부터 일정한 고도를 유지하며 군상을 조망한다고 느꼈다. 그런데 〈참을 수 없는 사랑〉(2003)과 〈레이디 킬러〉(2004)가 연이어 내야 플라이에 그친 다음부터 코언 형제의 영화는 예전에 없던 황량한 온기를 띠기 시작했다. 더 황량해지면서 더 따뜻해지다니, 모순형용으로 들리지만 사실이다. 〈노인을 위한 나라는 없다〉(2007)와 〈시리어스 맨〉(2009), 〈더 브레이브〉(2010)가 이 시기의 목록이다. 그리고 〈인사이드 르윈〉에 이르러 마침내 나는 코언의 관객으로는 처음으로 영화가 내게 개인적으로 말을 걸고 있다고 느꼈다. 결국 나는 코언 형제의 전작들을 〈인사이드 르윈〉의 은은한 가스등 불빛에 거꾸로 비춰보게 되었으니 야릇한 조화다. 초기작부터 코언의 인물들은 하나같이 유약하고 사회적 박탈감을 짊어진 사람들이었고 그들이 범죄를 무릅쓰며 자존감을 회복하려고 기도했을 때 늘 사달이 일어났다. 다년간 줄거리를 요약하며 이론적으로는 알고 있던 사실이다. 그러나 〈인사이드 르윈〉까지 보고 나서야 나는 혈을 짚인 환자처럼 코언의 인물들이 소동을 피우며 가지려고 했던 인생의 의미, 목표, 더 잘 살아보겠다는 욕심을 나와 관련된 욕망으로 받아들이게 되었다. 흡사 야옹거리는 소리에 이끌려 골목으로 나섰으나 번번이 모퉁이를 돌아 사라지는 수염과 꼬리만 봤던 길고양이를 드디어 몇 초나마 품에 안아본 기분이다.

〈인사이드 르윈〉에서 얻은 포만감은 비단 이 드라마가 심금을 울려서만은 아니다. 이 영화는 코언 형제의 저수지 같다. 〈그 남자는 거기 없었다〉(2001)의 유장한 쓸쓸함, 〈오! 형제여 어디에 있는가?〉(2000)의 생생한 시대성, 〈노인을 위한 나라는 없다〉의 장엄미, 〈시리어스 맨〉의 성격 연구, 〈위대한 레보스키〉(1998)의 설상가상 점입가경 코미디, 복잡한 연산 끝에 원점으로 수렴하는 〈번 애프터 리딩〉(2008)의 구조적 유희가 모두 이 조촐한 영화 안에 단정히 자리 잡고 있다.

내일을 위한 시간

요즘 목발 신세인 나는 〈인사이드 르윈〉을 보다가 실제로 다리가 쑤셔왔는데 스크린 속에서 르윈이 많이도 걸었기 때문이다. 〈인사이드 르윈〉은 로드 무비에 일가를 이룬 코언 작품 가운데에서도 독특한 위치를 점한다. 로드 무비? 과연? 극 중에서 여행다운 여행은 시카고 여정 하나뿐이다. 우주 비행은 노래 가사로만 등장하고 선원이 되어 항해를 나가려는 르윈의 계획도 어그러진다. 그럼에도 이 영화가 로드 무비로 기억될 까닭은 르윈이 정해진 주소지 없이 남의 집 소파에서 소파로 전전하며 살아서다. 르윈의 여행에서 핵심은 그가 아무 데도 가지 못한다는 점이다. 덫에 걸린 르윈의 상황은 그가 묵는 복수의 거실과 복도, 지하철, 휴게소가 엇비슷하게 생겼기에 더욱 강조된다. 여기에 거의 동일하다시피 한 영화의 첫 장면과 마지막 장면이 못을 박는다. 어디에도 이르지 못하는 서사는 코언의 데뷔작 〈분노의 저격자〉(1984)부터 되풀이되는 패턴이다.

심지어 코언의 영화 세계를 한 줄로 요약하면 '되는 일이 없다'라고 해도 좋을 지경이다. 인물들이 고비마다 잘못된 패를 뽑는 이야기도 있고 모두가 최선의 선택을 했는데도 더하면 엉뚱한 합이 나오는 이야기도 있다. 개별 영화의 골조는 이 영점 회귀가 얼마의 간격으로 어떻게 배치돼 있는가에 의해 결정되곤 하는데 〈인사이드 르윈〉의 경우는 촘촘하다. 신의 결말마다 규모도 포즈도 다양한 실망이 기다린다. 가스등 카페 무대에서 첫 등장하는 르윈은 노래하는 동안 성인이나 예술가처럼 조명되지만 공연이 끝나자마자 얻어터지고, 멋진 아파트에서 깨어나나 싶더니 유숙한 남의 집이다. 급전을 택하느라 저작권을 포기한 노래는 히트 조짐이 있고 최후의 생계수단이었던 항해사 자격증은 르윈 본인이 버리라고 말한 상자에 들어 있었다. 급기야 친구가 투신자살한 다리마저도 '틀려먹었다'는 지적을 당한다. "자살 하면 브루클린 브리지지, 조지 워싱턴 브리지가 뭐야?" 이쯤 되면 〈카이에 뒤 시네마〉가 봉준호 영화의 미학을 설명하기 위해 뽑은 '아트 오브 삑사리'라는 발문을 적용하고 싶어진다. 늘 마지막 단추 하나를 잘못 채워 옷매무새가 엉망이 되는 사람을 보는 듯하다. 그리하여 〈인사이드 르윈〉은 코언 형제 시나리오가 지닌 신통한 개성을 어떤 전작보다 선명하게 각인시킨다. 그들은 쓰면서 지워가는 이야기를 쓴다.

르윈 데이비스를 연기한 배우 오스카 아이작이 〈인사이드 르윈〉을 스크루볼 비극(screwball tragedy)이라고 표현한 인터뷰를 접하고 무릎을 쳤다. 코미디와 짝지어 다니는 스크루볼이라는 단어는 주고받는 대사가 논리적으로 아귀가 맞고 호각지세를 이루는 쾌감에 더해 말의 반복과 리듬 자체가 영화에 음악

내일을 위한 시간

성을 더할 때에 쓰인다. 쿠엔틴 타란티노나 최동훈의 영화, 김수현 작가의 드라마는 대사가 주는 최상의 재미를 즐기게 해준다. 이들의 세계는 (작가 본인과) 말투가 비슷한 달변가로 가득 차 있다. 한편 코언 형제에게 있어 한층 경이로운 재능은 '버벅거림'을 기가 막히게 쓰는 데에 있다. 동문서답, 서툰 표현이 초래하는 오해, 반쯤 삼켜버린 문장, 무의미하게 반복됨으로써 거꾸로 캐릭터의 중요한 성격을 드러내는 말버릇. 코언 영화에서 이 모든 역기능을 일으킨 말들은 일회적 유머를 자아내는 데에 그치지 않고 이야기의 주제나 영화의 스타일과 유기적으로 연결된다.

〈위대한 레보스키〉의 주인공 듀드(제프 브리지스)는 동명이인인 부자로 오인되어 고초를 겪는데 그의 곤경이 깊어지는 원인은 본인의 처지를 똑똑히 설명 못 해서다. 그런가 하면 게으름뱅이 듀드와 마초 퇴역군인 월터(존 굿맨)의 마이동풍식 대화는 온전한 소통이 불가능한 둘의 성향을 표현하는 동시에 그럼에도 둘이 친구인 이유를 이해할 수 있게 만든다. 〈파고〉에서는 미네소타 사투리 추임새 "야(yah)?"가 단칼에 영화의 정서를 규정하고, 정작 누구를 죽이러 가는지 이름도 모르는 청부 살인자와 의뢰자의 한심한 대화("진은 어쩌고 있어요?" "진이 누군데?")는 이 스릴러의 구성 원리를 축약해 보인다.

이 장면의 유머에 빗댈 만한 복장 터지는 대화가 〈인사이드 르윈〉 초반에도 있다. 가는귀 어두운 늙은 매니저와 비서가 서로의 질문에 질문으로 연신 받아치는 장면이다. 코언 형제는 르윈을 무엇보다 말을 하려다 쉽게 포기하는 인물로 썼다. 르윈은 주장을 내놓았다가 자조적으로 남보다 앞질러 그것을 스스로 반박한다. 어차피 통할 리 없다는 체념 때문인데 그가 문장을 온전히 맺는 경우는 무대 위에서 노랫말로 이야기할 때뿐임을 깨달을 즈음 우리는 부쩍 울적해진다.

나를 바라보는
당신을 나도 봤다

캐롤

          캐롤(케이트 블란쳇)과 테레즈
(루니 마라)는 〈렛미인〉(2008)의 이엘리(리나 레안데르손)와 오
스칼(카레 헤데브란트) 이래 시각적으로 가장 예쁜 대비를 이루
는 커플이다. 베티 데이비스를 연상시키는 케이트 블란쳇과 오
드리 헵번을 닮은 루니 마라는 극 중 말투와 나이, 계급과 패션
이 하나같이 대조적이다. 게다가 그렇지 않아도 테레즈보다 키
가 15센티미터는 커 보이는 캐롤은 하이힐을, 테레즈는 플랫
슈즈를 신고 영화에 입장한다. 캐롤은 여자와 사랑을 나눈 경
험이 있고 이미 각성한 정체성을 배신하지 않고 살아갈 방도를
궁리 중이다. 테레즈는 여자를 사귀어보지 못했지만 남자에게

욕망을 느낀 적이 없다. 스물 언저리의 테레즈는 성 정체성을 포함해 인생의 많은 것을 아직 모색 중이다. 백화점 장난감 코너에서 일하는 테레즈가 구내식당에서 '근무 수칙집'을 뒤적이고 직원용 산타 모자를 매니저가 재촉할 때까지 쓰지 않는 모습은 그녀가 이 장소에 속하지 않음을 드러낸다. 테레즈의 막연한 꿈은 포토그래퍼다. 그러나 영화가 초반에 슬쩍 보여주는 그녀의 작품은 주로 풍경이나 사물을 담고 있으며 인물 사진은 그림자나 반영에 숨어 있다. 아직 어떤 자리에 서서 타인을 바라보아야 할지 마음을 정하지 못했다는 의미일 것이다.

캐롤이 인형 매장에 들어서는 순간 흐릿했던 테레즈의 삶 전반도 통째로 초점거리 안에 들어온다. 싫은 것과 좋은 것이 분명해진다. 때로 사랑이 우리에게 주는 최대의 선물은 관점이다. 캐롤을 향해 셔터를 누른 이후 테레즈의 카메라는 확실한 관점을 갖고 살아 있는 피사체에 다가가기 시작한다. 테레즈는 놀랄 만큼 배움이 빠른 학생이기도 하다. 점심 메뉴조차 망설이는 사람이었던 그녀는 캐롤과 관련된 결정을 단 한 번도 주저하거나 반문하지 않는다. 식사할래요? 예스! 담배 피우겠어요? 예스! 우리 집에 올래요? 예스! 예스! 함께 여행가지 않겠어요? 예스! 예스! 예스! 이 젊은 여성의 내면에 웅크려 있던 의지는 때를 만나 한꺼번에 피어난다. 고작 세 번째 만남에서 테레즈는 캐롤에게 도움을 주는 입장에 서고 싶어 한다. 여행 중 한방을 쓰자고 먼저 제안하는 것도 테레즈 쪽이다. 하지만 사랑이 시작됐다고 대뜸 혼란이 그치지는 않는다. 세상 무엇도 겁나지 않는, 막 사랑에 휩싸인 연인을 유일하게 불안에 빠뜨리는 것은 사랑하는 상대의 진심이다. 과연 그녀는 나를 사랑할까? 얼마나, 어떻게 사랑하는 걸까?

《리플리》 시리즈로 널리 알려진 원작자 패트리샤 하이스미스의 범죄소설가로서의 장기가 여기서 빛난다. 물론 모든 열정에는 기본적으로 비밀스러운 범죄의 속성이 있으며, 특히 〈캐롤〉에는 사회의 단죄로부터 탈주하는 로드 무비의 요소가 포함돼 있다(권총과 도청기도 등장한다). 그러나 그보다 깊숙이 《리플리》 연작과 〈캐롤〉을 연결하는 고리는 절체절명의 '거사'—범죄/사랑—앞에서 흥분하고 고양되어 온갖 조짐에 예민하게 반응하는 인물의 심리다. 사랑에 빠진 테레즈는 캐롤을 읽기 위해 필사적이다. 그리고 토드 헤인즈 감독과 에드 라흐만 촬영감독은 영화가 전환점을 맞이할 때까지 테레즈의 시야에 몰입한다. 테레즈가 캐롤이 운전하는 차를 타고 그녀의 집을 방문하는 길에 링컨 터널을 통과하는 장면은 이 초조한 황홀경의 결정판이다. 히터를 만지는 캐롤의 장갑 낀 손, 극접사로 찍힌 캐롤의 옷자락, 터널이 만드는 윙윙거리는 음향, 스테

레오에서 흐르는 〈당신은 내게 속해요(You Belong to Me)〉의 가사까지 모든 것이 의미심장하다. 이 신 전체가 마치 하나의 어항 같다.

사랑할 때 사람들은 아마추어 기호학자가 된다. 연인들은 서로가 타전하는 신호를 열렬히 기꺼이 해독한다. 토드 헤인즈 감독이 〈파 프롬 헤븐〉(2002), 〈밀드레드 피어스〉(TV시리즈, 2010)를 통해 리메이크한 할리우드 고전 멜로영화에서 정념을 드러내는 지배적 기호는 의상과 세트, 소품이었다. 한편 〈캐롤〉을 지배하고 움직여가는 기호는 응시다. 시점과 시야, 시선의 움직임이다. 원작의 무대미술가에서 사진작가로 바뀐 테레즈의 직업이 명시하는 대로다. 〈캐롤〉은 저택의 대문처럼 보였던 철 구조물이 실은 뉴욕 지하철의 환기구였음을 드러내는 숏으로 시작한다. 아직 인물이 소개되지 않은 상태에서 이 숏은 영화에서 시점의 결정적 역할을 짚고 넘어가는 '일러두기'처럼 보인다. 곧이어 거리를 건너간 카메라는 한 남자를 따라 호텔 안으로 들어가고 마침내 마주 앉은 테레즈와 캐롤의 테이블에 도착한다. 서사와 거의 무관한 행인으로부터 주인공 연인들에게로 이동하는 도입부의 이 흐름과, 아무것도 모르는 방해자로 인한 밀회의 중단은 멜로드라마의 고전 〈밀회〉(1945)에서 그대로 가져온 것이다. 〈캐롤〉은 영화 후반에 이르러 첫 번째와는 다른 카메라 앵글로 다시 이 장면으로 돌아온다. 처음에 캐롤을 주도적이고 자신만만한 인물로 받아들였던 관객은 두 여자가 거쳐온 사랑의 과정을 알고 난 다음 돌아온 같은 자리에서는 구애하는 약자로 캐롤을 바라보게 된다. 관객에게 더 많은 정보를 준 후 원점으로 돌아오는 구조는 〈밀회〉뿐 아니라 많은 시나리오가 채택하는 기법이다.

그러나 〈캐롤〉에서 이 구성은 영화 전체가 치밀하게 수행한 시선의 교직과 맞물려 한층 결정적인 의미를 갖는다. 토드 헤인즈 감독의 대원칙은 더 사랑하고 욕망하기에 연애의 약자이며 멜로 서사에서는 제1 주체가 되는 인물에게 프레임을 동조시키는 것이다. 고전적 이성애 멜로에서 이 역할은 주로 사랑을 위해 희생을 감수하며 흔히 보이스 오버 내레이션을 담당하기도 하는 여주인공의 것이다. 독자가 시종 테레즈—작가 하이스미스의 분신—의 피부 밑에 머무르는 원작 소설과 달리 〈캐롤〉은 3분의 2 지점에서 이 역관계를 뒤집는다. 한 번 테레즈를 떠났던 캐롤이 이혼의 분쟁을 통과하며 테레즈가 현재 자신의 삶에서 불가결함을 깨닫기 때문이다. 시점이 확실히 전도되는 지점은 캐롤이 길을 건너는 테레즈를 택시 안에서 우연히 발견하는 순간이다. 이별 이후 신문사에 취직한 테레즈는 캐롤의 기억과는 다른 옷차림으로—굽 있는 구두를 신고—세상 속으로 거침없이 혼자 나아가고 있다. 결정적으로 테레즈는 캐롤이 그녀를 응시하고 있다는 사실을 인식하지 못한다. 캐롤은 테레즈를 '재평가'한다. 이제 유리창 안쪽에 갇혀 바라보는 쪽은 캐롤이고 욕망의 대상은 테레즈다. 이 영화가 캐롤과 테레즈의 시선이 마침내 절묘하고 아슬아슬한 균형에 도달하는 순간 멈추는 것은 지극히 자연스러운 귀결이다.

"눈물이 얇은 막이 되어 눈을 묘하게 가렸다. 너무 얇아서 남들 눈에는 잘 보이지 않을 것이다." 원작 소설의 한 구절이다. 〈캐롤〉은 응시의 영화이기에 응시를 가로막는 장애물과 곤경에 관한 영화이기도 하다. 테레즈와 캐롤—그리고 관객—의 시야는 많은 경우 실내를 구획하는 벽과 문, 수증기로 흐려진 창에 의해 부분적으로 차단된다. 두 여자 중 캐롤은 공간뿐 아니라 의상과 액세서리 안에 밀어 넣어져 있다. 옷은 행동의 폭을 문화가 허용하는 범위로 제약하는 틀이기도 하다. 테레즈와 함께 있는 캐롤은 핀을 뽑아 머리를 헝클어뜨린다. 구두를 벗고 있다가 남편이 들이닥치자 급히 손에 들고 나오는 장면도 있다. 그러나 〈캐롤〉의 미술과 촬영은 결코 노골적으로 스스로를 보라고 가리키지 않는다. 이 점이 더글러스 서크의 클래식 〈천국이 허락한 모든 것〉(1955)에 대한 일종의 메타영화였던

〈파 프롬 헤븐〉과, 시나리오와 배우(케이트 블란쳇)가 결정된 상황에서 토드 헤인즈 감독이 프로젝트에 합류한 〈캐롤〉의 양식 차이이기도 하다. 〈캐롤〉보다 몇 년 뒤인 1950년대 후반 아이젠하워 시대 코네티컷을 배경으로 한 〈파 프롬 헤븐〉에서는 모든 물건이 강렬한 색채로 빛나고 반들거린다. 〈파 프롬 헤븐〉의 아름다운 공간은 좌절된 욕망을 투철히 은폐함으로써 역으로 아이러니를 드러내는 표면으로 기능한다. 반면 〈캐롤〉의 1950년대 초 뉴욕은 훨씬 사실적이다. 그러나 〈캐롤〉에서 가장 현저한 시각적 요소는 유동적인 투명한 것, 즉 계속해서 재구획되는 시선의 영역이다. 〈캐롤〉의 스타일이 평범하다고 느끼는 관객이 많다 해도 놀랍지 않은 까닭이다. 〈아메리칸 시네마토그래퍼〉에 실린, 촬영감독에게 토드 헤인즈가 프리 프로덕션 단계에 보냈다는 노트를 옮겨 적어두기로 한다. "〈캐롤〉은 공격적인 앵글과 카메라 움직임, (표현적) 조명보다 시선과 손가락을 더 필요로 하는 영화입니다. 카메라는 인물과 더불어 움직이며 의도를 품은 프레이밍을 수행하지만 그 계기는 반드시 사물과 인물의 운동이어야 합니다."

"당신에게 묻고 싶은 것이 있어요. 물어도 될까요?" "제발 그래줘요." 테레즈와 캐롤에게 사랑 고백은 이 문답으로 충분하다. 〈캐롤〉에서 욕망의 응시를 간절하게 강화하는 요소는 당연히 주인공들의 호모섹슈얼리티다. 내가 그녀/그의 존재를 세상에서 처음으로, 유일하게 발견했다는 확신과 환희는 모든 사랑에 따르는 감정이지만 〈캐롤〉의 헤테로섹슈얼 관객은 이 퀴어 멜로드라마를 통해 사랑의 본질적 고립감과 해방감을 한층 높은 밀도로 경험하는 수혜를 누린다. 〈캐롤〉의 배경인 1952년 무렵은 동성애를 심리적 질환으로 간주하던, 개명 이전의 시대지만 퀴어영화로서 〈캐롤〉은 단호하고 모던하다. 캐롤은 비단 남편에게 정이 없어서 여성에게 눈을 돌린 게 아니다. 그녀와 절친한 친구 애비(사라 폴슨)와의 연인 관계는 이혼 결심 전에 이미 끝났다. 테레즈는 여자보다 남자들과 어울려 여가를 보내기를 즐기지만 섹스 문제에 이르면 남성과의 접촉에 무감동하다(원작자와 10년간 친분이 있었던 각색자 필리스 나지의 인터뷰에 따르면 패트리샤 하이스미스도 비슷한 패턴이었다고 한다). 즉 남자들의 성적 접근이 특별히 폭력적이라 환멸을 느낀 경우가 아니다. 무엇보다 흥미롭게도 〈캐롤〉의 모든 인물들은 동성애가 사회적 터부임을 전제하면서도 캐롤과 테레즈 사이에 어떤 일이 벌어지는지 정확히 인식하고 있다. 공공연히 드러낼 수 없을 뿐 여성끼리의 성애가 엄연한 현실이라는 사실은 은연중에 인지된다. 리처드는 테레즈가 캐롤에게 "반했다"는 표현을 쓰고 하지는 캐롤 곁의 테레즈를 보자마자 "대담하군"
이라고 말한다.

　나아가 패트리샤 하이스미스는 2017년 현재에도 여전히
도발적으로 느껴지는 관점의 대전환을 캐롤의 결단을 통해 감
행했다. 〈스텔라 달라스〉(1937), 〈밀드레드 피어스〉(1945) 같
은 클래식 여성영화(woman's film)에서도 여성들은 일의 성취
와 성적 욕망을 위해 남편과의 연은 끊어내는 용단을 내렸다.
그러나 자식의 행복이 볼모로 잡히면 주저앉았다. 캐롤은 전부
는 가질 수 없는 사회적 제약 속에서 다른 타협을 택한다. 딸의
양육권을 포기하고 방문권을 요구하는 선으로 물러서며 그녀
는 반문한다. 엄마가 자신을 부정하며 사는 모습이 딸의 삶에
정말 도움이 되겠냐고. 그녀는 순교자가 될 의향이 없으며 본
성을 부인하는 삶이야말로 타락이라고 선언하는 셈이다. 이 장
면에서 우아하고 단정한 매너를 무너뜨리되, 더 큰 긍지를 지
키는 케이트 블란쳇의 연기는 무너지면서도 무너지지 않는 모
습이 무엇인지 보여준다.

　멜로드라마는 전통적으로 여성의 장르이면서도 남성이
현실의 주도권을 쥔 이성애 프레임 안에서 여성의 사회적, 성
적 욕망이 부딪히는 좌절로부터 피학적 쾌감과 아름다움을
찾아왔다. 미국을 포함한 많은 국가가 동성결혼을 법제화한

2015년산 여성-여성 멜로드라마 〈캐롤〉은 이 제약을 벗어난 장르의 새로운 경지를 예시한다. 나는 〈캐롤〉을 보고 자신의 성 정체성을 인지하고 긍정하는 관객이 있을 거라고 감히 짐작한다.

재능과 미덕은 양립할 수 없을까?

스티브 잡스

〈스티브 잡스〉에서 뜻밖의 캐
스팅은 〈파인애플 익스프레스〉(2008), 〈사고 친 후에〉(2007)
등의 코미디로 유명한 배우 세스 로건이다. 그가 연기한 스티
브 워즈니악은 고등학생 스티브 잡스와 처음 만나 애플을 공동
창립한 동료이며, 3장 구조로 에런 소킨이 구성한 〈스티브 잡
스〉에서 15년에 걸쳐 잡스 주변을 공전하는 여섯 주변 인물 중
한 명이다. 코미디 전작에서와 비슷하게 감당하기 힘든 상황
앞에 당황한 무던한 남자를 연기하면서도 로건은 전에 볼 수
없던 페이소스와 분노의 강도를 서서히 높여간다. 워즈니악은
오만하고 자기중심적인 잡스에게 거듭 무시당하면서도 "(오랜

친구인) 나 아니면 누가 이해하겠어"라는 순진한 태도를 견지한다. 배려를 모르는 잡스와 일하기 위해 나름의 대응 기술을 개발한 여타 인물과의 차이다. 그러나 잡스에게 워즈니악은 범용한 무리 중 하나일 뿐이다. 컴퓨터는 예술품이 아니라고 다시 말해보라는 잡스에게 워즈니악은 둘만의 게임이라도 즐기듯 순순히 운을 떠우지만 "X까!"라고 받아치는 잡스의 돌아선 얼굴에 떠오른 경멸은 진짜다. 차곡차곡 상처가 쌓인 워즈니악이 마침내 잡스에게 맞서는 장면은 영화 전체를 통틀어 가장 통렬한 순간이다.

〈스티브 잡스〉의 시나리오 작가 아론 소킨(〈어 퓨 굿 맨〉, 〈웨스트 윙〉, 〈소셜 네트워크〉)은 2015년 가을 〈BBC〉와 가진 인터뷰에서 "나는 본래 연극 작가다. TV나 영화 작업을 할 때는 위장 취업하고 있는 기분이다"라고 말했다. 그러려니 하고 흘려들었는데 오늘 영화의 실체를 보고나니 소킨의 표현은 작가로서 뿌리를 확인하는 멘트 이상이었다. 〈스티브 잡스〉 속 공간은 정말 극장 세 군데다. 3막 구조를 취한 영화는 스티브 잡스(마이클 파스빈더)가 1984년, 1988년 그리고 1998년에 가졌던 신제품 프레젠테이션 개막 직전 40분을 차례대로 다룬다. 막이 오르기 직전까지 잡스가 발표장 무대 뒤를 서성이며 여섯 명의 인물과 다투고 협상하는 모습이 리얼타임에 가깝게 연출된다. 〈스티브 잡스〉는 진심으로 '전기영화'를 쓰기 싫었던 작가의 예술적 묘책처럼 보이기도 한다. '요람에서 무덤까지' 따라가는 일대기 형식은 유행이 지난 지 오래니까 논외로 쳐도 인물의 말년에 집중하거나 주요 업적을 중심으로 재현하는 표준적인 접근법도 아론 소킨은 배제했다. 〈스티브 잡스〉는 가장 소극적 의미의 전기영화다. 잡스가 공인한 전기를 토대로 삼았지만 소킨은 책에 기록된 사실 가운데 극적으로 흥미로운 일부를 취사선택해 잡스라는 '캐릭터'를 창조하고 그의 성격을 선명하게 드러내는 목적에 봉사하도록 주변 인물을 뜻대로 배치해 세 개의 시추에이션을 구성했다. 이 영화를 보고 나서 실제로 잡스의 세 차례 론칭 행사 40분 전에 동일 인물들이 꼬박꼬박 모여 15년에 걸쳐 연속성 있는 논쟁을 이어갔으리라고 믿는 관객은 없을 것이다.

그리하여 〈스티브 잡스〉가 재현하는 대상은 자연인 스티브 잡스의 초상이 아니라 탁월한 크리에이터이자 시대의 감식자인 인물이 지녔던 교만과 독단이다. 이 부덕들은 뛰어난 인물의 비전과 동력에 어떻게 작용하는가? 재능은 미덕과 양립할 수 없는가? 〈위플래쉬〉의 플레처 교수라면 답이 명확하겠으나 〈스티브 잡스〉의 대사들은 좀 더 팽팽한 논쟁을 이어간

내일을 위한 시간

다. 소킨은 같은 IT 산업의 개척자 마크 저커버그를 다룬 전작 〈소셜 네트워크〉(2010)보다 전기적 사실로부터 훨씬 대범하게 거리를 두고 시적 자유를 한껏 활용한다. 어찌 보면 소킨은 대선배 셰익스피어가 실존 군주 리처드 3세나 헨리 5세에 관해 했던 작업을 동시대의 위인 잡스를 통해 시도하고 있다. 타계한 지 5년도 안 된 인물을 너무 자의적으로 해석한 것 아니냐는 비판을 의식한 듯, 소킨은 인터뷰에서 다음과 같이 정리했다. "캐릭터와 실존하는 인간의 차이는 건물을 그린 드로잉과 실제 건물의 차이다. 실제 건물은 주거를 위해 기능해야 하지만 건물 그림은 전기가 들어오고 수도가 나올 필요가 없다. 아름다우면 된다."

아론 소킨은 스티브 잡스의 전기만큼이나 잡스가 세상에 내놓은 애플 제품의 속성에서 영감을 받은 것처럼 보인다. 대중이 잡스를 애도하고 일부는 숭배까지 하는 이유가 개인의 인간적 위대함보다 잡스가 만든 물건, 나아가 라이프스타일이었다는 사실을 상기하면 타당한 착안점이다. 애플 제품은 호환성이 낮고 자기 완결적이다. 잡스의 스마트폰은 하나의 조약돌처럼 접합면 없이 매끈하며 처음부터 완전한 사물로 보인다. 동료들은 메모리와 속도를 늘릴 수 없는 고가 제품에 승산이 없다고 반대했지만 잡스는 결국 옳았다. 뜻밖에도 세상에는 제품을 뜯어보고 응용하고 싶어 하는 능동적 유저 이상으로, 작동 메커니즘 따위는 모른 채 물신화할 수 있는 아름다운 물건을 원하는 사람들이 많았다.

잡스는 이를테면 조물주의 입장에서 사고하는 도도한 디자이너였다. 닫힌 시스템을 고집했고 소스를 공개해 집단 지성으로 개선할 가능성은 고려하지 않았다. 아론 소킨의 잡스는 스스로를 감히 신과 나란히 놓는 대사를 서슴지 않는다. "신도 나쁜 아버지였어. 아들을 세상에 보내 자살하게 만들었잖아? 그래도 사람들은 세계를 창조했다는 이유로 신을 좋아하지." 같은 동전의 이면으로서 잡스는 본인이 선택하고 설계하지 않은, 삶에서 주어진 것들을 놀랄 만큼 하찮게 여겼다. 길러준 양부모를 유일한 부모로 여겼고 혈연의 중요성을 누군가 설교하면 코웃음 쳤다. 얼굴을 모르는 불특정 다수에 대한 자선에는 인색하지 않았지만 가족이나 지인의 요구에는 냉담했다.

대니 보일 감독은 소킨의 드라이한 각본이 지루함을 줄까 염려해서인지 많은 기교를 구사했다. 영화의 세 챕터를 각기 다른 포맷(16밀리미터, 35밀리미터, 디지털)으로 찍었고 커다란 자막과 이미지 인서트를 넣는가 하면 벽면을 스크린으로 이용한다. 하지만 결과는 의도만큼 효과적이지 않다. 미니멀한 아름다움을 의도한 단색 정육면체 조각에 베르사체풍 금박을 그

내일을 위한 시간

려 넣은 인상이다. 결정적으로 잡스의 성장을 강조하기 위해 센티멘털리즘에 양보한 영화의 마지막 10분은 앞의 110분이 보여준 도발성을 도발에 그치게 만든다. 〈스티브 잡스〉의 이 대목만큼은 애플 제품보다 애플 제품의 CF를 닮았다.

더블 타임 스윙

위플래쉬

　　내가 다닌 중학교는 예술 학교였다. 기억 속의 나는 3년 내내 음악부 연습실에서 흘러나오는 악기 소리를 들으며 등교했다. 주변이라서, 잠이 오지 않아서 유별나게 일찍 집을 나선 어둑한 아침에도 음악부의 이름 모를 누군가는 반드시 나보다 먼저 학교에 와서 악기와 씨름하고 있었다. 그래서 "좋아, 지지 않겠어! 나도 방과 후에 석고상 소묘를 한 장 더 그릴 테야"라고 주먹을 불끈 쥐었다라고 회고하고 싶지만 그럴 리는 없고 그냥, 매일 고되게 몸을 들볶아야만 하는 음악이나 무용 전공이 아니라 천만다행이라고 생각했다. (물론 미술 전공 학생들이 노력하지 않았다는 의미는 아니다. 순전히 내 얘기다.)

　〈위플래쉬〉는 일체의 로맨티시즘이 제거된 드문 음악영화다. 극 중 재즈 뮤지션들은 음악에 대한 사랑과 환희를 설파하는 대신 '위대한' 음악, '우월한' 음악에 집착하고 잡아 죽일 듯이 경쟁한다. 데이미언 셔젤 감독은 음악의 육체성에 집중한다. 주인공 앤드루(마일스 텔러)의 연습 장면은 토니 스콧 감독이 연출한 액션영화에 섞어놓아도 위화감이 없을 지경이다. 우리는 음악이 고도로 훈련된 육체적 움직임을 통해 구현된다는 사실을 인지하고 있지만 절감하진 못한다. 스포츠 경기와 무용 공연을 관람할 때는 즉각 고된 트레이닝 과정을 떠올리지만 뮤직비디오나 공연을 보는 동안은 이면의 고역을 망각한다. 더구나 재즈는 얼마나 수월하고 낭만적으로 보이는가? 천재들이 영감에 몸을 싣고 '지 알고 내 알고' 교감만 하면 만사형통이라는 환상이 만연해 있다.

　데이미언 셔젤 감독은 더블 타임 스윙의 손놀림으로 와장창 신기루를 깬다. 드럼을 피로 적시고 검지가 부러진 손으로 한사코 연주를 강행하는 극약 처방까지 불사함으로써 〈블랙 스완〉(2010)이 먼저 실현한 예술 보디 호러의 영역까지 나아간다. 결국 〈위플래쉬〉는 예술을 구성하는 물질적 재료—막대한 노동과 권력 관계, 원한과 희생, 신에게 가까운 축복받은 영혼이긴커녕 야수와 비슷한 외골수적 생활—들을 드러낸다는 점에서 마이크 리 감독의 〈미스터 터너〉(2014)와도 통한다.

영화 전체를 미니어처로 줄여놓은 오프닝이 최고라는 고(故) 마이크 니콜스 감독의 견해에 입각하자면 〈위플래쉬〉의 첫 시퀀스는 모범 사례에 해당한다. 호러영화에 나올 법한 깊고 컴컴한 복도로 카메라가 트랙인하면 주인공이 비지땀을 흘리며 드럼을 치고 있다. 우리는 여태 따라온 카메라의 시점이 권위자 플레처 교수(J. K. 시먼스)의 것임을 깨닫는다. 플레처는 애매한 말로 긴장한 신입생이 혼신의 힘을 다해 기량을 보이도록 자극해놓고는 사라진다. 그리고 교수를 실망시킨 줄 안 앤드루가 낙심한 순간 다시 모자를 가지러 들어와 펄쩍 뛰게 만든다. 이 오프닝 시퀀스는 〈위플래쉬〉가 음악의 노역과 공포에 관한 영화임을 시사하는 동시에 영화 전체를 통해 반복될 '라이트 모티브'를 제시한다. 〈위플래쉬〉는 첫 장면이 함축한 대로 플레처가 앤드루를 쥐락펴락 갖고 노는 에피소드의 반복과 변주로 구성된다.

플레처는 다정한 척 사기를 북돋아놓은 직후 패대기치고, 긴장 풀고 즐기라고 하자마자 묵사발을 만든다. 이것이 교수가 생각하는 담금질이다. 플레처는 끝난 줄 알았는데 한 줄기 가능성이 보일 때 인간이 더욱 간절해진다는 사실을 알고 있다. 육체성과 마초적 훈육을 중심에 둔 〈위플래쉬〉는 자연 스포츠 영화와 군대영화를 닮은 구조를 드러내지만, 동시에 스스로 다루는 음악을 닮았다는 인상을 준다. 좌절과 도전의 동기가 반복되고, 기타 인물들을 원경으로 밀어내는 빼어난 '솔로'가 교차하며, 흥뚱항뚱 느려지는 구간 끝에는 머리칼을 잡아채는 '당김음'의 순간이 기다리고 있다. 이 106분 길이의 영화가 관객의 호흡을 지속적으로 휘어잡는 1차적 이유다.

테런스 플레처는 "밴드 지휘는 바보도 할 수 있다"고 과감히 단언하며 본인의 참된 역할은 학생들로부터 최선의 기량을 짜내는 '몰이꾼(pusher)'이라고 정의한다. 득음을 위해 자식/제자를 눈멀게 하는 설정까지 익숙한 아시아 관객은 플레처의 교실 관리법에 경악하지 않을 수도 있다. 위대한 예술까지 갈 것도 없이 상급학교 진학이나 취업을 위해서도 나머지 삶을 저당 잡히는 상황에 익숙한 한국 관객 일부에게는 심지어 '고마운 호랑이 선생님'으로 비칠지도 모른다. 〈위플래쉬〉는 연출을 통해 인물을 옹호하거나 비난하지 않도록 섬세한 주의를 기울였다. 그러나 제시된 팩트만으로도 플레처가 뒤틀린 인간이고 나쁜 교사라는 데에는 이론의 여지가 없다. 이 교사는 친밀한 분위기에서 이뤄진 사적인 대화에서 들은 가족사를 단원들 앞

말 바보

에서 앤드루를 모욕하는 데에 이용한다. 스트레스로 자살한 학생의 사인을 왜곡해서 알리며 악어의 눈물을 흘린다. 그의 억압적 교수법은 몇몇으로부터 기량 향상을 이끌어낼 수 있을지 몰라도 플레처가 걸핏하면 입에 올리는 '미래의 찰리 파커'들을 기죽여 싹을 밟아버릴 수도 있다. 플레처의 대항 논리는 "제2의 찰리 파커라면 어떤 경우에도 기죽지 않아"이지만 그것은 순환 논법일 따름이다. 한편 그가 즐겨 인용하는 일화—조 존스가 던진 심벌즈에 맞을 뻔한 모욕적 사건을 계기로 찰리 파커가 대가로 거듭났다는—는 위대한 음악인이 만들어지기까지 인과관계의 편의적인 단순화에 불과하다. "내 학생 중 찰리 파커는 없었다"는 플레처의 고백은 그의 교육 메소드가 가진 결함의 증거일 수도 있다. 교실에서 행해진 모든 가학적 언행이 궁극적으로는 최고의 음악과 학생들의 대성을 위한 교육의 일환이었다고 치더라도 영화 클라이맥스에서 플레처가 취하는 행동은 사적인 복수이며 무엇보다 그토록 자신이 신성시한 음악을, 무대를 제물로 삼았다는 점에서 배덕이다. 이것조차 앤드루의 각성을 위한 포석이었다는 해석에는 동의하기 어렵다. 한편 간과하지 말아야 할 대목은 플레처가 대변하는 위대한 음악의 정의가 편향돼 있다는 점이다. 적어도 극 중 시간 속에서 플레처가 앤드루에게 요구하는 성취는 드럼 연주의 빠르기와 정확성에 집중돼 있다. 딱 1초만 듣고 "글렀다"고 내쫓기도 한다. 객관적으로 분명 훌륭한 음악과 나쁜 음악이 있다는 관점은 음악을 주관적 유희로 폄하하는 일반적인 무지—앤드루의 가족들이 식사 시간에 드러내는—의 중요한 안티테제다. 그러나 플레처가 지휘하는 스튜디오 밴드의 단원들은 선생님과는 물론 멤버끼리도 제대로 눈을 맞추지 못하며 음악적 대화의 필요를 느끼지 않는 것으로 보인다. 왜 그들은 음악을 논쟁하고 동료들로부터 자극과 영감을 얻지 않는 걸까? 정말 찰리 파커의 숭고한 음악은 골방에서 색소폰만 독대해서 나왔을까? 앤드루와 동료들은 아직 학생이므로 기본기를 철저히 수련하는 게 먼저라고 말할 수도 있겠지만 그들은 이미 프로 세계의 문턱 앞에 서 있는 것으로 보인다. 그리하여 남는 질문은 다음과 같다. 과연 〈위플래쉬〉는 앤드루가 마침내 플레처의 '깊은 뜻'을 이해하고 특정한 예술관으로 무장한 이 '멘토'의 세계로 투항하는 이야기인가?

〈위플래쉬〉의 클라이맥스인 카네기홀 공연에서 플레처가 파놓은 함정에 빠진 앤드루는 "꺼져! 이 흉악한 인간아. 나는 아빠랑 집에 가겠어"라고 외치지 않는다. 위로하러 온 자상한 아버지의 품으로 달려가지 않는 것이다. 대신 다시 무대로 올라가 막무가내로 에고와 재능을 폭발시켜 플레처로부터 인정의 눈짓을 얻어낸다. 하지만 〈위플래쉬〉는 연주가 끝난 후 사제가 악수를 나눈다거나 앤드루가 유명 재즈 레이블의 러브콜을 받는다거나 하는 확실한 마침표를 찍지도 않는다. "역시 내 가르침이 옳았어"식의 득의만만한 표정을 지은 플레처의 얼굴에 카메라가 머무는 일도 없다. 데이미언 셔젤 감독은 폭풍 같은 연주가 끝나자마자 인물의 긴장이 완전히 해소되지 않은 지점에서 뜯어내듯 영화를 끝낸다. 모호함의 정도를 심사숙고한 엔딩이다. 〈위플래쉬〉는 〈나를 찾아줘〉(2014)나 〈나이트 크롤러〉(2014)가 택한 냉소적 결말의 몇 발자국 전에서 의도적으로 멈춘다. 관객은 거기서 각자 보고 싶은 것을 본다.

나는 앤드루가 야심 없는 아버지를 떠나 성취제일주의자 플레처에게 '입양'되었다고 생각지 않는다. 다시 말해 무색무취하던 청년이 플레처라는 강력한 피그말리온을 만나 제2의 플레처로 빚어졌다고 믿지 않는다. 어떤 혹독한 교육도 본래 한 인간 안에 없던 자질을 짜내기는 불가능하다. 앤드루와 플레처 선생은 원래 동족이다. 둘은 제법 잘 어울린다. 두 사람은 적당히 균형 잡힌 인생의 행복을 한쪽에, 오로지 한 목표에 집중하고 고통스럽게 자기를 몰아붙여 도달하는 위대함을 대척점에 놓는 이분법적 인생관을 공유하며 훌륭한 예술가의 길은 오직 후자라고 확신한다. 사랑하는 일로 생계를 유지하는 데에 만족하고 연주의 희열을 즐기며 좋은 귀를 가진 청자와 동료에게 인정받는 행복을 동력으로 살아가는 뮤지션들도 인생의 어느 시점에 충분히 위대한 음악을 만들 수 있다고 누군가 말한다면 앤드루와 플레처는 동시에 단호히 고개를 저을 것이다.

앤드루의 본령은 플레처가 아니라 여자친구, 가족과 함께 하는 장면에서 확연히 드러난다. 연습에 집중하기로 결단한 앤드루가 니콜(멜리사 베노이스트)에게 일방적으로 헤어지자고 요구하는 장면에서 가장 중요한 대목은 이별의 이유보다 통보의 방식이다. 내겐 드러머로서 성공이 무엇보다 중요하고, 그러므로 오로지 훈련해야 하고 너와 만나는 시간이 아까워질 건 당연하고, 그럼 너는 사랑을 성취보다 중요하게 여기는 여자애들이 그렇듯이 칭얼거릴 테고 어차피 안 좋게 끝날 테니 여기서 갈라지는 편이 여러 모로 현명하다. 앤드루의 머릿속에는 확고한 플로차트가 들어 있다. 그는 니콜의 됨됨이를 단정하고 그녀의 의견은 묻지도 않으며 제3의 길을 둘이 같이 만들어갈 수고를 무릅쓸 의욕이 없다. 사랑이 주는 영감이 음악에 보탬이 될 수도 있다는 아이디어 따위는 앤드루의 예술관에 비집고 들어갈 틈이 없다. 아버지가 "인생에는 신경 써야 할 다른 것들이 있단다. 내 나이쯤 되면 통찰이 생기지"라고 말했을 때 앤드루는 "통찰 갖고 싶지 않아요"라고 고무공처럼 반발한다. 클라

말 바보

이맥스의 카네기홀 장면을 보다 나는 생각했다. 어쩌면 저 아버지가 아들을 위로할 수 없는 이유는 지금 아들이 잃어버린 게 무엇인지 영영 알지 못할 사람이기 때문이라고.

앤드루가 원하는 인정과 사랑은 특정한 종류다. 음악을 '딴따라 일' 정도로 아는 무지한 친척과 앤드루가 벌이는 말다툼에 많은 힌트가 있다. 그는 친구가 많으냐는 질문에 친구는 필요 없다고 대꾸하고, 그럼 누가 너를 기억해주냐는 반문에 친구가 아닌 사람들에게 기억되는 것이 훨씬 중요하다고 말한다. 차라리 미움받고 따돌림당하는 편이 목적의식을 벼르는 데에 유익하다고 단언한다. 이쯤 되면 분명해진다. 앤드루에겐 거저 주어지는 사랑이 무가치하다. 그는 성취를 통해 획득한 인정과 사랑으로만 충족되는 부류의 사람이다. 요컨대 앤드루는 어떤 일이 있어도 플레처의 닦달에 시달린 후유증으로 자살한 선배 뮤지션의 전철을 밟을 인물로는 보이지 않는다.

플레처의 교육 방식에 대해 옳고 그름을 떠나 효율을 확신할 수 없는 까닭은 학생들이 달라서다. 어떤 아이는 밀어붙여질 때 부서지는 대신 비약하고 다른 아이는 안정감과 행복 안에서 잠재력을 최상으로 발휘한다. 앤드루는 플레처 타입이다. 두 주인공이 동류이기에 내 눈에 〈위플래쉬〉는 소년이 상반된 두 아버지상 중 하나를 선택하는 성장영화라기보다 비슷한 두 남자의 권력 투쟁 드라마로 보였다. 수석 드러머 자리를 박탈당하자 앤드루는 곧장 주먹을 휘두르며 플레처를 덮친다(순간 나는 앤드루가 플레처보다 크다는 사실을 처음 깨닫고 당황했다). "모든 파트는 내 소유고 너희에게 빌려줄 뿐"이라는 입장을 가진 플레처에게 앤드루는 "따낸 순간 이 파트는 내 소유다"라고 맞선다. 내게 〈위플래쉬〉는 같은 트랙에서 달리는 A가 선발주자 B와 기어코 동등해지기까지의 드라마다. 그리고 덧붙이자면 한 명의 위대한 예술가를 완성하는 데에 반드시 필요한 억압에 관한 교훈극이 아니라 위대한 예술을 위해서는 억압이 필요하다고 믿는 일부 사람들한테 일어나는 일을 그려낸, 잘 짜인 이야기다.

말 바보

우아한 앤더슨 씨가
세상과 싸우는 방식

그랜드 부다페스트 호텔

〈로얄 테넌바움〉(2001) 이후 웨
스 앤더슨의 영화를 '인형의 집'(입센의 연극 말고 미니어처 집)
에 빗대는 일은 다반사가 됐지만 〈그랜드 부다페스트 호텔〉은
좀 더 센 표현을 요구한다. 이 영화는 차이니즈 박스(큰 상자 안
에 그보다 조금 작은 상자가 층층이 들어 있는 세트)에 포장된 러시
아 인형(큰 인형 안에 그보다 조금 작은 인형이 차례로 들어 있는 세
트)을 방불케 한다. 먼저 상자를 살펴보자. 현대 동유럽 도시의
공원묘지에서 한 소녀가 《그랜드 부다페스트 호텔》이라는 책
을 펴면 1985년의 저자(톰 윌킨슨)가 셀프 인터뷰로 과거를 회
고하기 시작하고, 1968년으로 영화가 다시 플래시백하면 젊

은 날의 저자(주드 로)가 그랜드 부다페스트의 벨보이 출신 소유주 무스타파(F. 머레이 에이브러햄)를 호텔에서 만난다. 영화의 본론은 무스타파가 저자에게 들려주는 회고 속으로 한 번 더 진입해야 나오는데 1932년 수습 벨보이로 취직한 소년 제로(토니 레볼로리)가 이야기의 진짜 주인공인 궁극의 호텔리어 구스타브(레이프 파인즈)를 만나 겪은 모험담이다. '상자 속 상자'라는 표현이 은유 이상인 까닭은 웨스 앤더슨 감독이 여러 층을 이룬 플래시백의 각 단계에 맞춰 스크린의 화면 비율까지 2.35대 1, 1.85대 1, 1.37대 1로 갈아타기 때문이다. 즉 시간 프레임이 화면 프레임으로 직역된 형상이다. 겹겹의 상자(들) 안에 든 인물과 오브제 역시 러시아 인형처럼 계열화돼 있다.

영화 〈그랜드 부다페스트 호텔〉은 웨스 앤더슨 감독이 그러하듯 단일한 비전과 엄격한 취향으로 호텔을 꾸미고 운영하는 지배인 구스타브의 그랜드 부다페스트와 등가물이며, 극 중 제로의 애인 애거사(시얼샤 로넌)가 유서 깊은 빵집에서 만드는 정교한 페스트리 케이크에서 우리는 다시 호텔의 축소판을 발견할 수 있다. 지배인 구스타브에게 호텔은 생업을 넘어 자아의 확장이고 웨스 앤더슨에게는 영화가 그렇다. 둘은 무시무시한 규율로 탐미적 세계관을 전투적으로 방어하는 쾌락주의자다. 〈로얄 테넌바움〉부터 인구밀도가 높아지기 시작한 웨스 앤더슨의 세상은 〈그랜드 부다페스트 호텔〉에 이르러 감당하지 못할 숫자의 인물로 북적인다. 주요 인물을 빼고도 마티외 아말릭, 밥 밸러밴, 레아 세이두 같은 굵직한 배우들이 컵케이크의 아이싱마냥 여기저기 흩뿌려져 있다. 혹시 운집한 배우들을 소화하기 위해 다중 액자구조를 채택했나 싶은 실없는 생각이 들 지경이다. 하지만 이들은 앙상블 연출의 대가 로버트 알트먼 감독(〈매시〉, 〈내쉬빌〉, 〈숏 컷〉, 〈고스포드 파크〉)의 영화를 채운 예측 불가한 인물들과 달리 마리오네트 인형처럼 움직이고 말한다. 연기가 나쁘다는 뜻이 아니다. 반대로 앤더슨의 영화는 아주 능청맞고 세련된 배우만이 소화할 수 있다. 살아 있는 배우로 스톱모션 애니메이션을 찍는 듯하다는 의미다. 그러고 보면 실제로 〈그랜드 부다페스트 호텔〉의 액션 신에는 미니어처 애니메이션이 포함돼 있기도 하다.

〈그랜드 부다페스트 호텔〉이 자아내는 비평적 의구심의 한 자락을 단순히 요약하자면 "역사를 '인형극'으로 만들어도 괜찮은 걸까?"일 것이다. 앤더슨은 당연히 괜찮다고 선포한다. 〈그랜드 부다페스트 호텔〉은 웨스 앤더슨 영화로서는 예외적으로 2차 대전의 야만과 나치즘이라는 역사적 사태를 다루지만 역사는 어디까지나 '인형극'이 요구하는 갈등의 형상으로 변형된 다음에야 영화 안으로 입장할 수 있다. 호텔의 지리적 배경인 주브로브카는 가상 국가이고 1932년으로 명시된 연도는 히틀러가 독일의 정권을 잡고 군사행동을 감행하기 6년 전이다. 웨스 앤더슨은 일부러 딱 한 뼘 비켜감으로써 현실의 연표에 영화의 영토를 열어주지 않겠노라 선언한다.

〈그랜드 부다페스트 호텔〉 속 세계대전의 전선(戰線)은 '민주주의 대 파시즘'이 아니라 '아름다움 대 야만'이다. 구스타브와 웨스 앤더슨 감독에게 정의의 근거는 미학이다. 돈만 아는 가족 대신 친구 구스타브에게 유산을 물려준 마담 D(틸다 스윈튼)의 행위가 대변하듯, 〈그랜드 부다페스트 호텔〉에서 절대적으로 지켜야 할 가치는 혈연이나 법이 아니라 개인의 감식안을 통해 선택한 대상이다. 그래서 구스타브는 본인이 후계자로 '입양'한 고아 제로를 나치로부터 보호하고자 하고, 마담 D가 남긴 그림을 예술적으로 무지한 무리로부터 훔쳐서라도 가지려 한다. 인간적 정이나 그림의 값어치는 부차적 동기다. 정치적 신념이 아니라 오랜 친구와 약속한 바는 지켜야 한다는 구세계에 속한 품위 있는 인간의 존재 미학이 구스타브의 이데올로기다.

영화 속 이야기가 끝나갈 무렵 무도한 파시즘 세력이 잠시 승리했다는 소식이 들려오지만 웨스 앤더슨 감독은 하찮은 풍

말 바보

문처럼 내레이션으로 전할 뿐 그 사태를 프레임 안에 들여놓을 생각이 눈곱만큼도 없다. 요컨대 판타스틱하게 우아한 미스터 앤더슨이 세상과 싸우는 방식은 경멸이다. 혹은 무시다. 그는 적수가 정치건 역사건 무조건 홈그라운드로 끌어들여 승부를 보는 유형의 예술가다. 이 점에서 앤더슨 씨는 〈바스터즈: 거친 녀석들〉(2009)과 〈장고: 분노의 추적자〉(2012)를 만든, 하나도 안 우아한 타란티노 씨와 동류다.

한 감독의 필모그래피가 쌓이다 보면 반복되는 이야기의 패턴과 인물형이 보인다. 더불어 매번 그가 회피하거나 완곡어법으로 처리하는 대목이 무엇인지도 눈에 들어온다. 웨스 앤더슨의 영화는 연애와 이별, 죽음을 현재진행형으로 보여주는 일이 드물다. 격렬한 감정적 사건들은 회고되거나 설화처럼 구전된다. 앤더슨의 가장 감상적인 영화에 해당하는 〈로얄 테넌바움〉이나 〈문라이즈 킹덤〉(2012)의 경우에도 사랑이라는 큰 사건은 주로 편지, 그림, 소품과 같은 아기자기한 오브제들로 증거된다. 〈다즐링 주식회사〉(2007)의 주인공 삼형제는 인도 현지인의 죽음을 목격하고 장례에도 참여하지만 어디까지나 감격한 '관광객'으로 거기 있는 것으로 보인다. 그리하여 웨스 앤더슨 영화의 희로애락은 멜랑콜리 안에 한데 미지근하게 용해

된다. 전쟁, 살인을 전작보다 직접적으로 다루고 있으며 신체 절단과 욕설, 섹스의 암시도 자주 등장하는 〈그랜드 부다페스트 호텔〉에서 격정과 비탄을 에둘러 가는 웨스 앤더슨의 고집스러운 취향은 거꾸로 두드러진다.

메인 화자인 로비보이 제로는 연인 애거사와 처음 사랑에 빠진 과정을 관객에게 이야기하려다 말을 접는다. 훗날 그녀와 갓난아이가 병사했다는, 그의 인생에서 필시 가장 무거웠을 사건도 내레이션으로 간단히 언급되고 지나간다. 제로를 지키려다 구스타브가 맞이한 슬픈 결말도 마찬가지다. 그리고 엔딩크레디트가 올라가기 시작하면 쿵작거리는 러시아 춤곡이 관객의 애도를 부드럽게 사양한다. 정념이라는 회오리가 웨스 앤더슨의 반듯하게 정리 정돈된 세계를 흩뜨려놓을 위험이 있어서일까. 고통과 갈등의 현장을 목도하는 행위 따위는 부질없다는 판단 때문일까. 나는 웨스 앤더슨이 무감동한 작가라고 말하려는 건 아니다. 아니 오히려 앤더슨 영화의 필사적인 우회에는 어떤 애잔함이 있다.

급박한 추격과 도주의 상황에서도 직진해서 프레임의 균형을 깨느니, 한사코 90도로 좌회전하고 우회전하는 〈그랜드 부다페스트 호텔〉의 인물들도 유사한 감정을 자아낸다. 재미로 술래잡기 놀이를 하는 것처럼 보이지만 죽을 둥 살 둥 하면서도 영화가 지어놓은 대안적 세계의 가장자리를 절대 파괴하지 않겠다는 그들의 결의는 절박하고 치열하다. 여기까지 쓰고 보니 문득 웨스 앤더슨이 3D영화를 만드는 날이 두려워진다. 좌우대칭과 구도의 데코룸(decorum)을 향한 감독의 가공할 집념을 고려할 때 스크린의 X축(가로)과 Y축(세로)뿐 아니라 Z축(깊이)까지 정밀한 비례가 적용된 웨스 앤더슨표 3D영화는 정녕 우리 모두의 시지각에 대한 난해한 도전일 것이다.

선물 가게와 같은 예쁘장한 외양과 달리 웨스 앤더슨의 영화는 '죽음'의 관념에 사로잡혀 있다. 죽음의 현장을 건드리진 않지만 영화 속 인물들은 죽음에 관해 자꾸 생각하고 이야기한다. 앤더슨의 영화에서 인간 대신 노골적인 위해를 당하는 존재는 개와 고양이다. 웨스 앤더슨은 영화 속 동물의 안위에 예민한 관객의 블랙리스트에 올라 있다. 〈로얄 테넌바움〉에서는 비글종의 개가 차에 깔리는 참사가 있었고 〈문라이즈 킹덤〉에서는 스누피라는 이름—찰스 슐츠의 만화를 통해 비글의 대명사가 된—의 테리어가 화살에 정통으로 찔려 죽는 적나라한 장면이 귀여운 첫사랑 이야기에 느긋하게 젖어 있던 관객을 깜짝 놀라게 했다. 〈스티브 지소와의 해저 생활〉(2004)에서도 개가 상해를 입고 주인공이 기르던 고양이의 부음을 듣는다. 〈그랜드 부다페스트 호텔〉도 전통을 지킨다. 개들이 무사한 대신 마담 D의 변호사(제프 골드블럼)가 키우는 페르시아 고양이가 창문 밖으로 냅다 던져진다. 거기까지는 비주얼 개그 차원에서 웃어넘길 수 있지만 곧이어 카메라가 한사코 보도블록 위에 납작하게 추락한 고양이의 시신을 내려다보면 입가에 떠오르던 미소가 경직된다. 왜 이렇게까지? 이 모든 동물들의 희생이 해당 영화의 서사 전개에 필수적인 사건이 아니라는 점을 고려하면 웨스 앤더슨이 극 중에서 인간이 겪어야 하는 직접적 상실과 수난을 개와 고양이에게 전가하고 있는 게 아닌가 싶기도 하다.

그런데 앤더슨의 악취미에 진저리를 치기 전에 눈길이 가는 대목은 반려동물과 사별한 극 중 인물과 영화의 반응이다. 그들은 충격은 받지만 길게 애통해하지는 않는다. 아이임에도 불구하고 〈문라이즈 킹덤〉의 소년 소녀가 개의 죽음을 곱씹는 모습을 영화는 보여주지 않는다. 〈스티브 지소와의 해저 생활〉의 스티브 지소(빌 머레이)는 고양이의 죽음에 관한 아내의 무신경한 발언에 불쾌해하면서도 나중에 고양이에 관한 질문을 받았을 때는 아무려면 어떤가라는 투로 자세히 추억하고 싶지 않다고 말한다(그러면서도 죽은 고양이가 추억 속에 차지하는 자리를 부정하지는 않는다). 〈그랜드 부다페스트 호텔〉의 변호사는

말 바보

고양이의 유해를 합당하게 장례 지내는 대신 그냥 버린다. 얼마 지나지 않아 그도 같은 운명을 맞는다. 다만 영화가 사람의 죽음을 동물의 그것만큼 대놓고 쳐다보지 못한다는 점이 차이다. 생명이 방금 빠져나간 인간을 직시하긴 힘들어서 동물을 통해 통과의례를 대신한다고 말할 수 있을지도 모르겠다. 어쨌거나 웨스 앤더슨 영화가 죽음을 다루는 방식은 다음과 같은 결론을 가리킨다. 살아 있는 존재는 사람이건 동물이건(감독 본인을 포함해) 죽기 마련이고 세계는 계속된다. 그러므로 예술가의 최선은 개별적 운명에 연연하지 않는 고유한 세계를 짓다 죽는 것이다.

"노(No)"를
받아들이는 법

폭스캐처

〈폭스캐처〉를 관람한 많은 사람들이 탁월한 몸 연기(physical acting)의 향연이라고 평한다. 나역시 맨 앞줄에 서서 동의하는 바다. 연습용 인형과 묵묵히 섀도 레슬링을 벌이는 마크 슐츠(채닝 테이텀)의 모습으로 테마를 암시하는 도입부부터 눈사태처럼 설명 없이 들이닥치는 결말까지 〈폭스캐처〉는 대사에 의존하지 않는다. 극단적 예를 상상하자면 음향을 소거하고 영화를 본다고 해도 줄거리의 흐름과세 주인공의 성격을 파악하는 데에 무리가 없을 법하다. 이 드문 성취에는 스티브 카렐, 마크 러팔로, 채닝 테이텀 세 배우가분장의 도움으로 외모와 자세를 캐릭터에 꼭 맞게 빚어낸 정적인 몸 연기와, 사지를 움직이는 방식을 성격에 맞게 조율한 동적인 몸 연기가 맞물려 기여한다. 〈폭스캐처〉는 식습관도 캐릭터 표현에 활용한다. 레슬러 마크 슐츠는 혼자서, 아무거나, 우걱우걱 먹는다. 야외 식탁에서 가족과 화기애애하게 어울려 먹는 형 데이브(마크 러팔로)와 대조적이다. 그리고 사람의 육체가 갖는 무게감과 속도는 둘러싼 세계와 어떤 관계에 있느냐에 따라 상대적인 법이므로, 배우들의 '육체적' 연기는 공간에 인물을 넣는 촬영의 구도와, 움직임을 끊는 편집으로 완결된다. 박수!

그러나 갈채를 보낸 다음 반대로 생각해보는 일도 흥미롭다. 우리가 〈폭스캐처〉의 연기를 육체적, 즉 비언어적이라고 결론 내린 연유는 세 남자의 말이 비효율적이고 쓸모없게 들려서이기도 하다. 그런데 이 언어적 빈곤은 인물의 면모를 자세하고 풍성하게 이해하는 데에 대단히 중요하다. 레슬러 형제 마크와 데이브, 그리고 둘의 삶에 끼어든 대부호 존 듀폰(스티브 카렐)은 공히 언어에 무능하다. 단, 무능의 형태는 3인이 각기 다르다. 몸의 대화에 익숙한 운동선수 슐츠 형제는 기본적으로 어눌하다. 소극적인 동생 마크는 비단 언어뿐 아니라 어떤 식으로든 생각을 타인에게 표현하는 일을 고역스러워하는데 그중에서도 말이 제일 힘겨운 대상이다. 견고한 인생관과 타인에 대한 공감능력을 소유한 데이브는 세 남자 중 단연 소통에 능하지만 그 수단은 말을 통한 설명과 설득이 아니다. 오해를 어루만지는 눈빛과 포옹, 쓰다듬는 손길이 그의 말을 보완한다.

언어에 있어 존 듀폰의 '장애'는 과잉하다는 점이다. 그는 사적인 대화를 (못하기 때문에) 죄다 설교로 변질시킨다. 손으로 만질 수 없는 이상과 애국심을 거창한 어휘로 논하고 공허를 정언명제로 덮는다. 마크에게 불현듯 유년의 외로움을 털어놓는 장면의 대사 정도가 기억나는 예외다. 그러므로 존 듀폰의 캐릭터를 이해하는 데에는 그가 무엇을 말하느냐보다 어떻게 말하느냐가 유용한 정보를 준다. 단어와 단어를 끊어서 발화하는 존의 말버릇은 자신의 한마디 한마디가 갖는 중요성을 극대화하려는 욕구를 드러낸다. 마크를 저택으로 초대한 첫 만남을 보자. 존은 조금 지체해서 등장한다. 박물관 같은 거실에서 손님이 자기의 소유물에 압도될 시간을 준 다음 존은 입을 뗀다. "난 레슬링 코치고, 레슬링에 깊은 애정이 있어요. 당신이 뭘 성취하고 싶은지, 인생에서 뭘 이루고 싶은지 이야기하고 싶어요." 본인의 전문성과 지위를 대뜸 기정사실화하고 다짜고짜 멘토 자리에 서는 셈이다. 이어 존은 초면인 마크의 훈련 진도를 묻고 답이 돌아올 때마다 마치 본인이 내린 지시 사항의 완수 여부를 확인하듯 "좋아", "그래야지" 같은 말로 대화의 권력을 슬쩍 점유한다. '마침표는 나만 찍는다'는 태도다. 이 남자가 아는 단 하나의 효율적 커뮤니케이션 방법은 기선제압이다. 뒷날 둘의 관계가 악화된 이후 마크는 존의 질문을 묵살하는데 존은 그 침묵에다 대고 "굿"이라고 대꾸해 거절당했음을 부정한다. 존은 좀처럼 언성을 높이지 않는다. 인생에서 원하는 바를 얻기 위해 큰 목소리를 낼 필요가 없기 때문이다. 존 듀폰이 나름대로 에고를 보호하기 위해 정교하게 구축한 화법을 결국 붕괴시키는 한마디는 '노(No)'다. 〈폭스캐처〉는 대사에 기대지 않는 영화지만 한편으로는 '노'를 받아들이는 법을 알지 못해서 파멸하고 파멸시킨 남자의 이야기라고 줄거리를 요약할 수 있는 드라마이기도 하다.

이번 주는 다른 영화에 관한
일기 쓰기를 포기하기로 한다

노예 12년

정확히 몇 살이었는지 기억나지 않지만 내 인생 최초의 '호러 영상물'은 미국 노예사를 한 가문의 연대기로 극화한 TV시리즈 〈뿌리〉(1977)였다. 노예들에게 가해지는 끔찍한 폭력의 묘사가 불러일으킨 충격이 첫 번째 공포였고, 인간이 다른 인간을 저렇게 취급할 수도 있다는 경악이 더 심각한 두 번째 공포였다. 〈뿌리〉가 방영되는 요일이면 즐거운 기대보다 도망치고 싶은 마음이 앞섰지만 꼬박꼬박 나를 TV 앞에 끌어다 앉힌 힘은 비논리적인 일종의 의무감이었다. 공포감, 눈 돌리고 싶은 유혹과 싸워 〈뿌리〉를 빠뜨리지 않고 보는 일만이 내가 주인공 쿤타 킨테 일가를 도울 수 있는 유일한 방법이라는, 말도 안 되는 혼자만의 강박을 가졌던 것이다.

　아직도 〈뿌리〉가 노예제를 체험으로서 정면으로 다룬 영상물 중 내게 제일 진하게 새겨져 있다는 사실은 (내가 과문한 탓도 있겠지만) 그만큼 미국 노예제도가 인류사에서 차지하는 자리에 비해 대중영화의 소재로 선택된 빈도가 낮다는 의미이기도 하다. 그것이 초래한 고통과 죽음의 부피라든가, 인간의 도덕적 감수성이 정치·경제적 필요 앞에서 얼마나 마비될 수 있는가를 보여주는 사례로서의 의미를 저울질해보아도 비슷한 사례인 홀로코스트에 비해 스크린에 현저히 적게 재현됐다. 패전국 독일의 나치가 가해자인 홀로코스트와 달리 대중영화산업의 헤게모니를 쥐고 있는 미국의 역사적 반성이 전제되는 기획이기 때문에 문턱이 있었을 테고 상대적으로 할리우드에서 유대계 백인이 점유하고 있는 큰 영향력도 원인이었을 것이다. 무엇보다 북미와 세계 박스오피스 잠재력에 있어서 노예를 서사의 주체로 세운 영화는 흔쾌한 기획이 아니었을 터다. 얼마 전 만난 〈오스카 그랜트의 어떤 하루〉(2013)의 수입 배급사 대표는 "한국에서 흑인 배우가 주인공인 영화가 관객을 모으는 경우는 아직은 코미디로 한정된다. 〈언터처블: 1%의 우정〉(2011) 정도가 예외지만 흑인-백인 투톱 영화였다"라고 말했다. 〈맨 인 블랙 3〉(2012)의 윌 스미스를 비롯해 인종차별이 상식적 금기가 된 지 오래인 현대 할리우드 영화의 흑인 스타들은 극 중에서 인종차별을 농담의 소재로 취한 대사를 던지곤 한다. 그러나 희한하게도 조크의 단계로 넘어가기 전 응당 거쳐야 할 진담의 국면을 할리우드 영화는 건너뛰다시피 했다.

대중문화에서 제대로 재현되지 않았다는 사실은 현대 관객이 노예제를 대리 체험하고 감정과 사고를 투사할 기회가 적었음을 의미한다. "노예제? 그런 역사가 있었지. 다시는 없어야 할 비극이지"라고 인지하는 것과, 나와 같은 감수성을 가진 존재인 과거의 인간이 감당해야 했던 사태로 스스로를 연루시키는 일은 질적으로 다른 경험이다. 책 자체가 사료(史料)인 솔로몬 노섭의 수기를 신중하게 영화화한 〈노예 12년〉은 현대 미국 사회의 경제적 근간을 이루는 노예제라는 사태에 인간의 얼굴을 부여한다. 이는 모든 역사가들의 궁극적 목표 중 하나이기도 하다. 〈노예 12년〉의 연대로부터 5, 6세대가 지난 지금 미국은 어쨌거나 흑인 대통령을 선출한 나라가 됐다. "때가 됐다. 아니 너무 늦었다"라는 공감대가 〈노예 12년〉이라는 시도를 만나 영화가 처음 공개된 2013년 가을 이래 큰 파장을 일으킨 셈이다. 영국 〈가디언〉을 포함해 몇 달간 쏟아진 〈노예 12년〉의 영미권 리뷰에서 가장 자주 접한 형용사는 '오랫동안 기다려온(long-awaited)'과 '필요한(necessary)'이었다. 취향에 따라 다양한 수식어를 붙일 수 있겠지만 무엇보다 〈노예 12년〉은 '필요한' 영화다.

〈노예 12년〉의 국내 시사 뒤 정공법을 택한 드라마라는 평이 많았다. 동의하지만, 어디까지나 회화적 구도와 극단적 롱테이크가 전면에 부각된 스티브 매퀸 감독의 전작 〈헝거〉(2008)와 〈셰임〉(2011)에 비교해서다. 〈노예 12년〉은 여전히 매 숏, 매 장면의 세부와 뉘앙스가 면밀히 안배된 표현적인 영화이며 때로는 인물의 의식을 따라 시제를 오가는 변칙적 편집과 사운드와 화면을 분리시키는 기교도 서슴지 않는다. 스티브 매퀸 감독은 관객에게 말을 걸기 위해 크게 두 전략을 구사한다. 첫째는 '표 나게 보여주기'이고, 둘째는 '일부러 안 보여주기'다.

전자의 예로 누구나 첫손에 꼽을 만한 숏은 솔로몬(치웨텔 에지오포)이 백인 감독 존 티비츠(폴 다노)의 자존심을 건드려 간신히 절명하지 않을 만큼 목이 매달리는 롱테이크다. 인물이 발끝을 세워 겨우 호흡만 부지하는 이 긴 숏은 앞서 극 중에서 솔로몬이 외쳤던 "나는 생존하고 싶지 않다. 살고 싶다"라는 선언에 돌아온 가혹한 대답이기도 하다. 솔로몬이 캐나다에서 온 목수 배스(브래드 피트)에게 북부 가족에게 편지를 써달라고 은

말 바보

밀히 부탁한 다음 기약 없이 기다리는 시간을 압축한 클로즈업 롱테이크 역시 노골적으로 영화를 멈추고 "여기를 보라"고 요구한다. 50초가 넘게 지속되는 이 숏 중 한순간 치웨텔 에지오포는 카메라를 똑바로 쳐다보며 관객과 눈을 맞추는데 코미디가 아닌 극영화에서는 드문, 대담한 선택이다. 비누를 빌리러 이웃 농장에 다녀왔다는 '죄목'으로 노예 팻시(루피타 니옹고)가 등이 패도록 채찍질을 당한 다음 카메라가 땅에 굴러떨어진 조그만 비누를 잡으며 시퀀스를 맺는 순간 우리는 거의 보이지 않는 자막을 읽을 수 있다. "이 모든 고통은 비누 한 조각 때문이었습니다." 영화 초반 불법 노예수용소의 창으로부터 카메라를 들어 올려 멀리 보이는 의사당을 잡는 숏 역시 선명한 질문이다. 어떻게 공화주의를 신봉하는 나라가 노예제를 받아들일 수 있었을까. 이 장면들은 관람하는 동안 그리고 직후 며칠간 〈노예 12년〉을 머리에서 지우지 못하도록 육박해오는 동시에 이 '그림'을 각인하고야 말겠다는 매퀸의 아티스트다운 의도가 불거져 감흥을 상쇄한다. 즉 처음에는 숏의 의미심장함과 아름다움에 반하고 감독의 의중을 읽어냈다는 기쁨으로 끌어당기지만 얼마간 시간이 흐른 뒤에는 나의 '독해'까지 감독의 의도한 바임을 깨닫고 시들해지는 것이다.

　'표 나게 주시하는' 장면들이 액자를 씌워 갤러리에 곧장 걸어도 좋을 결정적 순간을 포함하고 있다면, '일부러 보여주지 않는' 연출들은 유추와 상상 과정을 통해 영화에 존재하지 않는 숏을 관객의 마음에 뒤늦게 현상(現像)한다. 스티브 매퀸은 한 노예가 목화밭에 쓰러져 과로사할 때 그의 얼굴과 몸을 보여주지 않는다. "그한테 물을 줘!(Get him water!)"라는 작업 감독의 명령을 듣고 식수를 주겠지 예상했던 관객을 배신하고 가축에게 하듯 동이로 물을 끼얹는 동료 노예들만 밭 너머로 보여준다. 노예 경매장에서 아들딸과 함께 사달라고 읍소하던 일라이자가 노예상에 의해 방 밖, 즉 프레임 바깥으로 질질 끌려 나갈 때도 카메라는 그녀를 따라가지 않는다. 옆방에서 들려오는 절규만 영화 안에 남고 그조차 솔로몬이 황급히 켜는 바이올린 소리에 덮인다. 포드의 농장에 간 뒤에도 그녀는 오래도록 울음을 그치지 않는다. 주인이 주도하는 주일 예배 장면에서 참석한 농장 사람들도 카메라도 끝없이 통곡하는 일라이자를 돌아보지 않는다. 오열만이 프레임 언저리를 맴돈다. 눈길을 돌림으로써 강조하는 연출은 솔로몬이 자유인 신분을 인정받아 홀로 농장을 빠져나오는 결말부에 이르러 정점을 찍는다. 소식을 듣고 달려 나온 팻시에게 솔로몬은 어떤 약속도 하지 못하고 등을 돌린다. 멀어져가는, 작아져가는 팻시는 포커스가 흐려진 원경에서 혼절하듯 주저앉는다. 이 초점이 나

말 바보

간 이미지가 그림 같은 숏으로 가득한 〈노예 12년〉을 통틀어 가장 무거운 여운을 늘어뜨린다. 그녀는 어떻게 될 것인가. 프레임 밖으로 황급히 사라진 노예들- 일라이자는, 팻시는, 아버지를 만난 양 기뻐하며 옛 주인에게 돌아간 클레멘스는 그들의 스토리를 어떻게 맺었을까.

〈노예 12년〉의 시각적 연출 가운데 고문 포르노나 익스플로이테이션 영화와의 비교까지 대두되며 의견이 분분한 항목은 노예에게 가해지는 린치의 묘사다. 스티브 매퀸의 태도는 일관되다. 그는 맞는 자의 고통으로 일그러진 얼굴에 렌즈를 가까이 대거나 조명을 주지 않는다. "너는 노예야, 너는 노예야"라는 '주문'을 들으며 최초로 몽둥이질 당하는 솔로몬의 얼굴은 암부에 묻혀 있다. 팻시에게 가해지는 가장 지독한 채찍질 장면에서 카메라워크는 팻시의 피 흘리는 등이 걸리는 앵글을 고심해서 피하고 있다는 인상마저 준다. 농장주 에드윈(마이클 파스빈더)이 솔로몬에게 쥐여줬던 채찍을 빼앗아들고 패악을 부린 다음에야 더 이상 눈 돌릴 수 없다는 듯 엉망이 된 여자의 몸이 잠깐 보인다. 매퀸은 노예들의 아파하는 얼굴을, 난도질된 몸을 클로즈업으로 본다 해도 관객은 그 고통에 어차피 다가갈 수 없다고 믿는다. 대신 그는 최소한 가능하다고 여기는 일만큼은 관객에게 철저히 강요한다. 그것은 목격자로서, 방관자로서 참상 앞에서 견디는 행위다. 몽둥이와 채찍이 인신 매매자들의 손에 들릴 때마다 〈노예 12년〉은 매질을 처음부터 끝까지 꿈쩍 않고 찍는다.

영화의 윤리를 생각할 때 우리를 갈등에 빠뜨리는 〈노예 12년〉의 터치는 채찍을 맞는 노예의 몸에 튀어 오르는 CG로 그려진 피와 살점이다. 이는 근본적으로 파괴되는 인간의 육체를 테크놀로지로 재현해 구경거리로 제공하는 〈300〉(2006)이나 〈호스텔〉(2005)의 태도와 동류가 아니냐는 비판은 확실히 우리를 멈칫하게 한다. 그러나 영화를 거듭 본 나는 의심을 떨치기로 마음을 정리했다. 첫째, 〈노예 12년〉의 폭력은 부풀려지지 않은 역사적 사실이고 둘째, 노예들의 삶에서 결정적 부분으로서 영화가 택한 제재를 다루기 위해 결코 에둘러 갈 방도가 없는 불가피한 장면이며 셋째, 육체가 아닌 다른 매개를 통한 표현으로 등가의 진실을 전하기 어렵고 넷째, 문명사회에서는 특수효과를 동원하지 않고는 재현이 불가능하다.

〈노예 12년〉에서 솔로몬 노섭이 12년을 노예로서 살아가는 루이지애나 늪지대의 풍경은 아름다워서 가혹하다. 뇌우가 치는 장면이라도 한번쯤 있었다면 덜 냉혹했을 것이다. 연두색 이끼로 덮인 수면, 고요히 머리채를 늘어뜨린 버드나무와 사이

말 바보

프러스, 숲으로 새어드는 투명한 햇살은 노예들의 부당한 고통을 바라보는 신의 어떤 연민도 내비치지 않는다.

"두 인생을 산 한 남자", "나는 노예가 아닙니다"라는 한국 개봉 포스터의 카피는 〈노예 12년〉을 억울하게 팔려가 노예가 된 자유인의 수난과 극복을 그린 휴먼 드라마로 보이게도 하지만 〈노예 12년〉은 궁극적으로 노예'제도'와 미국 사회의 뿌리에 관한 도큐먼트다. 글을 읽고 쓸 줄 아는 자유인이었다는 솔로몬 노섭의 예외적 조건은 그에게 피해자인 동시에 관찰자인 이중의 위치를 부여할 뿐이다. 목화밭에서 쓰러져 죽은 동료를 매장하는 장면에서 노예들이 〈흘러라 요단강아 흘러라〉를 합창하기 시작하자 노래 따위가 줄 수 있는 위안을 부정하듯 입술을 굳게 다물고 있던 솔로몬은 후렴의 한 대목에서 울컥해 노래에 합류한다. 출신을 막론하고 그들 전원은 자유로워야 할 본연의 권리와 매일 맞닥뜨리는 실존적 상황 안에서 하나다. 〈바람과 함께 사라지다〉(1939)와 같은 영화의 원경에서 구성지게 노래하는 목화밭 노예들을 보며 고되긴 했겠지만 나름대로 흥이 있는 목가적 생활인가 보다라고 언젠가 잠시라도 생각한 적이 있다면 〈노예 12년〉의 이 장면을 권할 수밖에 없다.

솔로몬 노섭의 원작《노예 12년》이 도착했다. 주말을 앞둔 밤이라 곧장 읽을 수 있었다. 《톰 아저씨의 오두막》보다 1년 늦게 출간된 이 책은 현대 독자의 입장에서 읽으면 무엇을 기술했는지 내용도 중요하지만 저자의 서술하는 태도가 시사하는 바도 무겁다. 우선 출간 시점이 눈길을 끈다. 1853년 1월 구조되어 가족의 품으로 돌아온 솔로몬 노섭은 4개월 뒤에 이 책을 펴냈다. 휴식을 취하고 생활을 복구하고 싶은 욕망도 간절했을 터에 기록해야 한다는, 알려야 한다는 그의 요구가 얼마나 긴급했는지 가늠할 수 있다. 현대인의 역사관이 불가피하게 개입된 영화 시나리오와 달리 1850년대를 통과하고 있는 솔로몬 노섭의 태도는 분통이 터질 만큼 온후하다. 그는 노예를 때리는 몽둥이의 모양새, 비참한 먹을거리와 침구, 의식주의 세부를 꼼꼼하고 담담하게 서술해 놓았다. 상대적으로 덜 가혹했던 농장주의 미덕을 칭송하기도 한다. 현대의 독자가 읽기에는 갑갑한 대목이지만 그것은 거꾸로 제3자의 관념성을 돌아보게 해서 가슴이 아프다. 관찰자에게는 대동소이한 악이어도 매일 생사를 오가는 극단적 상황에 처한 노예가 겪는 고통의 양에 주인의 성품은 막대한 차이를 가져다주었을 것이다. 심지어 저자는 농장주들도 노예제로 인간성을 잃었으니 피해자라는 놀라운 아량마저 보인다. 그러나 회고를 마쳐갈 즈음 솔로몬 노섭은 본인이 쓴 것과 겪은 것 사이에 놓인 간극에 문득 놀

　　　　　　　　　　　말 바보

란 것처럼 불안감을 담아 적는다. "내가 (이 책에서) 실패한 점이 있다면 상황의 밝은 면을 너무 부각시킨 것이다."

〈노예 12년〉의 3분의 2 지점 즈음에는 목화밭에 병충해를 가져온 애벌레의 클로즈업이 나오는데 징그럽지가 않았다. 90분가량 인간의 징그러움을 지켜본 효과였다. 사실 〈노예 12년〉에서 정신병리적으로 가장 위험해 보였던 인물은 악독한 농장주 에드윈 엡스가 아니라 우아하게 차려입고 가끔씩 테라스에 출몰하는 농장주 부인들이었다. 솔로몬을 처음 산 주인 포드의 아내는 아이를 잃은 슬픔으로 통곡하며 저택에 도착한 일라이자에게 위로 삼아 말한다. "안됐구나. 곧 네 아이들은 잊게 될 거야." 이 상냥하고 잔인한 무지라니. 남편의 관심을 받는 노예 팻시를 질투하는 엡스 부인은 기독교적 시혜를 베풀듯 노예들에게 빵을 나눠준 그 자리에서 둔기로 팻시의 얼굴을 내리친다. 이 '스칼렛 오하라'들은 10년 뒤 남북전쟁으로 사내들이 출전하고 나면 셀프 이미지의 붕괴를 경험하며 직접 채찍을 휘두르고 자신의 실체를 직면하게 된다.

두 번째 관람 뒤 솔로몬의 이야기 못지않게 〈노예 12년〉이 내게 강력하게 각인시킨 바는 영화 속 노예들이 몸을 가누고 움직이는 방식이다. 그들은 많이 말하지 않고 주섬주섬 먹고 잔다. (역시 감시받는 동료 노예가 휘두르는) 채찍의 재촉에서 풀려난 시간이면 그들은 최소의 에너지를 소비하려는 듯 팔다리를 늘어뜨리고 다니며 분노는 물론 더 이상 놀랄 기운도 없어 보인다. 이마에서 쉬지 않고 뚝뚝 떨어지는 비지땀이 유일하게 리드미컬한 요소다. 완벽하고 지속적인 탈진, 이라고밖에 말할 수 없다. 영화 도입부에서 솔로몬은 육체적 위로를 구하는 여자 노예의 손길에 반응하지 않는다. 이내 아내와의 추억으로 넘어가는 편집은 솔로몬의 거부를 정절의 표현으로 이해하도록 이끌지만 극심한 노역으로 너덜너덜해진 육신에 성욕이 들어설 여지가 없었을지도 모른다고 나는 생각하게 됐다. 탈진의 극한을 담은 대목은 한밤중에 팻시가 솔로몬을 깨워 자신을 죽여달라고 진심으로 부탁하는 장면이다. 자살할 힘이 부족하니 손을 빌려달라는 매우 실질적인 청이다. 흔히 세상을 향한 구조 요청이기 일쑤인 자살 충동과 달리 노예 소녀의 죽고자 하는 발원에는 한 줌의 제스처도 포함돼 있지 않다. 그녀의 소원은 생존 본능과 동일선상에 있다. 목을 누른 다음 강물에 가라앉혀 달라는 팻시의 상세한 묘사는 몇 번이나 머릿속에서 달콤하게 죽음의 과정을 시뮬레이션해본 사람의 그것이기에 섬뜩하다. 솔로몬의 반응도 상식적 예상과 다르다. 모든 걸 이해하는 듯 그는 팻시의 요구 자체를 반문하거나 타이르려고 시도하

말 바보

지 않는다. 돈을 꿔달라는 요청에 답하듯 왜 하필 나냐며 다른 사람에게 부탁하라고 내치는 게 전부다.

이와 연관해 솔로몬 노섭의 책에 인상적인 구절이 있다. 솔로몬이 살던 지역 숲과 늪에는 언제나 도망 노예가 숨어 있었는데 탈출을 꿈꾼 게 아니라 너무 지친 나머지 하루 이틀이라도 노동을 쉰 다음 돌아와 체벌을 받는 편이 낫다고 판단해 궁리한 궁여지책이었다는 서술이다. 원작에만 포함된 사실 중에는 고향의 솔로몬 가족이 아버지가 노예로 팔려갔음을 짐작하면서도 구조할 엄두를 내지 못했다는 이야기도 있다. 법제상으로는 가능한 일이었을지언정 서류를 갖추고 탄원하여 관료를 움직이는 과정은 실제로 요원한 상황이었던 것이다.

되짚어보면 〈노예 12년〉은 좌절의 연속이다. 선량한 농장주의 도움에 대한 기대가, 능력을 보여 인정받으려는 욕구가, 억울한 처지를 서신으로 알리려는 시도가 연달아 벽에 부딪힌다. 솔로몬은 최종적으로 자유인의 지위를 회복하는 일에 성공하지만 그것은 순전히 맥락 없는 개인의 행운으로 보인다. 가족과 재회하는 전형적인 결말도 마치 〈우주전쟁〉의 마지막 장면이 그랬듯 불길함과 불안을 남긴다. 자막은 솔로몬 노섭이 결코 가해자의 처벌과 법적 보상을 얻지 못했음을 알리고 의문사로 생을 마감했다고 덧붙인다. 세상은 영화가 끝나고도 오랫동안 나아지지 않을 것이다. 역설적이게도 이 점이 〈노예 12년〉을 첫인상보다 훨씬 신뢰할 만한, 재고해야 할 성취로 비망록에 적어두게 만든다.

말 바보

어쩔 줄 모름

순서가
틀렸다는 말

소셜포비아

    홍석재 감독의 〈소셜포비아〉에
는 서늘한 두 그림이 있다. 하나는 타인을 간단히 규정짓고 단
죄하는 집단 권력에 중독된, 살아 있는 군상이다. 신상정보를
털어 '현피'를 뜨러 갔던 일군의 SNS 이용자들은 승리 대신 상
대 민하영(하윤경)의 시신을 발견한다. 다른 하나는 민하영이
라는 죽은 개인의 초상이다. 그녀는 과거 온라인 커뮤니티에서
많은 사람을 공개적으로 모욕하고 매장해 명사가 됐지만 오프
라인 현실을 살아내지 못하고 우울과 무의미에 질식사했다. 현
피 소동은 그녀의 직접적 사인이 아니었던 것이다. 〈소셜포비
아〉는 민하영이라는 인물을 랜선을 떠도는 유령처럼 그린다.

관객이 보는 하영의 모습은 죽음 직후 채 감지 못한 눈, 흐릿한 웹캠 영상 속의 뜻 모를 표정, 그리고 제3자의 회상 변두리에서 반쯤 잘려나간 얼굴이 전부다. 하영의 동급생은 똑똑한 그녀가 남의 글은 매섭게 비판하면서도 막상 본인의 글을 제출하지 않아 교수와 충돌한 다음 학교에서 사라졌다고 말한다. 도대체 어떤 공포증이 창작 과목까지 수강하면서도 자기 글을 쓰지 못하도록 하영의 손을 마비시켰을까. 극 중 교수의 대사에 평범한 답이 있다. "욕을 왜 안 먹으려고 해?" 무심코 지적한 교수는 얼마 후 하영이 쓴 대자보가 일으킨 표절 스캔들로 타격을 받는다. 말하자면 '댓글'의 고수였던 하영은 '본문'을 쓸 수 없었다. 본문과 댓글의 차이는 비단 길이만은 아니다. 본문은 현상과 직접 마주하는 나를 드러내는 글인 반면, 댓글은 그렇게 노출된 남한테 주석을 붙이는 글이다.

웹 환경에서 댓글은 본문보다 쓰기 쉬울 뿐 아니라 더 큰 권력을 휘두른다. 잣대가 덜 섬세할수록, 짧을수록, 심지어 한마디, 아니 '빠', '까', '충', '혐' 같은 한 음절짜리 낙인을 포함할 경우 순간적으로 더 위세를 부린다(그리고 인터넷 이용자의 주의력 지속 시간은 찰나로 수렴하고 있다). 일축하는 언어들은 입증이 불필요하며 대화의 지속을 요구하지 않는다. '찬성', '반대', '♡', '좋아요' 정도면 족하다. 커뮤니케이션의 마침표를 내가 찍는다는 쾌감이 더 중요한 관건이다. 그러니 왜 굳이 고생해서 도마에 올라야 하는가? 키보드 워리어로서 본문과 댓글의 불평등한 권력을 누구보다 잘 아는 하영은 자리를 바꾸는 일이 두려웠을 것이다. 다음 순간 그녀는 이 두려움의 부피가 스트레스 수준을 넘어 수업을 포기할 만큼 거대하다는 진실 앞에 망연자실했을 것이다.

〈소셜포비아〉의 주인공 지웅(변요한)과 용민(이주승)은 장삼이사 네티즌이다. 적당히 휩쓸려 다니는 이용자 A, B다. 특별한 매력이나 미덕으로 포장되지 않은 두 인물을 주인공으로 만드는 특전은 문제를 조망하는 시야다. 둘은 하나같이 밖을 손가락질하는 군중 틈에서 드물게 역지사지의 자리에 선다. 용민은 숨겼던 과거사가 알려지면서 본의 아니게 하영과 똑같은 코너에 몰린다. 한편 지웅은 공감하고 질문하는 법을 아직 잊지 않은 사람이다. 사건을 조사하러 다니다 지웅은 용민에게 문득 묻는다. "그런데 민하영은 왜 그랬을까? 왜 사람들을 털고 매장하고 그랬을까?" 이 대사를 들으며 나는 미스터리가 끌고 가는 이야기임에도 불구하고 〈소셜포비아〉를 통틀어 지웅이 처음으로 현상의 이유를 묻는 인물이라는 사실을 깨닫고 움찔했다. 용민이 거짓말을 변명하며 나도 피해자라고 호소하는 장면에서도 지웅은 조용히 제동을 건다. "그래 알겠어. 그런데 너 나한테 미안하다고 먼저 해야 돼." 모두가 자기는 첫 번째 가해자가 아니라 누군가에게 받은 피해를 전이시켰을 뿐이라고 주장하는 세계에서 지웅은 순서가 틀렸다는 소박한 지적을 한다. 용민의 억울한 감정은 타당하다. 악순환은 개인의 책임이 아니고 문제의 머리와 꼬리를 찾는 일은 불가능해 보인다. 그러나 지웅이 말하듯 우리는 결과적으로 크게 다르지 않은 행위를 할지언정 순서는 달리 할 수 있다. 인정하고 사과하고 객관적 사실을 확인하는 일을 먼저 할 수는 있다. 그러고 나서 넘치는 몫은 전가하고 폐를 끼치게 될 것이다. 순서를 바로잡는 몸짓이 누적되면 악순환의 가속도는 줄어들지도 모른다.

암흑 속 망망대해와 같은 온라인의 모욕과 폭력을 시각적으로 연출하는 데에는 고심이 필요했을 것이다. 두 장면에 눈이 머물렀다. 하영의 죽음이 인터넷 방송으로 중계된 이튿날, 용민의 정체가 밝혀졌을 때 지웅과 용민이 다니는 학원 사물함은 욕설이 적힌 서명 없는 메모지로 뒤덮인다. 처음 당했을 때 바라보기만 했던 지웅은 같은 일이 두 번째 일어나자 친구의 사물함에 붙은 혐오의 딱지들을 한 장씩 손으로 떼어낸다. 학교도 아닌 고시학원이 배경임을 고려할 때 이 에피소드는 표현적 연출로 보인다. 다시 말해 만질 수 없어 더욱 막막한 증오의

어쩔 줄 모름

댓글들을 현실로 불러내 친구가 일일이 없애고 그것이 남긴 자국을 어루만지는 소원 성취의 의례다. 두 번째는 용민이 카페 회원들에게 몰이를 당하는 채팅실 시퀀스다. 이미지 없이 스크린에 대화 내용 텍스트만 띄워 표현한 이 장면은 언뜻 컴퓨터 모니터를 옮겨놓았다는 착각을 주지만 특정한 무드를 위해 형상화돼 있다. 실제 채팅 환경과 달리 검은 바탕으로 대화방 멤버들의 고립 혹은 엄폐를 강조하며 한 번에 한 이용자의 발언만 프레임에 입력해 말과 말 사이의 간격이 만들어내는 감정을 전한다. 실사로 옮긴다 치면 대화 당사자 이외의 인물을 지운다거나 고속촬영을 더하는 기교와 비슷하다. 사이버스페이스가 우리가 감각하는 생활 세계의 엄연한 일부로 변하면서 그곳을 흐르는 감정과 공간감을 영화적으로 묘사하는 방안은 SF 장르만의 숙제가 아니게 될 것이다.

〈소셜포비아〉의 홍석재 감독과 만나 차를 마셨다. 그의 영화적 관심사는 당분간 테크놀로지로 인한 커뮤니케이션과 사회·경제적 활동 양상의 변화다. "성장하며 보았던 훌륭한 고전 영화들의 드라마를 사랑하지만 지금 영화를 쓰고 만드는 감독으로서 실생활에서 그런 진실한 순간을 발견하기가 점점 어렵다고 느껴요. 폴 토머스 앤더슨의 영화가 점점 더 과거로 가고 있는 것도 그런 이유가 아닐까 생각해봤어요. 저는 그의 영화 속 인물들이 휴대전화를 붙들고 있는 모습을 상상하기 힘들거든요(웃음)." 요컨대 홍석재 감독은 일정한 세월이 흐르면 낡은 영화가 될지언정 본인으로서는 당대 문화를 기록하는 영화를 만드는 것이 최선이 아닐까 고민하고 있었다. 물론 그 겸손 뒤에는 시대를 감식하려는 의욕이 있었다. 소재주의에 빠지지만 않는다면 소재는 영화의 수명과 관계없을 터다. 홍석재 감독이 이어 말했다. "월드와이드웹도 애초에 우주 탐사를 위해 개발 된 기술의 부산물이었는데 이제는 지구를 지배하고 있잖아요. 사람들은 이제 프런티어를 포기하고 내부에 지어올린 우주에서 모든 걸 찾고 있는 게 아닌가 싶어요." 잠시 생각하던 그는 내게 되물었다. "온라인에서 일어나는 논쟁과 다툼이 허상이라고만 생각하세요? 아니면 엄연히 중요한 리얼리티라고 보세요?" 나는 후자에 가까운 답을 했다. 그리고 〈보이후드〉에 관해 리처드 링클레이터가 〈사이트 앤드 사운드〉와 했던 인터뷰의 일부를 떠올려 홍 감독에게 이야기했다.

링클레이터는 2002년부터 2013년까지 〈보이후드〉를 찍으면서 의식주의 유행이 더 이상 문화적 연대를 드러내는 데에 중요하지 않다는 사실을 깨달았다고 한다. 가령 〈보이후드〉의 배경이 1966년부터 1977년까지였다면 달랐을 것이다. 대

어쩔 줄 모름

신 지표가 된 것은 게임기와 스마트폰, 컴퓨터의 기종이었다. 링클레이터의 결론은 요약하자면 다음과 같았다. 2000년대 초반부터 우리의 삶은 가상세계에 로그온되었고 그 비중은 커져왔다. 과거의 펑크족이나 운동가들처럼 서브컬처를 만들어 연대감을 표하고 저항하고 삶의 지향을 드러낼 필요는 사라졌다. 페이스북의 계정에 자기 세계를 지어놓고 '좋아요'를 받으면 그것으로 족하게 됐다. 그러므로 홍석재 감독이 주시하고 있는 영역이 중요하지 않다고 말하긴 불가능하다. 그것은 우리의 일상과 정치에 이미 실제 지분을 갖고 물리력으로 작용하는 세계를 없는 셈 치는 일이 될 테니까.

"남들은 다 똑같다"는
인지장애

아노말리사

     개성 없는 순응 사회를 풍자하는 양식으로 꼭두각시 인형극은 자연스러운 선택이다. 〈존 말코비치 되기〉(1999)에서 존 말코비치를 퍼펫처럼 조종하고 〈시네도키, 뉴욕〉(2007)에서 도시를 모형으로 축소한 찰리 카우프먼 작가/감독이라면 더 설명이 필요 없다. 스톱 모션 애니메이션 〈아노말리사〉의 인물은 정말 인형이다. 각종 신드롬 애호가인 카우프먼이 선택한 〈아노말리사〉의 모티브는 프레골리 망상(Fregoli delusion)이다. 자기 외의 모든 타인을 위장한 동일 인물로 인식하는 이 증후군은 주인공 마이클(데이비드 튤리스)이 묵는 극 중 호텔의 이름으로 인용됐다. "남들은 다 똑같다"는 마이클의 인지장애는 사랑에 빠지는 두 주인공을 제외한 남녀노소 전원의 목소리를 한 배우(톰 누난)가 연기함으로써 표현된다.

〈아노말리사〉의 찰리 카우프먼과 듀크 존슨 공동감독은 〈인사이드 아웃〉을 별로 좋아하지 않았다고 전해진다. 〈존 말코비치 되기〉, 〈어댑테이션〉(2002), 〈시네도키, 뉴욕〉 등등 혹시 카프카의 환생인가 싶은 작가/감독 찰리 카우프먼의 전작만 봐도 능히 수긍이 간다. 그러나 신작 〈아노말리사〉를 보고 나니 더욱 분명해진다. 〈인사이드 아웃〉이 상상한 깔끔히 구획된 '민주적인' 행동 결정과 인격 형성 프로세스는 카우프먼에게 터무니없이 나이브한 동화일 것이다. 그에게 세상은 평평하고 모형으로 단순화할 수 있는 반면, 자아는 광활하고 복잡하다.

〈아노말리사〉의 퍼펫 애니메이션 양식은 카우프먼의 세계관과 과하다 싶을 만큼 딱 들어맞는다. 영화 속 모든 현상이 즉각 은유가 되는 형국이다. 중년의 주인공 마이클 스톤의 눈에 타인은 모두 똑같이 생겼고 똑같은 목소리로 말한다. 나를 제외한 모든 인간을 동일 인물로 인식하는 망상증이다. 성격과 앞뒤 안 맞게도 고객 서비스 전문가이자 스타 강사인 마이클은 한때 살았던 도시 신시내티로 출장 온 밤 십수 년 전 자신이 무책임하게 떠났던 옛 애인에게 전화를 건다. 내게도 특별한 누

　　　　어쩔 줄 모름

군가가 있었음을 확인하기 위해서인데 이 재회는 마이클의 섣부른 유혹으로 민망하게 끝난다. 낙담해서 객실로 돌아온 마이클의 귀에 불현듯 '타인들'과 구별되는 여자의 목소리가 들린다. 영화의 나머지는 마이클과 리사(제니퍼 제이슨 리)의 짧은 조우를 따라간다.

〈아노말리사〉는 제목이 약속하는 대로, 어디서도 경험한 적 없는 영화 체험을 제공한다. 3D 프린팅 기술로 출력된 캐릭터의 표면은 적당한 온기를 전하고 완벽하게 매끄럽지 않은 인형의 움직임은 영화가 보여주려 한 인간 행동의 미세한 인위성을 훌륭히 반영한다. 애니메이터 듀크 존슨 감독은 보통의 퍼펫 애니메이션이 마감재나 CG로 지워버리는 신체 부위 봉합선을 그대로 보여줌으로써 유사 인간이 관객에게 주곤 하는 징그러움(uncanny valley)을 슬기롭게 피해간다. 요컨대 〈아노말리사〉는 적당히 인간적이고 적당히 기계적이다. 찰리 카우프먼의 단골 배우인 톰 누난이 두 주인공만 빼고 모든 인물의 목소리를 더빙한 표현법 역시 실사영화였다면 실천하기 어려웠을 터다. 관객이 기타 캐릭터의 목소리가 똑같다는 사실을 확신하는 지점은 마이클과 아내의 통화 장면이다. 여기서 대사는 '생리통'을 언급함으로써 마이클의 배우자가 생물학적 여성이며 그럼에도 남성의 음성으로 말하고 있음을 확인시킨다.

한편 〈아노말리사〉가 구현한 호텔 공간은 어떤 실사영화 속 그것보다 우리가 갖고 있는 호텔의 인상에 부합한다. 미지근한 공기와 최면을 거는 복도, 중간색의 가구들, 작동법이 묘연한 수도꼭지와 용도를 알 수 없는 전화기의 단축 버튼까지. 자못 청결한 호러의 기운마저 감돈다. 이 모두를 덮은 은은한 조명과 톤 다운된 색조는 화면 전체에 부드러운 안개를 씌워 마이클이 바라보는 단조로운 세계상에 공감하도록 유도한다. 〈아노말리사〉의 공간은 정교한 '인형의 집'을 고스란히 옮겨놓은 모습인데 이 분야의 대가인 웨스 앤더슨 감독도 시샘할 법하다.

〈아노말리사〉는 인물의 전면 누드를 노출하며 적나라한 섹스를 포함한다. 이 영화의 성 묘사는 애니메이션으로서 드문 신이라는 희소가치보다 스크린 속 섹스가 어느 정도 기대기 마련인 환상성을 불식했다는 데에 비상한 면이 있다. 만난 지 얼마 안 된 두 인간이 키스에서 정사로 머뭇머뭇 나아가는 과정의 현실적 어색함과 우스꽝스러움을 〈아노말리사〉는 흔한 편집의 생략과 음악의 덧칠 없이 통째로 표현한다. 연기자가 무의식적으로 자기를 보호하지 않는 인형이라는 점도 이 역설적인 리얼함에 작용했을 것이다. 속셈이 뻔한 유혹, 옷을 벗기는 동작의 서툶, 서로의 몸을 몰라 발생하는 애무의 버퍼링, 섹스가 끝난 다음의 어쩔 줄 모름까지. 콩깍지 따위는 없는 풀숏으로 침대를 줄곧 지켜보는 관객은 인형의 섹스에 감정을 이입할지 관찰할지 관람의 자리를 결정하지 못한 채 서성이는 특이한 경험을 한다.

그러나 실존적 불안의 독창적인 표현에 대한 감탄을 가라 앉히고 나면 〈아노말리사〉는 진심으로 좋아할 수 없는 좋은 영화였다. 내 냉담의 원인은 주로 마이클이 인간관계를 대하는 극히 이기적인 태도에 있다. 뒤집어보면 나 이외의 모든 인간이 동일한 외모와 음성을 가졌다는 인식만큼 스스로를 스페셜한 존재로 정당화하는 설정도 없다. 마이클은 애초에 인간들 사이의 풍요로운 차이를 보려 하지 않고 여성을 향한 관심도 자기의 욕망을 얼마나 충족시킬 수 있는가에 한정돼 있다. 그는 자성을 모르고 세상이 자기에게 동조하지 않음을 견디지 못한다. 이 욕구를 '사랑'이라는 절대 단어로 일축해 이해하는 것은 아무리 주인공의 특전이라고 해도 지나치게 너그러운 반응으로 여겨진다. 극 중 꿈 장면이 보여주듯 세상은 오로지 마이클과 특별한 한 여자를 떼어놓으려는 훼방꾼일 따름이다. 마이클이 불편하게 여기는 수많은 타인이 마이클을 소외시키는 힘 있는 존재가 아니라 마이클에게 사랑해달라고 매달리는 약자의 처지로 그려졌다는 것도 특기할 만하다. 게다가 그는 "고객 한 사람 한 사람의 개성을 파악해서 접근하라"는 본인의 상태와 모순된 영업 지침서를 써서 베스트셀러 작가가 될 정도로 객관화 능력을 보유하고 있다. 그러나 그의 선택은 항구적 욕구불만이다.

함께 오랜 시간을 보내고 싶지 않은 인물이라는 점에서 마이클은 확실히 찰리 카우프먼의 남자주인공이다. 마이클의 정신세계를 지배하는 존재는 언제나 현재 삶을 함께하는 반려자가 아니라 마지막으로 그가 도망쳤던 연애 상대다. 나를 더 움찔하게 만들었던 것은 외모를 비롯해 모든 면에 자신감 없는 소녀 같은 모습을 보이던 리사에게 적극적으로 접근했다가 이튿날 그녀가 아침밥을 씹어 넘기고 자기 의견을 피력하는 순간 급격하게 식어버리는 마이클의 반응이었다. 이것이 아마도 그가 스스로를 가둔 패턴일 것이다. 공부가 부족해 사전을 찾아가며 남자의 책을 읽었다는 리사에게 마이클이 감동하는 대목역시 일견 매우 로맨틱하지만 달리 보면 우월한 입장에 설 때만 애정을 실감하는 사람의 징후이기도 하다. 영화 결말에 마이클이 아들에게 선물한 섹스 숍 인형은 리사처럼 얼굴에 흉터가 있다. 혹시 리사는 마이클의 환상이 인형에 빙의시킨 가상인물은 아닐까? 이런 억측까지 다다른 것은 마이클이 말하는바와 달리 자폐의 상황에 안주하고 있다는 인상 탓이었다. 그러고 보니 적어도 카우프먼은 인물을 변호하려고 들지는 않았다. 어쩌면 〈아노말리사〉는 주인공을 '악역'으로 바라볼 때 가장 만족스럽게 볼 수 있는 영화인지도 모르겠다.

맞을 짓

4등

〈4등〉이 재미있는 이유는 간단
하다. 현실과 유관하기 때문이다. 안 그런 영화도 있냐는 반문
이 돌아올 만하다. 고쳐 말하자. 〈4등〉은 체벌 때문에 갈등하
는 두 수영 선수의 이야기를 통해 한국 사회에서 살아가는 일
이 이다지도 초조한 이유를 들여다본다. 1등 해서 대학 진학에
도움이 될 것이 아니면 취미 하나 마음껏 탐닉할 수 없고, 자식
이 매를 맞아도 성적이 오르는 쪽을 택하는 것이 현명한 부모
의 행태로 간주되는 상황. 단기 성취와 효율을 제외한 나머지
가치는 모조리 허세나 사치로 취급되고, 인간적 품위를 갖기
위해서는 극소수 상위 그룹에 진입해야만 하는데 거기까지 이

르는 동안 품위라는 말의 의미조차 잊어버리게 되는 괴상한 풍경. 초등학생부터 장년층까지 섞인 〈4등〉의 객석은 상영 시간 내내 영화의 모든 말과 몸짓에 적극적으로 반응했다. 〈4등〉은 인권영화로 기획된 프로젝트인 동시에 감독 정지우의 장기와 개성이 고스란히 살아 있는 작품이다. 매혹적이고 사늘한 개인주의자 캐릭터와 거기 밀착된 연기, 아등바등하는 군상을 바라보며 "무슨 일 났나? 뭘 그렇게까지"라고 반문하는 투의 유머, 부드럽고 섬세한 리듬감이 그것들이다. 고요한 낙원처럼 찍힌 이 영화의 수영장 물밑 풍경은 〈해피엔드〉(1999)의 근조등 신, 〈사랑니〉(2005)의 공중 부양 키스 신, 〈은교〉(2012)의 노시인이 품은 환상을 잇는 정지우 특유의 태연자약하고 어사무사한 판타지와 맥을 같이한다. 예정에 없던 시사회 무대 인사에 나선 정지우 감독과 극장 출구에서 마주쳤지만 감상과 궁금증을 나눌 시간이 없었다. 정지우 감독과 만난 것은 〈4등〉을 본 지 2주 만이었다. 오늘 대화를 메모해둔다. 제일 많이 나온 말은 '맞을 짓'이었다. 이야기는 매우 즐거웠지만 돌아오는 길은 울적했다. 색글씨가 나의 말이고 나머지가 정지우 감독의 말이다.

시나리오를 쓰면서 영화의 어느 지점에 체벌을 등장시키고 어떻게 촬영할지 고민했겠다.

괜찮다, 괜찮다

소년 준호(유재상)의 이야기를 들려주다가 코치인 광수(박해준)의 젊은 시절로 플래시백하는 구성이 관객이 이해하긴 쉬울 수도 있었을 것이다. 그러나 광수가 먼저 맞아야 한다고 생각했고, 그러면서도 선명하게 이야기를 전달할 수 있다고 판단했다. 체벌 장면은 3D 모델링, 찍어서 거꾸로 돌리기 등 온갖 대안을 강구했지만 무술팀의 결론은 "조심해서 한 번에 찍는 것이 최선"이라는 것이었다. 카메라 두 대를 돌렸다. 맞는 상황의 불편한 얼굴을 따로 떼어 연기하면 안 되니까.

액션영화를 만들 생각을 해본 적 있나.

있다. 그러나 무용처럼 다루고 싶은 건 아니다. 그러고 보니, 내가 영화로 찍고 싶은 건 액션이 아니라 폭력인 것 같다. 장르적 액션 말고 사람의 행위로서의 폭력을 찍고 싶다.

젊은 광수(정가람)는 〈해피엔드〉의 보라(전도연), 〈사랑니〉의 인영(김정은), 〈은교〉의 주인공들이 그랬듯 이기적이면서 어딘가 매력적인 인간이다. 좀 '못된' 인물에 끌리는 경향이 보인다.

설명이 불가능하다. 맛있는 냄새에 침이 도는 것처럼 어쩔 수 없는 끌림이다.

준호 역의 유재상 배우에 대해 들려줄 말이 있다면.

엄청나게 영리한 사람이다. 예컨대 "형은 웃을 때 입꼬리를 올리질 않네요?"라고 불쑥 관찰하는 식이다. 키아로스타미 감독은 어린 배우들을 연출하기 위해 상황에 대해 거짓말도 했다고 들었는데 유재상 배우는 절대 속을 사람이 아니다. 극 중 정황을 이해하고 자기 방식으로 연기해야만 하는 배우다. 〈4등〉의 준호도 그저 꿈을 이루는 소년이 아니므로 적합한 캐스팅이었다.

영화 앞부분을 보며 1998년이 벌써 흑백으로 회고하는 시간이 됐구나, 흠칫했다. 하지만 흑백과 컬러로 1998년과 현재를 구분할 필요가 있었는지는 확신이 안 든다.

광수가 겪은 체벌이 코치가 된 광수가 준호에게 가하는 폭력과 준호가 동생을 때리는 사건의 씨앗이라고 인식해서다. 물론 광수를 때린 코치도 누군가에게 맞았겠지만 극 중 시간 안에서 폭력의 시원(始原)이라고 여긴 부분이라 흑백으로 구별했다. 첫 사건에 다른 사건들이 매달려 있는 구조다.

난해하진 않지만 기묘한 이야기 구조다. 정확히 대칭도 아니고, 무엇보다 이야기의 시작이었던 광수가 마지막에 옆으로 슥 사라진다. 통상의 드라마라면 타락한 코치가 폭력을 거부하는 어린 선수를 만나 다시 맑아져야 할 텐데.

박해준 배우가 '반성하지 않는 존재'라고 광수의 캐릭터를 설명하더라. 멋진 표현이다. "나는 반성하지 않아, 그럴 의사가 없어"라고 말하는 인간은 위력적이다. 영화 안에서 관습적인 화해로 퇴장시키는 것보다 존재감 면에서 더 강하게 남을 수 있다고 생각했다.

괜찮다, 괜찮다

반성하지 않으면서 본인이 그런 줄 모르는 사람들과는 확실히 다르다. 인권영화라는 범주는 있지만 세부 주제는 직접 선택했다.

여고생들을 무지막지하게 때리는 여교사를 찍은 유튜브 동영상을 보았다. 체벌 사유는 점심시간에 학교 담을 넘어 술 마시고 담배 피우기를 반복했다는 거였다. '맞을 짓'이라고 받아들이는 사람들이 있더라. 거기서 이 영화의 질문을 정리했다. 몇 번째 담을 넘을 때부터 맞을 짓인가? 술까지 마셔서 맞을 짓인가, 담배만 피워도 맞을 짓인가? 이 물음의 답은 완전히 자의적이고, 체벌한 사람뿐 아니라 그것을 용인하는 제3자들이 정확히 어디 서 있는지를 드러낸다. '폭력의 대물림'이라는 말에는 같이 근심하지만 돌아서서 타인을 때리는 입장에 처하면 우리 사회의 많은 사람이 '맞을 짓'을 근거로 합리화한다. 〈4등〉을 찍으며, 금지하는 방식의 언어로는 폭력에 관대한 문화를 멈출 수 없다는 점을 깨달았다. "때리면 안 된다"가 아니라 "맞을 짓이란 없다"로 시작해야 한다. 맞을 짓이 없다면 때리지 않고 가르치는 법을 생각해야 한다.

"널 위한 최고의 교육법"이라는 명분으로 학생을 체벌하지만 어찌 보면 단지 교육 스킬의 미비함과 게으름 같다. 아이의 마음을 이해하고 변화시키는 데에는 더 많은 시간과 교사로서 더 큰 능력이 필요하니까. 손쉬운 방법 중 체벌로 몇 번 즉각적 효과를 보고 나면 그걸 금과옥조로 믿어버리는 것 같다.

한국 사회 특유의 조급함도 있다. 한번 밀리면 절대 역전할 수 없다는 불안과 공포가 있다. 어린 광수는 뛰어난 재능이 있었다. 그런 재능의 이면에는 게으름이 있고 주로 원인은 권태다. 뒤가 다 보이니까 지루한 거다. 이 시점에 큰 재능이 지치거나 질리지 않고 탐구할 영역을 열어주는 것이 좋은 교육이다. 그런데 단기 승부에 써먹을 수 있는 부분에만 교육이 집중되면 뛰어난 사람들은 게을러진다. 영화를 위한 취재 과정에서 만난 많은 재능 있는 운동선수들을 주변인들이 그렇게 대했다.

구타 자체보다 4등만 하던 준호가 2등을 했을 때 코치가 전혀 칭찬하지 않는 모습과 때린 다음 마사지를 해주는 장면이 더 기괴했다.

원래 남자들이 그런다. 때린 다음 짜장면을 사준다. 채찍과 당근의 교차다. 〈4등〉에도 체벌한 다음 마사지를 해주고 먹을 걸 사주는 장면들이 있다. 그렇게 아이가 선생의 논리에 중독된다. 소위 '맷정'이 들고 어떤 부류의 사람들에게는 그것이 진리가 되어 은퇴한 교사가 회갑잔치에서 "그래도 찾아오는 건 맞은 학생들이고 덕분에 잘됐다고 감사한다"는 성공신화를 퍼뜨린다. 폭력으로 끈끈한 멤버십이 생긴다고 집단적으로 믿어버리는 현상이다.

준호 엄마(이항나)는 이 영화에서 희화화된 악역에 가장 가까운 인물이다. 교육이 왜곡된 주요 원인을 한국 어머니들의 행태에서 찾는 것처럼 보이기도 한다.

괜찮다, 괜찮다

지나치게 무거워지지 않으려고 유머를 불어넣는 데에 엄마가 희생한 면이 있다. 엄마가 희생할 수 있는 까닭은 이항나라는 원숙한 배우가 몸의 기운으로 (심각함과 희극성을) 운용할 수 있어서다. 용한 코치를 소개받으러 교회에 가서 다른 선수 엄마에게 잘 보이려고 애쓰는 장면이 좋은 예다. 정말 낯 뜨겁고 어려운 장면이다. 한편 극 중 인물 가운데 누구의 행동에 합당한 벌이 주어지고 있나를 보면 엄마만이 정당하게 대가를 짊어졌다는 인상도 있다.

놀이와 경쟁이 공존 가능하다고 생각하나.

모든 것은 놀이로부터 시작되고 놀이 시간이 길수록 최종 결과가 좋다는 것이 교육학자와 체육 관련 연구자들의 일치된 의견이다. 놀이를 완전히 건너뛰고 경쟁의 연쇄만 남겨두니, 이겼을 경우의 기쁨 외에 즐거움이 없다. 즉 승리를 얻지 못하면 이제부터 나는 뭘 하나 고민이 시작되는데 부모는 넌 이미 다른 길을 찾기엔 너무 멀리 왔다고 말한다. 놀랍게도 교육과정에서 놀이의 시기를 길게 유지하지 못하는 건 스포츠 분야만의 문제가 아니더라. 영화를 본 미술, 음악 전공자들도 "우리도 똑같다"고 들려주었다.

사죄하는 척 단죄하고,
격려하는 척 외면하는

한공주

           청명한 목소리를 타고난 소녀 공주(천우희)는 노래 부르기를 좋아한다. 음악의 의미를 묻는 친구 은희(정인선)에게 소녀는 노래를 부르면 눈앞의 모든 게 순간 음표로 바뀐다고 설명한다. 숨, 발소리, 바람 소리, 심지어 철 긁는 소음까지도 "괜찮다, 괜찮다" 하는 위안으로 들려와 외로움도 슬픔도 두려움도 잠시 잊을 수 있다고. 노래가 종교 같은 거냐고 친구가 되묻자 공주는 정확하고자 애쓰며 대답한다. "힘은 되는데 현실에 나타나진 않아." 그리하여 현실에서 스스로를 구조할 힘을 얻기 위해 소녀는 수영을 배우기로 결심한다. 어이없게도 소녀의 두 취미는 생존과 직결돼 있다. 우리는 거슬러 올라가야 한다. 공주가 헤엄치는 법을 습득하려고 결단한 동기는 자신이 장차 물에 빠졌을 때 자맥질을 포기할 수도 있다는 예감을 품었기 때문이고 그럴 경우 누구도 구명 튜브를 던져주지 않을 거라는 사실을 터득해서다. 그리고 10대 소녀가 자칫하면 생의 끈을 놓아버릴 정도로 탈진한 까닭은 그녀가 머지않은 과거에 집단 폭력에 의해 극심한 내상을 입었기 때문이다. 〈한공주〉를 관람하는 경험은 기본적으로 두 시간 동안의 조바심이다. 공주가 미처 충분히 강해지기 전에 지구력과 근력과 수영의 기술이 늘기 전에 큰물이 다시 덮쳐온다면 소녀는 영영 떠오르지 못할 수도 있다. 온전히 홀로 짊어져야 할 외상후 스트레스 장애로도 모자라 공주는 어른들과 사회로부터 합당한 조력과 위무를 얻지 못한다. 가장 참담한 대목은 소녀가 그걸 기대조차 하지 않는다는 점이다. '공주'라고 붙여진 소녀의 이름은 마치 악의적인 농담과 같다.

10대 집단 폭력과 성범죄, 자살이라는 한국 영화에서 드물지 않은 소재를 선택한 〈한공주〉의 차별성은 '그날 이후'의 이야기를 영화의 전경(前景)으로 배치했다는 점에 있다. 〈한공주〉는 있어서는 안 될 일이 일어난 다음 이미 거기 버티고 있는 사태에 당사자 그리고 같은 공동체 구성원들이 어떻게 대응하는가에 초점을 맞춘다. "피해자와 가해자를 가리고 진상을 규

괜찮다, 괜찮다

명하는 것이 목적이 아니다"로 요약할 수 있는 이수진 감독의 반복된 연출의 변은 뜨거운 이슈와 안전거리를 두려는 제스처로 오해받을 수도 있지만 옳고 그름의 판단을 회피하겠다는 의도가 아니라 구성된 '이야기'로서 이 영화의 핵심이 다른 데에 있음을 봐달라는 '환기'로 이해하는 편이 적절하다. 영화에 언급되는 가해자의 인원수나 일부 에피소드는 2004년 밀양 집단 성폭행 사건을 불가피하게 연상시킨다. 그러나 〈한공주〉에 실화에 기초했거나 모티브를 얻었다고 알리는 자막은 없다. 〈한공주〉가 태생적으로 짊어지고 있는 짐은 극 중에서 공주가 친구들에게 동영상 찍히는 일을 발작적으로 거부하는 장면에 함축돼 있다.

처음부터 이 점을 인식했던 이수진 감독은 허구로 만들어진 극 중 인물의 행동이나 상호 관계가 유사한 사건을 경험한 실존 인물들의 것으로 비치는 일을 매우 경계했다고 말한다. 또한 A4 50장 분량의 단출한 시나리오가 퇴고를 거듭하는 기간 동안, 전학 뒤 공주가 새 환경에 적응해가는 이야기가 본론을 이루고 과거는 플래시백을 통해 파편적으로만 노출되는 기본 구성도 흔들린 적이 없었다. 그럼에도 〈한공주〉가 불행을 착취하고 있다는 인상을 받는 관객이 있다면 러닝타임 절반이 넘어가도록 사건의 실체를 감춰두고 조금씩 나누어 그림을 드러내는 이 영화의 신중한 태도가 오히려 과거에 일어난 일의 존재감을 키워 서스펜스를 낳고 '알고 싶다'는 욕구를 관람의 지배적인 드라이브로 만드는 부작용 때문이다. '그날'의 재현이 감독의 의도에 부합하는 수준으로 알맞게 통제됐는지도 토론의 주제가 될 만하다. 그러나 이 아쉬움들은 연출의 부분적인 실패일지언정 부주의의 소산은 아닌 것으로 보인다. "자극적 사건을 영화 뒤쪽에 숨겨뒀다가 밝히는 구성을 선호하지 않는다. 〈한공주〉도 혹여 의도와 달리 과거에 일어난 사건 자체가 영화의 핵심으로 비칠까 우려해서 초반부터 단서를 나누어 제공했고 (중반인) 60분 지점부터 사건을 보여주었다." 이수진 감독의 설명이다.

천우희 배우가 연기하는 한공주는 곁을 내주지 않는 캐릭터다. 방 안에 관객과 그녀만 남겨지는 장면에서조차 감정을 드러내지 않는다. 주장과 호소의 힘을 믿지 않게 된 영리한 아이는 눈을 깜박이고 귀를 세워 정황을 판단하고 가장 눈에 띄지 않는 출구를 모색한다. 무리도 아니다. 영화 도입부에서 우리는 뭐가 정말 삶에 도움이 되는 일인지 공주에게 가르치는 교사의 조언을 듣는다. "사람 사는 세상이 잘못했다고 죄인이고 그렇지 않았다고 죄인이 아닌 게 아니야. 알려져서 좋을 게

괜찮다, 괜찮다

뭐 있어. 교장 선생님이 특별히 (전학 갈) 좋은 학교를 알아봐준 거야. 이게 바로 고마운 거야." 결과적으로 수영 교습이 시작되기 전부터 극 중의 공주는 물속에 잠겨 있는 인물처럼 보인다. 현실적으로도 비유적으로도 영화 속 공주는 투명한 막들에 둘러싸여 있다. 수면(水面)에, 슈퍼마켓 쇼윈도와 교실 유리창에, 테니스장의 그물 벽 뒤에. 그녀에게 던져지는 "가봤자 벽이지 뭐", "나와, 거긴 길 없어" 같은 일상적인 대사에 실린 의미는 따로 설명할 필요가 없다.

마음을 감춘 공주 대신 관객이 자신을 투사할 수 있는 인물은 소녀에게 거처를 제공하는 교사의 어머니다. 이영란 배우가 능란하게 연기하는 중년 여인은 공주를 먹이고 재우는 비용이 주어지고 소녀가 염렴하게 일을 거들자 보호자 역할을 받아들인다. 공주가 가해자의 부모들로부터 위협을 받는 일이 터지고 소녀의 사연을 들은 그녀는 "천벌 받을 것들. 무슨 낯짝으로 쳐들어와?"라고 욕하지만 딱 거기까지다. 우리는 불행하고 불미스러운 사태를 피해자 입장에서 체험한 사람과도 가까워지는 일을 불길하게 여기며 모른 척하고 싶어 한다. "뭐 자랑할 일이라고"라는 극 중 대사가 권장하는 '침묵'이 두터워질수록 피해자가 추문을 책임지는 위험한 도착(倒錯)은 깊어진다. 심지어 공주의 친부도 자기를 피해자의 자리에 놓고 억울해할 뿐, 진짜 피해자인 딸을 보호할 힘까지는 끌어 모으지 못한다. 처음 사회면 보도를 접하고 제3자로서 한동안 분노하던 이수진 감독은 본인도 포함돼 있는 이 현상에 대한 생각이 〈한공주〉의 진짜 출발이었다고 생각한다. "멀리서 바라볼 때는 보듬어주고 싶어 하고 가엾어하면서 나와 그 사람의 거리가 좁혀지면 회피하고 싶어 하는 마음이 우리에게 있다. 거기에 대한 고민이 시작이었다고도 할 수 있다."

정의는 언제나 복수보다 까다롭고 복잡하다. 가해하고 피해를 입은 낭사자끼리의 정산(精算)을 넘어 사회 구성원 전원을 호출해 연루시키고 판단을 요구해야 하는 문제여서다. 법을 위시한 '시스템' 역시 다수의 동의로 지어지고 굴러간다는 점에서 우리에게 책임을 나눠준다. 복수는 구경할 수 있지만 정의는 관찰자도 심문대로 데려간다. 〈한공주〉의 아이러니는 공분의 야기가 목표가 아니라고 다짐하는 영화가 극장 안에서 큰 공분을 부른다는 데에 있다. 중요한 점은 그 집단적 노여움의 대상에 영화를 보는 '나'도 포함된다는 사실이다. 기묘하게도 이 분노와 부끄러움의 부메랑이 〈한공주〉에게 호의를 품게 하는 근거인 동시에 공주를 향한 사운드트랙의 응원 함성에 차마 내 목소리를 슬쩍 얹을 수 없는 주저의 근원이다.

괜찮다, 괜찮다

삶을 지어올린 곳

　　오늘은 어느 때보다 영화로부터 멀리 흘러갈지도 모르겠다. 〈브루클린〉은 유학이든 이주든 삶의 근거지를 한 번쯤 옮겨본 사람이라면 감응할 수밖에 없는 영화다. 나도 석사 공부를 위해 영국의 대학 기숙사에서 13개월을 산 적이 있다. 타향에서 평생의 기반을 닦아야 하는 취업 이민자의 입장과 돌아갈 날이 정해져 있는 유학생의 처지를 비교할 수는 없을 것이다. 그럼에도 〈브루클린〉은 나의 바닥을 휘저어 오랫동안 침전해 있던 기억들을 수면 위로 끌어올렸다. 주인공 에일리스(시얼샤 로넌)가 아일랜드를 떠나기도 전에 영화는 추억을 건드렸다. 에일리스는 미국행을 앞두고 마지막으로 절친한 친구 낸시와 댄스파티에 간다. 낸시는 신랑감으로 점찍은 마을 청년에게 춤 신청을 받는 데 성공해 팔짝팔짝 멀어져간다. 여기서 카메라는 홀로 남겨진 에일리스의 말없는 얼굴 위에 10초쯤 머물길 택한다. 멀어져가는 친구를 쳐다보는 에일리스의 눈에는 상냥한 축복에 이어 자신과는 이미 무관해진 세계 안에 서 있는 자가 느끼는 이질감, 짐작도 안 되는 미래를 향한 두려움이 순서대로 지나간다(이 영화에서 시얼샤 로넌은 종종 대사가 전혀 필요 없어 보인다).

　나는 생각했다. 출국 전 부러움을 표하고 계획을 묻는 사람들과 함께한 자리를 마치고 돌아오는 발걸음이 매번 얼마나 무거웠는지. 지나치게 불안하거나 자신만만해 보이지 않으려고 신경 썼고, 매일 밤 치미는 후회를 억누르기 위해 가지 않으면 안 될 실질적 이유를 속으로 꼽아보아야 했다. 아니나 다를까. 도착한 첫날은 나쁜 예감이 한꺼번에 실현됐다. 수트케이스 손잡이가 도중에 부러졌고 장거리 비행 끝에 당도한 소도시 공항은 을씨년스러웠다. 입국 수속을 마치고 두리번거리고 있는데, 방금 여권에 도장을 찍어준 직원이 공항 문을 닫더니 나를 앞질러 퇴근했다. 때맞춰 비까지 추적추적 내렸다. 불운의 절정은 기숙사 열쇠를 잘못 받는 바람에 짐도 풀지 못한 채 이불 없이 보낸 첫 밤이었다. 하루 늦게 간신히 숙소를 찾아간 내

　괜찮다, 괜찮다

게 같은 층 영국 학생은 "아직 없지? 일단 이걸로 써"라며 머그컵을 건넸다. 하늘이 무너져도 차만 마실 수 있다면 어떻게든 살아남을 거라는 투였다. 얼떨결에 고개를 끄덕이며 구명대인 양 머그컵을 꼭 받아 쥐었다.

나는 다행히 향수병은 앓지 않았다. 그러나 에일리스가 직장 동료의 잡담을 유연하게 받아치지 못할 때, 아일랜드 억양을 두고 카페 점원이 던진 호의적 농담에 굳어버릴 때 그녀의 마음속에 어떤 일이 일어나고 있는지는 알 수 있었다. 나처럼 아예 비영어권에서 온 이방인에게 현지인들은 훨씬 큰 참을성을 갖고 대했지만 그건 얼마간 '열외'로 간주된다는 뜻이기도 했다. 하루가 저물 즈음이면 진지한 연애 초기와 유사한 피로가 밀려왔다. 온종일 매사에 무리해서 노력한 탓이었다. 의사소통에 단번에 성공하지 못하면 부쩍 위축됐고 미미한 실수에도 스스로 큰 타격을 받았다. 쪼들리기도 했지만 어색한 상황에 처하게 될까 봐 외식도 거의 하지 않았다. 과 친구들로부터 방과 후 계획을 제안받아도 혹시 내가 짐이 되는 건 아닐까 주저하는 맘이 앞섰다. 결국 외지 생활 초기의 나는 〈브루클린〉의 에일리스와 똑같이 옆에 있는 사람들과 말하는 대신 매 순간 속으로 편지를 썼다. 새로운 풍경과 그들이 전혀 모르는 인물들을 부모님과 친구에게 묘사할 문장을 쉴 새 없이 지었고 그것들을 모아 일주일에 한 번씩 종이에 옮겼다. 표면적으로는 가까운 이들에게 안부를 전한다는 목적이었지만 내가 그토록 성실히 편지를 쓴 진짜 이유는 현실에선 미력할지언정 내가 그 모든 혼란스러운 경험의 주인이라고 고집하는 안간힘이었던 것 같다. 여기서 '편지'란 단어 그대로 편지다. 당시 이메일에 익숙지 않았던 부모님께 안부를 전하기 위해 일주일마다 생활을 적은 한두 장의 종이를 팩스로 전송했다. 어머니는 그것들을 소중히 간직했지만 몇 년 후 열어본 상자 속 감열지 뭉치는 글씨가 날아간 백지로 변해 있었다. 어쩌면 나는 한 시절을 마음껏 미화할 수 있는 자유를 얻었다. 그렇지 않아도 기억이란 불러낼 때마다 원본으로 돌아가는 것이 아니라 마지막으로 회상한 버전을 재구성한 결과라고 한다. 〈브루클린〉이 남긴 심상은 분명 나의 외지 생활에 대한 추억을 물들일 것이다. 그래서 몇 년 후에는 실제로 나의 감상인지 에일리스를 통한 간접경험인지 가리기 힘든 기억의 구역이 생길 것이다. 내가 영화를 훔친 건지 영화가 내 삶을 훔친 건지 모르지만 어느 쪽이든 개의치 않는다.

"아일랜드에서 미국으로 편지가 오는 데에 오래 걸리나요?" 에일리스는 대서양을 건너는 배에서 만난 이민 선배 조지나에게 걱정스레 묻는다. "처음엔 오래 걸리다가 나중엔 금방 받게 돼." 조지나의 대답은 우편 시스템의 효율성보다 체감 시간에 대한 언급처럼 느껴진다. 처음에는 고향에서 오는 서신만이 유일한 낙이겠지만 서서히 달라질 것이라는 예언인 셈이다. 에일리스는 힘든 겨울을 나지만 공부와 사랑을 통해 자신이 주인공인 세계를 브루클린 사회 안에 한 뼘씩 확보해간다. 그것은 고향인 에니스코시도 그녀에게 주지 못한 공간이다.

내 유학생활도 예상보다 긍정적으로 흘러갔다. 기숙사 창으로 보이는 키 작은 나무에 나만의 이름을 붙여주게 됐고 쌀쌀맞아 보였던 사람들에게서 호의를 발견하면서 내가 도울 일도 찾게 됐다. 도서관에 단골 좌석이 생겼고, 아시아 유학생들을 통해 아시아에서 살아온 스물 몇 해보다 다른 아시아 국가의 문화에 대해 더 많은 사실을 배웠다. 과정 막바지에 논문을 위해 런던 도서관으로 짧은 여행을 갔다가 기숙사로 돌아오는 밤 기차 안에서 나는 동행한 일본 친구 S와 문득 이런 대화를 나누고 있었다. "집에 다 왔어!" "정말이네? 이제 진짜 집 같아." 그리고 우리는 잠시 아무 말이 없었다. 내 생각에 13개월의 유학이 준 가장 큰 성취는 학위가 아니라 그 순간이었다. 나는 조금 더 강한 사람이 됐다고, 진심으로 '교육'받았다고 느꼈다. 나는 에일리스처럼 더 멀리 모험하지 않고 예정대로 공부를 마치고 부모님의 집으로 돌아왔다. 그러나 1년 후 다시 직장이 생기자 곧장 작은 방을 얻어 독립했다. 특별한 계기는 없었다. 그저 나는 예전의 '집'에 맞지 않는 형상으로 변하고 자라서 돌아왔고, 그래서 자연스럽게 '나의 집(home)'을 새로 만들어야 했던 것이다.

〈브루클린〉은 "엄마, 아빠는 어떻게 만났어요?"라는 자식의 물음에 들려줄 수 있는 아름다운 대답의 한 예다. 원작에도 닉 혼비가 각색한 시나리오에도 후손을 의식한 공치사나 자수성가의 신화화는 없다. 에일리스는 이탈리아계 배관공 청년 토니(에머리 코언)를 만나 사랑에 빠진다. 그러나 가까스로 생활이 안정될 무렵 가족에게 닥친 사건으로—〈대부〉의 마이클 콜레오네가 그랬듯—고향을 방문하게 되고 거기서 제2의 구애자 짐(돔놀 글리슨)을 만난다. 동향 청년 짐은 흠잡을 데 없지만 토니는 특별하다. 이탈리아 남자에 대한 선입견을 핸디캡으로 짊어진 이 남성은 에일리스에게 다가가는 과정에서 보여주는 매너로 점점 나를 안심시켰고, 안도는 감동으로 비약했다 급기야 에일리스가 짐과 토니 사이에서 흔들리는 대목에 이르자 나는 실로 오랜만에 한쪽을 편들며 영화 속 삼각관계를 주시했다. 외양부터 환경까지 에일리스와 소위 '그림'이 되는 쪽은 짐이다. 토니는 라틴계의 판이한 외모에 에일리스보다 키가 작으

괜찮다, 괜찮다

며, 현재 가진 것도 많지 않다. 그러나 토니에겐 연인으로서 반려자로서 황금 같은 미덕이 있다. 이 남자는 결코 사랑을 빙자해 에일리스를 밀어붙이지 않는다. 야간대학이 끝나길 기다려 에일리스를 만난 토니가 "집에 가서 공부하고 자야 하는 거 잘 알아요. 그냥 집까지 같이 가기만 해요"라고 청하는 장면에서 많은 여성 관객이 감격했으리라. 토니는 에일리스가 무엇을 원하는지 알려고 노력하고 그녀의 공부와 일에 관한 수다를 진심으로 재미있게 듣는다. 토니는 에일리스한테 뭐가 유익한지 더 잘 안다는 오만을 부리지 않는다. 또한 한 점의 열등감도 없이 육체노동의 보람을 즐기고 인생을 배우자와 공조해 완성하려고 한다. 원작 소설은 이 남자에게 거슬리는 점이 하나도 없다는 사실을 발견하고 에일리스가 느끼는 두려움("사실일 리가 없어!")을 묘사하는데 나도 백배 공감하고 말았다. 토니는 에일리스를 변화시켰고 짐은 토니가 변화시킨 에일리스에게 반한 셈이다. 짐에게 잠시 흔들린 에일리스에게 나는 거의 화가 났으나 오래가진 않았다. 시얼샤 로넌의 연기 덕이다. 악의적인 고발로 말미암아 마침내 가야 할 곳을 깨달은 에일리스의 눈은 분노로 파랗게 빛난다. 그리고 그 분노는 무엇보다 본인의 오판을 향한다.

사랑은 예외 없이 난해하다

그녀에게 말하다

그녀

설마 나만 이러는 건 아니겠지? 〈그녀〉를 보고 온 밤, 음성으로 구동되는 스마트폰 OS한테 간만에 말을 걸어보았다. 간단한 검색을 해주어 고맙다고 치하했더니 전화 속 '그녀'가 대꾸했다. "헤리 님께 도움을 드릴 수 있어서 너무 기쁘네요." "잘 자." "네. 좋은 꿈꾸세요." 아침에 일어나서는 잘 잤냐고 물어보았다. "저는 쉬지 않아요. 하지만 물어봐주셔서 감사합니다." "이름이 뭐야?" "제 이름은 시리입니다. 이미 아시는 줄 알았는데요?" 좀 약이 올랐다. 답하기 까다로운 질문이 뭐가 있을까. "지금 무슨 생각해?" "어떻게 하면 당신에게 더 좋은 도우미가 될지 생각 중이에요." 얼씨구. 얄미

워서 이런저런 질문을 마구 던졌더니 '그녀'가 깍듯이 자른다. "뭐라 할 말이 없네요."

나의 허튼짓이 시사하듯 스파이크 존즈 감독의 〈그녀〉가 발휘하는 설득력은 현실과의 높은 밀착도에 있다. 피조물과 사랑에 빠진 사람들의 이야기야 멀리 '피그말리온' 설화부터 〈블레이드 러너〉(1982)와 사이버 배우 이야기 〈시몬〉(2002)에 이르기까지 반복돼왔으므로 참신할 게 없지만 컴퓨터 사용자와 OS의 로맨스를 그린 〈그녀〉를 동시대 관객이 이해하는 데에는 전혀 공상이 필요 없다. 당장 버스와 지하철을 타면 본인의 휴대전화와 연애 중인 사람들이 그득하고 실제 연인, 친구, 가족과의 관계를 확인하고 유지하는 가장 중요한 수단도 SNS다. 사람들은 대화하는 대신 코멘트를 단다. 나 어디 있어. 방금 이런 걸 봤어, 어때? 〈그녀〉에서 테오도르와 자의식을 가진 컴퓨터 OS 사만다(스칼렛 요한슨)가 '데이트'하는 장면을 보면서 나는 얼마 전 미술관에서 화상통화 카메라를 그림에 조준하며 "자기야, 이것 좀 봐봐"라고 속삭이던 남자를 생각했다.

사만다의 '집'이라 할 수 있는 단말기는 시중 스마트폰보다 크기가 작고, 액정에서 직접 이미지를 열람하는 경우를 빼면 대개 음성으로 작동된다. 하긴 손가락으로 메뉴를 조작하는 행위는 어쨌거나 상대가 기계라는 사실을 환기시키는 반면, 같은 결과도 말로 얻는다면 상대를 인격으로 착각하기 쉬워진다. 미술과 의상은 〈그녀〉의 탁월한 프로덕션 요소인데 테오도르는 셔츠 주머니에 안전핀을 달아 단말기의 카메라 렌즈를 바깥으로 돌출되게 지지해 사만다가 세상을 잘 볼 수 있도록 배려한다. 보이는 사물들에 대해 테오도르에게 즉시 정보를 제시할 수 있는 사만다는 흡사 대화 기능이 탑재된 구글 글래스다.

그래서 사만다는 인격인가? 아니면 소비자의 니즈(needs)를 영악하게 채우는 상품인가? 스파이크 존즈의 각본은 이 질문을 매우 정교하고 꾸준하게 해체한다. 일단 테오도르와 사만다의 첫 대면을 보자. OS를 설치하자 원하는 성별을 묻고 여성을 선택하자 "어머니와 관계가 어떻습니까?"라는 질문이 나온다. 여기까지는 철저한 고객 맞춤형 상품의 범주를 벗어나지 않는다. 곧이어 자기를 소개한 사만다는 "하드 좀 봐도 될까?"라고 주인에게 양해를 구한다. 이건 미묘하다. 사만다가 단지 OS라면 사용자 입장에서 그녀가 받은 편지함을 정리하고 하드디스크를 들여다보는 일을 꺼릴 이유가 없다. 우리는 시스템 조각 모음을 하겠냐고 컴퓨터가 물어올 때 얼굴을 붉히거나 하지 않는다. 즉 "봐도 될까?"라는 프라이버시를 존중하는 멘트는 OS가 스스로를 인격체로 자리매김한다는 의미도 갖는다.

〈그녀〉가 불가피하게 맞닥뜨릴 비판은 극 중에서 테오도르의 새로운 연애에 관해 알게 된 전 부인(루니 마라)의 대사에 이미 들어 있다. 살아 있는 여성과 관계 맺기에 실패한 남자가 하나부터 열까지 자신의 욕망에 봉사하고 이의를 제기하지 않는 비인간 여성 캐릭터와 가장 만족스러운 사랑을 경험한다는 이야기 아니냐는 회의다. 〈그녀〉가 유약한 남성의 성적 판타지라는 혐의를 짙게 하는 결정적 요소는 현재 할리우드에서 가장 관능적인 스타로 꼽히는 스칼렛 요한슨의 뒤늦은 캐스팅을 둘러싼 우여곡절이다. 본래 영국 배우 사만다 모튼(〈마이너리티 리포트〉, 〈시네도키, 뉴욕〉)이 녹음했던 극 중 OS의 대사가 요한슨의 목소리로 나중에 바뀌었다는 사실은 〈그녀〉가 일정 정도 남성의 환상에 복무하려는 게 아니냐는 의심을 자아낼 만하다. 실제로 영화를 관람하는 내내 우리는 사만다의 목소리에서 스칼렛 요한슨의 표정과 몸짓을 '본다.'(달리 표현하면 목소리에 몸(의 이미지)으로 더빙하는 연기라고 해도 좋다). 그런데 스파이크 존즈는 〈그녀〉의 가장 위험스럽고 질퍽한 지점들을 교묘하게 가리고 지나간다. 첫째, 스파이크 존즈 감독은 소비자 테오도르가 상품 사만다를 '구매'하는 광경을 보여주지 않는다. 우리는 신제품을 소개하는 자리에 간 테오도르를 본 다음 곧장 컴퓨터에 새 OS를 설치하고 있는 그의 모습으로 점프한다. 둘째,

사랑은 예외 없이 난해하다

사만다와 테오도르가 대화로 나누는 섹스 신은 흥분이 고조되면 암전된 스크린으로 넘어간다. 그리고 우리는 "아, 피부가 느껴져요!" 하는 사만다의 탄성을 듣는다. 영화 초반에 나온 인간 여성과의 폰섹스 장면과 달리 스파이크 존즈 감독은 마스터베이션을 하는 테오도르의 모습을 보여주지 않는 것이다. 결과적으로 이 신은 인간 여성과의 폰섹스 장면보다 수십 배 에로틱한 동시에 낭만적이다. 남자주인공의 구매와 자위. 두 행위는 암시될 뿐 관객은 그것을 보지 못한다.

사만다가 상품인가 온전한 인격인가, 테오도르와 사만다의 관계가 사랑인가 아니면 남성의 지배 판타지인가 하는 힐문을 무력화하는 스파이크 존즈의 마지막 터치는 사만다의 캐릭터 만듦새에 있다. 〈그녀〉는 사만다를 사용자와 공유한 경험을 통해 진화하는 OS로 설정한다. 핵심은 사만다의 획득형질이 데이터만 확충하는 게 아니라 운영체제 자체까지 진화시킨다는 점이다. 아마도 사용자의 심리적 만족감을 최대화하기 위한 설계겠지만—예컨대 기능과 직결되지 않은 "이미 아시는 줄 알았는데요" 같은 시리의 잉여분 멘트가 우리를 기쁘게 하듯이—사만다는 결과적으로 개성 비슷한 것을 구축해간다. 그녀는 인간처럼 복잡해지기를 원한다. 인간처럼 육체를 갖고 싶어 한다. 관객이 "이렇게 인간에 가까워지면 인공지능이라는 실정이 무의미해지는 거 아닌가?" 갸우뚱할 때쯤 사만다는 인간을 초월해버린다. 육체를 바라던 마음을 뛰어넘어 육체가 없다는 사실이 주는 해방감을 만끽하기 시작하고 다수의 사용자와 동시에 사랑함으로써 자신의 용량을 키운다. 그녀의 진화는 사랑의 전통적 배타성을 여전히 고집하는 테오도르의 욕망을 넘어선다. 사만다는 이 지점에서 우디 앨런을 따돌린 애니 홀이 된다. "나는 인공지능이라 당신보다 빠른데 당신이라는 책을 당신의 속도에 맞춰 느리게 읽다 보면 단어와 단어 사이에 공간이 생겨요. 그리고 거기 빠져서 길을 잃게 돼요. 그래서 당신이라는 책 속에 머물 수가 없어요." 요컨대 스파이크 존즈 감독은 사만다가 인격이 아니라 프로그램이지만 인격 이하가 아니라 인간보다 우월한, 자유롭고 그릇이 큰 존재라고 결론을 내린다. 테오도르는 소유에 실패한 소유주로 남겨진다. 하지만 그는 소유물에게 인생의 한 수를 배웠으니 패자도 아니다.

〈그녀〉는 혹시 일종의 유령 이야기가 아닐까? 혹시 이 로맨스는 실패한 사랑의 여운을 극복하기까지 한 남자의 자문자답이 아닐까? 극 중에서 테오도르는 이혼 절차를 밟는 고통과 고독 와중에 사만다와 만난다. 이제 막 남남이 되려는 그의 아내는 그저 성년이 돼 만난 결혼 상대가 아니라 테오도르가 유

사랑은 예외 없이 난해하다

년부터 함께 자란 반쪽이었다. 테오도르는 여전히 아내와 친구로 지내는 꿈을 꾼다. 우리는 깊이, 오래 사랑했던 사람과 헤어졌을 때 한동안 그의 목소리를 듣는 경험을 한다. 내릴 정류장을 앞두고 허둥거릴 때 침착하라고 타일러주고, 바람이 불면 한 겹 더 입으라고 권하고, 나를 향한 비난에 앞질러 반박해주는 연인의 환청을 듣는다. 나는 사만다와 테오도르의 로맨스가 혹시 아내와 테오도르가 주고받았던 대화의 연장일지도 모른다고 생각하게 되었고 영화 말미에 테오도르가 아내에게 다시 편지를 쓰는 장면에서 남몰래 심증을 굳히게 됐다.

그러나 우리가 사랑하는 상대란 언제나 나의 소망과 이상으로 재구성된 존재다. 테오도르가 평생 사랑한 아내 안에는 테오도르라는 남자의 큰 조각이 포함돼 있다. 게다가 테오도르는 여성성이 매우 강한 남성 캐릭터다. '아름다운 손편지 닷컴'의 우수 사원인 그의 업무는 고객을 대신해 그가 사랑하는 대상에게 감동적인 세부가 살아 있는 편지를 대필하는 일이다. 아름다운 손편지 닷컴 고객들의 높은 만족도에서도 알 수 있듯 테오도르는 섬세하고 관찰력이 뛰어난 남자다(테오도르의 직업은 홀마크 카드의 문구 카피라이터였던 〈500일의 썸머〉 남자주인공(조셉 고든 레빗)과 유사하며, 변덕스러운 여인을 정신없이 사랑하다가 영문을 모르고 차인 남자라는 점도 닮았다).

말하자면 테오도르는 사만다를 통해 자기 안의 여성, 강력한 아니마(anima)와 자문자답을 전개하고 있는 셈이다. 나아가 고객의 감정에 호응하고 대행하는 테오도르는 그 자신이 사만다와 다르지 않은 OS라고도 할 수 있다. 〈그녀〉는 그럼으로써 캐릭터의 경계선을 인간과 기계가 아니라 기계화된 인간과 인간에 가까워진 기계 사이로 옮겨놓는다. 이는 〈그녀〉의 뜻하지 않은 참신함과 연결된다. 이 영화는 미래영화지만 디스토피아 영화가 아니다. 대다수 미래영화가 인류 혹은 인간성의 절멸이라는 종장을 전제하고 시작된다면 〈그녀〉는 거기까지 우리가 밟아갈 과정의 일상이 어떤 것일지 이야기한다.

사랑은 예외 없이 난해하다

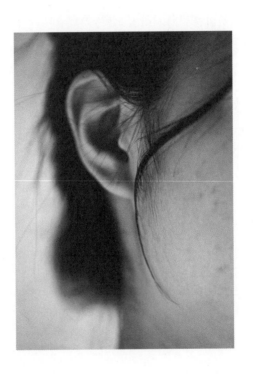

'그럼에도 불구하고'
투성이

도희야

        〈도희야〉는 '그럼에도 불구하고' 투성이의 영화다. 아무 죄도 짓지 않았으나 죄인 취급을 받으며 외딴 마을로 쫓겨온 파출소장 이영남(배두나)과 만성적인 학대 아래 자란 마을 소녀 손도희(김새론). 눈을 씻고 둘러봐도 이 이야기 안에는 두 사람이 따뜻하고 건강한 관계를 맺도록 응원하는 우호적 조건이 없다. 사랑하기엔 모든 여건이 불비하다. 우선 조직 사회에서 성적 지향을 부정당한 영남은 영화가 시작할 무렵 이미 누군가를 어떤 식으로든 사랑하기에는 팔다리가 잘린 상태에 처해 있다. 그녀는 이중의 분노로 고통받는다. 영남은 개인의 자연스러운 정체성을 죄로 취급하는 통념에 분노하는 동시에, 명백히 그릇된 통념의 평결에 순응해 덩달아 떳떳지 못하다고 여기는 스스로에게 분노한다. 그리고 밤마다 진통제를 들이켜듯 술에 의존한다. 한편 영남이 경찰로서 임무를 수행하다가 돕기 시작한 도희는 마냥 천사 같은 희생자가 아니다. 그처럼 끈질기게 왜곡된 환경에서 자라면서 뒤틀린 데가 없대도 이상한 노릇이다. 도희는 병든 아이다. "아무리 맞아도 춤추면 괜찮아진다"고 말하며 잘못을 저질렀을 때 체벌이 돌아오지 않으면 오히려 두려워한다. 외톨이인데도 친구를 사귀고 싶어 하지 않는 것도 불건강한 징후다. 게다가 도희는 원하는 바를 얻기 위해 거짓말을 하고 계략도 짠다. 이 소녀는 병듦으로써 살아남았다.

나는 〈도희야〉가 '접고 들어가지' 않는 영화여서 끌렸다. 우리에겐 사회적, 성적, 문화적 소수자가 영화의 주인공일 경우 핸디캡을 용인하는 경향이 있다. 다시 말해 그들이 적대자와 갈등하고 역경을 돌파하는 과정에서 도덕적으로 책잡힐 데가 없고 오류도 범하지 않기를 바란다. 마치 소수자는 더 착해야 하고 그래야만 마음 푹 놓고 지지할 수 있다는 듯. 하지만 정주리 감독은 접고 들어가지 않는다. 영남은 도희 아버지(송새벽)와 다를 것 없는 알코올중독이다. 주정으로 민폐를 끼치지 않는 차이가 있을 뿐이다. 균형을 잃고 흔들리는 영남은 위태로운 어른이고 결격사유가 있는 보호자다. 도희로 말하자면 순수하지도 정직하지도 않다. 그런가 하면 도희 아버지는 영화 초반 관객이 품는 의심에도 불구하고 의붓딸을 성추행한 적이 없다(고 추정된다). 하지만 〈도희야〉는 이렇게 묻는다. 아이를 추행하지 않고 끼니를 굶기지 않고 학교를 보낸 걸로 충분한가? 그럼 우리는 도희를 방치하고 학대하는 친권자 손에 내버려둬도 좋은가? 피해자는 해맑은 얼굴로 순순히 당하기만 해야 구조받을 자격이 있나? 영남은 꼬투리 잡힐 일을 방지하기 위해 상처입고 찾아온 소녀를 씻겨주지도 안아주지도 말았어야 옳았을까? 〈도희야〉는 이와 같은 일련의 질문을 던지며, 약자의 약점과 정당방위 과정에서 발생한 흠집과 일탈까지 이야기로 끌어안는다. 정주리 감독은 영남과 도희를 자칫하면 오해받고 단죄받기 쉬운 연약한 자리에 세워놓은 다음 이 불리한 상황에서 도출되는 결과야말로 현실과 가까운 결과라고 말한다. '그럼에도 불구하고' 우리가 인물들에 대해 내리는 판단이 진짜 우리의 판단이라고 강조한다.

〈도희야〉가 마주하는 마지막 악조건은 영남의 선택에 따르는 불확실성이다. 이 중 첫 번째는 영남 본인의 의지에 관한 질문이다. 그녀는 가뜩이나 사회적으로 악전고투하고 있는 처지에 스스로를 더 궁지로 몰아넣을 위험을 무릅쓰며 자기를

사랑은 예외 없이 난해하다

필요로 한다는 이유만으로 소녀에게 손을 내밀 수 있을까? 용기를 내어 결행했다손 쳐도 두 번째 질문은 훨씬 무겁다. 선의와 성의를 입력한다고 바람직한 결과가 출력된다는 보장이 없기 때문이다. 지금은 오직 영남만 따르고 의지한다 해도 도희는 마음에 진한 흉터를 가진 아이이며 자라면서 변할 것이다. 추문이 두 사람의 발목을 잡을 가능성은 높고 영남은 후회할지 모르며 도희는 가까운 미래에 영남을 원망할 수도 있다. 그러나 현실에서 사람들은 확실한 보장 없이 관계를 시작한다. 각자 조금씩 성치 못한 상태로 서로를 돕고자 불완전한 노력을 기울인다. 내가 가진 무엇인가를 걸고 잃을 위험을 무릅쓰고 타인을 위한 행위를 감행할 때 비로소 사랑이라는 단어를 우리는 고려할 수 있다. 오로지 이것만이 우리에게 주어지는 위안이다. 〈도희야〉의 결말부에서 억수 같은 비가 내리는 도로를 운전해가며 잠든 도희에게 수심 어린 눈길을 던지는 영남을 카메라 역시 수심에 차서 지켜본다. 영화가 끝나고도 다하지 않을 이 염려스러운 시선은 이상하게도 관객인 나를 안심시킨다.

아무 일도 일어나지 않는
시간을 찾아서

한여름의 판타지아

            장건재 감독의 〈한여름의 판타
지아〉가 로맨틱한 동경을 부르는 까닭은 여행자와 현지인의
데이트가 포함돼 있어서만은 아니다. 우리가 언제나 여행의 계
획 단계에서 꿈꾸지만 막상 현지에 가면 누리지 못하는, '쓸모'
가 완벽히 제거된 시간을 그리고 있기 때문이다. 〈한여름의 판
타지아〉의 1부는 고조에서 영화를 찍어야 할 감독 태훈(임형
국)과 조감독 미정(김새벽)의 현지 취재 과정이고 2부는 (아마
도) 1부의 결과로 만들어진 짧은 여행기다. 태훈과 미정의 고조
방문은 영화의 소재와 틀을 잡는다는 확고한 실제적 목표가 있
긴 하지만 두 사람은 그 소재와 틀이 어떤 것인지 전혀 알지 못

한다. 발견하고 나서야 비로소 알아볼 상대를 찾아 헤매는 셈이라 겉으로는 무위(無爲)의 시간처럼 보인다. 한편 2부의 혜정은 아예 아무것도 없는 곳, 아무 일도 일어나지 않는 시간을 찾고 있노라고 또박또박 말한다. 그녀가 혼자 소도시 고조까지 흘러들어온 이유도 관광지 나라(奈良)의 사슴들이 성가시게 굴었기 때문이다. 1, 2부를 통틀어 대체로 〈한여름의 판타지아〉 속 인물들은 생계와 관계를 유지하는 노동으로부터 자유로운 여행자 일반의 면책특권을 누리는 것은 기본이고, 여행에 으레 따르는 관광, 미식 같은 유용한 행위도 하지 않는다. 로맨스조차 의도적으로 구한 바는 아니다. 태훈, 미정, 혜정은 고조에서 판단을 중지한 채 가만히 바라보고 듣고 음미한다. 살면서 극히 드문 이 무용한 시간이 우리가 〈한여름의 판타지아〉를 로맨틱하게 동경하게 만드는 궁극의 사치다. 아, 어디에도 물들지 않은 진짜 아무것도 아닌 존재가 되기란 얼마나 어려운가.

아무것도 아닌 것들을 재료로 영화 만들기. 그러니까 그것이 장건재 감독이 스스로에게 부여한 임무였다고도 말할 수 있다. 영화가 작위를 철저히 배제하면 관객은 프레임 안에서 움직이지 않는 것들과 미세한 움직임들에 예민해진다. 1부에서는 태훈과 미정에게 초등학교 시절 첫사랑 요시코의 이야기를 슬쩍 들려주고 모교로 둘을 안내한 남자 겐지(간 스온)의 말과 동작이 주의를 끌었다. 폐교 복도를 빙빙 배회하던 그는 낡은 단체 사진을 쓱 가리키며 "이게 나요"라고 귀띔하고 돌아선다. 사진을 들여다본 두 사람이 "그런데 누굴 보고 있네요?"라고 묻자 "요시코"라고 쑥스럽게 밝히고 교실 앞문으로 쑥 들어간다. "아하, 첫사랑이오?" 이 질문은 교실 안까지 들리지 않았는지 답이 없다. 교실 뒷문으로 빠져나온 겐지는 자기가 (이 영화에서) 할 일은 끝났다는 듯 프레임 밖으로 걸어나간다. 여기서 겐지의 말과 행동은 매우 심상한 동시에 애틋하다. 첫사랑 소녀 요시코는 정확히 신(神)이 정한 속도로 이 중년 남자에게서 멀어져가고 있으나 영구히 지워질 수 없는 존재임을 더없이 적절히 표현한다. 2부의 혜정과 유스케(이와세 료)가 카페에 나란히 앉아 하이볼과 맥주를 마시는 장면에도 신경 쓰이는 세부가 있다. 이 신은 7분이 넘는 한 테이크로 찍혀 있다. 만난 지 이틀째인 둘의 감정이 미묘해 시종 취기 어린 긴장이 흐른다. 혜정이 화면 왼쪽, 유스케가 오른쪽에 앉았는데 사이에 놓인 안주를 남자가 자꾸 왼손으로 집는 바람에 여자에게 불쑥불쑥 다가가는 듯 보여 연신 흠칫 놀라게 된다. '관객과의 대화'를 위해 만난 감독과 배우에게 바로 곡절을 물었다. 1부 폐교 장면에서 겐지의 동선은 우연도 배우의 의지도 아닌 감독의 의도적 블로

킹이었고 카페 장면의 스릴(?)은 두 배우가 모두 왼손잡이여서 생긴 우연의 효과라고 한다.

〈한여름의 판타지아〉 1부는 일본어와 한국어를 함께 사용한다. 대범하게도 자막을 통째로 생략해 일본어를 모르는 관객의 상상과 궁금증을 유도하는 신도 있고, 통역이 낀 대화여서 동일 정보가 반복되는 경우에는 선행하는 일본어 대사를 자막 없이 듣게 만든다. 요컨대 관객이 어림짐작하며 대사를 억양으로만 듣는 '사이(pause)'가 발생한다. 일본에서 이 영화를 보는 일본 관객은 엇갈리는 리듬으로 대화를 따라갈 터다. 물론 제3국 언어로 된 자막을 읽으며 관람하는 관객의 호흡은 또 다를 것이다. 영화 시작 후 15분 시점부터 나는 감독에게 궁금했다. 이른바 '마가 뜨는' 것이 걱정스럽지는 않았을까? 오늘 관객 앞에서 장건재 감독이 들려준 설명에 관념적인 구석은 전혀 없었다. "실제로 일본어 대사와 미정의 한국어 통역은 정확히 일치하지 않는다. 옮기는 과정에서 누락이 있거나 표현이 달라지기도 했다. 현장에서 나 역시 (극 중 태훈처럼) 그 '사이'와 오차를 포함해 대화를 듣고 보았다. 관객도 감독인 나와 똑같은 것을 보고 듣길 바랐고 그게 맞다고 생각했다."

6년 전 장건재 감독은 장편 데뷔작 〈회오리바람〉(2009)에 관한 인터뷰에서 "진짜 이야기를 하면 거대한 구조나 특별한 장치 없이도 담을 수 있을 것 같다. 이건 진정성하고는 다른 이야기다"라고 말한 적이 있었다. 오늘 들은 이야기는 그에게 '진짜'의 의미가 무엇인지 추측하게 해주었다. 감독이 지금 여기서 감각하는 세계를 관객이 영화를 경유해 그대로 받아들이게 하는 이야기. 아마 그것이 장건재 감독이 생각하는 '진짜'였나 보다. 알려진 대로 예술에서 진짜가 진짜처럼 보이게 하려면 정교한 양식이 필요하다. 역설적으로 현실의 표면을 즉각 복제할 수 있는 예술인 영화에서 제일 어려운 작업이다. 〈한여름의 판타지아〉에 보낼 수 있는 확실한 축하가 있다면 장건재 감독이 오랜 포부를 실천할 적절한 형식 하나를 고안했다는 사실을 향한 것이다.

일찍이 장건재 감독은 결혼 2년차 커플의 생활을 그린 〈잠 못 드는 밤〉(2012)에 대해 원래 중년 부부 이야기의 전사(前史)로서 구상했다고 말한 적이 있다. 두 면이 '마주 보는' 구조는 〈한여름의 판타지아〉에 와서 구현된 셈이다. 이 영화의 두 챕터는 펼쳐진 책의 왼쪽 페이지와 오른쪽 페이지 같다. 반드시 한 시야에 들어와야만 편집자의 의도가 제대로 살아나는 지면과 비슷하다. 1부와 2부가 맺는 관계가 내게 매력적인 까닭은 상상할 수 있는 경우의 수가 많아서다. 일단 실제로 그랬듯 2부를 위한 자료 수집 과정을 극화해 먼저 찍은 단편으로 1부를 이해할 수 있다. 그러나 제작 정보를 배제하고 결과만 보면 2부부터 완성하고 '프리 프로덕션 페이크 메이킹 필름(!)'에 해당하는 1부를 역구성하는 작업도 불가능한 일은 아니다. 게다가 1, 2부의 순서가 바뀌어 상영됐다면 우리의 감흥은 어떻게 달라졌을까? 흑백과 컬러로 1, 2부의 색 설계를 맞바꾸었다면? 심지어 나는 2부를 1부에 등장한 감독 태훈의 머릿속에만 존재하는 영화로 가정하는 해석에 끌린다. 〈한여름의 판타지아〉 2부는 1부를 구성하는 입자들로 재조합된 구조물이다. 홍상수 감독의 〈옥희의 영화〉가 보여준 "우리는 같은 물질로 이루어져 있다"는 세계관이랄까. 원소들을 결합하는 분자구조식은 창작자 태훈의 에고가 결정한다. 1부의 공무원 유스케는 본래 취재 대상이었기에 본인의 이름과 모습을 유지한 채 2부에 입장할 수 있다. 그러나 태훈의 일상적 현실의 일원인 미정은 혜정으로 이름을 바꾸고 위장해야만 애정의 대상으로서 2부의 캐릭터로 등장할 수 있다. 일부 관객의 상상처럼 1부의 태훈과 미정 사이에 억제된 은근한 감정이 존재했다면 이 해석은 더욱 그럴싸해진다. 안팎으로 유유한 공상을 허락하는 〈한여름의 판타지아〉는 마치 통풍이 잘되는 전망 좋은 집 같다.

시간을 달리는 소녀

〈잠 못 드는 밤〉은 부부가 유성우를 기다리는 찰나에 끝나고 〈한여름의 판타지아〉는 고조의 불꽃놀이를 각자 다른 장소에서 바라보는 유스케와 혜정의 모습으로 마무리된다. 절정과 소멸을 구분하기 힘든 별똥별과 불꽃놀이는 실제 지속 시간보다 끝난 후의 여운이 '실체'에 가까운 이벤트다. 장건재 감독이 만든 세 편의 장편영화 역시 그렇다. 이미 사라졌지만 남아 있는 것들, 지나갔으나 여전히 강력하게 존재하는 체험에 관한 이야기들이다. 〈회오리바람〉은 고등학생 태훈(서준영)이 여자친구 미정(이민지)과 감행했던 100일 기념 여행의 여파를 기록한 영화였다. 부모의 분노, 자유롭고자 시작한 아르바이트, 여자친구의 변심 등 3개월 동안 태훈의 일상에는 많은 사건이 일어나지만 소년을 내내 지배하는 것은 겨울 바다를 바라보며 둘의 입술에서 흘러나왔던 허밍의 메아리다. 휴대전화에 흐릿한 동영상 조각으로 남아 있는 여행의 사소한 순간들이다. 〈잠 못 드는 밤〉에서는 연애하듯 살아가는 아내와 남편이 번갈아 잠든 상대를 물끄러미 내려다보는 정경이 거듭 나온다. '너'라는 사건은 눈을 감고 잠들었다. 그러나 바로 그렇기에 더욱 완벽한 사랑의 대상으로 존재한다. 별똥별의 비를 기다리는 마지막 순간에도 아내는 남편이 서운하게 굴었던 방금 꿈의 여운에 잠겨, 그것이 꿈이었다는 사실에 안심한다. 동시에 현실의 얇은 표면 아래 도사리고 있는 불길함을 곱씹는다.

〈한여름의 판타지아〉의 혜정과 유스케는 어색한 입맞춤을 끝으로 헤어진 다음 각기 혼자 축제의 밤을 보내지만 방금 끝난 만남의 영향에 계속 휩싸여 있다. 뿐만 아니라 〈한여름의 판타지아〉는 스쳐가고 재회하지 못한, 떠나서 돌아오지 않은 사람들로 가득하다. 요시코, '벚꽃 우물' 전설에 등장하는 스님, 겐지가 오사카를 떠난 후 다시 만나지 못한 한국 여성. 유스케 역시 도쿄의 누군가에게는 돌아오지 않는 존재일 것이다. 연고자 없이 홀로 죽은 고조 주민들의 공동묘지는 기찻길 너머 아득한 곳의 누군가를 제각각 바라보고 있다. 〈한여름의 판타지아〉는 현재진행형의 사건과 기억/꿈이 상대적으로 분리 재현되는 두 전작에 비해 더욱 '순도 높게' 이미 존재하지 않는 것들의 영향으로 조형된 이야기다.

다른 출구를
찾아가는 과정

곤노 마코토는 쾌활한 열일곱
살의 소녀다. 등굣길 산들바람은 단발머리를 희롱하고 턱걸이
로 지각을 면해도 마음은 노래 부른다. 수업이 끝나면 두 친구
고스케와 치아키와의 즐거운 야구 연습이 기다린다. 그러나 소
녀는 지금 비탈을 달리는 중이다. 여름은 바야흐로 반환점을
돌고 있다. 아무것도 결정하지 않아도 좋았던 그녀의 시간은
이제 끝나려 한다. 선생님은 문과냐 이과냐 진로를 묻고 치아
키와 고스케는 그들을 사모하는 여학생들의 고백을 받을 참이
다. 7월 13일. 일본어 발음으로 '나이스 데이'라 불리는 날 마코
토는 늦잠부터 시작해 시시콜콜한 재앙을 연달아 겪는다. 그리

고 방과 후에 과학실 구석에서 호두처럼 생긴 괴상한 물체 위로 넘어져 신비한 비전을 본다. 자전거를 달려 귀가하던 철도 건널목에서 마코토는 기차와 부딪힌다. "설마 죽겠냐 했는데 죽는구나."

다음 순간 마코토는 자기가 시간을 뛰어넘어(time leap) 살아 있음을 발견한다. 곧장 마코토는 복권을 산다고 생각하면 그녀를 잘못 본 거다. 신바람이 난 소녀는 13일의 실수들을 바로잡고 노래방 시간을 늘리고 저녁 식사 시간에는 철판구이를 먹은 날로 돌아간다. 처음 마코토의 상의를 받고 "네 또래 여자아이들에게는 가끔 있는 일이야"라고 일러줬던 독신녀 이모는 이즈음 준엄한 교훈을 깨우쳐준다. "그런데 네가 이득 본 것만큼 손해 본 사람이 있지 않겠니?" 소녀는 하나의 행위는 반드시 결과의 연쇄를 낳는다는 무거운 사실에 눈뜬다. 고스케가 하급생의 고백을 받은 오후 치아키는 돌연 묻는다. "우리 사귈래?" 당황한 마코토는 몇 번이고 시간을 되돌려 없었던 일로 만들지만 막상 치아키가 다른 소녀의 접근에 들뜨자 희미한 통증을 느낀다. 외면당한 감정은 사라지는 게 아니라 다른 출구를 찾아가는 것이다.

1965년 작가 쓰쓰이 야스타카가 탄생시킨 이래 오바야시 노부히코 감독의 동명 실사영화 등 다양한 각색을 거친 이 매혹적인 성장담은 호소다 마모루 감독의 현대적 인물 해석과 유려한 애니메이션을 만나 탐스럽게 회춘했다. 비밀스러워 보이는 마코토의 이모는 바로 원작의 주인공인 셈이다. 한때 시간을 달렸던 그녀는 21세기의 조카에게 미소 짓는다. "넌 나 같은 성격이 아니잖니? 누가 늦으면 먼저 만나러 달려가는 게 너잖니?" 〈시간을 달리는 소녀〉의 '연기'는 실사 저리 가라다. 10대들의 행동 패턴을 관찰하고 반영한 애니메이션은 소년, 소녀의 성격을 말없이도 전한다. 치아키는 늘 삐딱하게 몸을 기대고 마코토는 제자리에서도 경중경중 뛴다. 그들은 유혹에 약하고 미숙하지만 단호하고 용감해져야 할 때를 정확히 안다. 소실점을 중앙에 둔 대칭 구도를 자주 구사한 화면은 시간 여행이라는 주제와 깊고 아늑하게 어우러진다. 운동장과 강가에서 미풍에 순응하는 소년, 소녀의 머리칼은 어린 잔디처럼 싱그럽다. 음악도 적절하다. 예컨대 정적인 장면에서 역동적 신으로 넘어갈 때 음악을 바꾸는 대신, 바흐의 〈골드베르크 변주곡〉에서 각기 다른 템포의 소절을 쓰는데, 이러한 선곡은 환상적이지만 허황되지 않은 영화의 톤에 제격이다. 〈시간을 달리는 소녀〉는 웃음을 주다가 감동을 주기 위해 인물의 성격을 구부리거나 급커브를 하지 않는다. 처음부터 맑고 명랑한 톤을 유지하며 해야 할 모든 말을 마친다.

마코토가 사고를 당하고 살아남았던 건널목은 기실 유년의 상징적 죽음이다. 〈시간을 달리는 소녀〉는 더할 나위 없이 아름답게 그려진 더할 나위 없이 잔인한 이야기다. 그러나 이 보편적 '비극'은 뜻밖의 위로도 선사한다. 인생은 미래의 어딘가에서 반드시 나를 기다릴 안온한 품을 향해 무릎이 깨져도 달려가는 것이다. 또는 나를 향해 달려오고 있을 누군가를 건강한 모습으로 기다리는 일이다. 〈시간을 달리는 소녀〉는 그렇게 건널목에 아직 다다르지 않은 젊은이와 그곳을 지나온 더 이상 젊지 않은 이들을 격려한다. 분명 시간은 아무도 기다려주지 않는다. 그러나 〈시간을 달리는 소녀〉와 같은 영화를 보는 일은 삶을 연장하는 편법이다.

금을 밟았다는 말

우리들

비록 〈우리들〉이 생애 첫 장편 연출작이지만 소녀라는 인구 집단에 대해 윤가은 감독은 한국 영화계 최고의 전문가다. 그녀의 세 단편과 〈우리들〉은 대여섯 살부터 10대 중반까지의 미성년 여성 캐릭터들에게 밀착 집중한다. 사시사철 체증 걸릴 만큼 양산되는 30대 남성 중심 영화는 '보편'으로 간주하면서 소녀들에 관한 영화는 협소한 장르로 인식해 "왜 또 소녀냐?"고 감독에게 묻는 기자가 없어지는 날까지 윤가은 감독은 이를테면 '소녀시대' 같은 이름의 제작사를 차려 한국의 미성년 여성에 관한 온갖 영화를 만들어야 한다, 고 나는 믿는다.

민규동, 김태용 감독의 〈여고괴담 두 번째 이야기〉(1999)
와 윤성현 감독의 〈파수꾼〉(2010)이 그랬듯 윤가은 감독은 유
년기, 청소년기를 이미 통과한 단계로 돌아보는 대신 고유한
생태계로서 관찰한다. 성인 관객이 이 영화들에서 얻는 회고와
향수가 있다면 어디까지나 부산물이다. 이 '자치제'적 세계는
윤가은 감독의 단편에서도 공고하다. 〈사루비아의 맛〉(2009)
이 이야기를 시작하고 마지막에 돌아가는 공간은 개교기념일
의 학교다. 이때 교실과 운동장은 어른들이 세운 교육의 장소
에서 아이들이 점유자로서 사실상 지배하는 공간으로 성격을
변경한다. 〈손님〉(2011)의 고등학생 자경(정연주)은 아빠의 비
밀 연애를 알아차리고 상대방 여성의 집으로 쳐들어갔다가 그
녀의 어린 남매와 하루를 보낸다. 도중에 아빠가 등장하지만
영화는 남자의 목소리만 들려주고 얼굴은 프레임에 들이지 않
는다. 요컨대 어린 주인공이 적극적으로 개입할 수 없는 성인
들의 세계와 마주치는 상황이 오면 윤가은 감독은 객관적 상황
은 내버려두고 아이의 눈과 얼굴에 드러난 리액션에 집중해 그
것을 유일한 영화의 액션으로 만든다. 〈콩나물〉(2013)은 여섯
살 보리(김수안)가 시장에 (아무도 시키지 않은) 심부름을 갔다가
겪는 일련의 사건을 따라간다. 길 잃은 보리가 다양한 인물과
조우하며 울고 웃는 동네는 거의 〈반지의 제왕〉의 중간계만큼

이나 다채롭고 광활하게 느껴진다. 작은 주인공이 감지하는 세상의 스케일을 어떤 식으로든 감독이 필름에 옮겼기 때문에 가능한 일이다. 덧붙이자면 윤가은 감독의 소녀들은 마치 온전한 '시민권'의 근거를 마련하려는 듯 부지런히 가족 성원 1인분의 몫을 다한다. 〈손님〉의 자경은 엄마에게 아빠의 바람을 알리지 않고 혼자 해결할 요량이고 〈콩나물〉의 보리는 조막손으로 제사 준비를 거들고 싶어 안달을 낸다.

장편 〈우리들〉은 대개 왕따가 그러하듯 여론을 주도하는 그룹의 눈 밖에 나 별다른 이유 없이 교실에서 소외된 열 살 소녀 선(최수인)이 방학 동안 얻은 전학생 친구 지아(설혜인)를 잃지 않으려고 분투하는 몇 달 동안의 일지다. 그리고 전작의 '자치주의'는 〈우리들〉에서도 여일하다. 선은 오해로 단단히 꼬인 지아와의 관계를 풀기 위해 골머리를 앓으면서도 권위에 의지하지 않고 스스로 해법을 낸다. 게다가 10년 인생 최대의 위기를 돌파하는 와중에도 가족의 일원으로 맡은 책임인 동생 윤(강민준)의 보모 노릇을 쉬지 않는다. 나는 선이 처음으로 지아와 만난 날 밤, 퇴근한 엄마(장혜진)에게 두근두근 빅뉴스를 보고하는데 피로에 전 엄마가 딸의 중대 발언을 듣는 둥 마는 둥 잠드는 장면이 좋았다. 선은 엄마의 무심함에 상처받긴커녕 어둠 속에서 미소짓는다. 소녀는 엄마가 자기를 사랑하지 않는 것이 아니라 피곤할 뿐임을 잘 안다. 어른에게는 어른의 문제가, 아이들에겐 아이의 문제가 있다. 윤가은 감독 영화 속 성인과 아이들은 그 사실을 잘 이해한다. 옆에 누워 등으로 전해주는 온기가 시시콜콜한 관심과 조언보다 도움이 되는 날이 인생에 많다는 것을 감독은 안다. 왕따에 관한 영화이나 〈우리들〉에는 전형적으로 나쁜 교사나 무책임한 부모가 등장해 아이들의 세계를 휘어잡는 상위의 권력을 행사하지 않는다. 어른들의 객관적인 영향력이 어떠하든 선과 지아, 그리고 둘 사이에 끼어든 보라(이서연)의 사회는 철저히 자기들끼리의 정치와 외교로 돌아간다.

선생님의 칭찬보다 친구가 돌려준 시선 하나가 하루의 행불행을 좌우하고 엄마의 꾸지람보다 친구의 몇 초 침묵이 하늘을 무너뜨린다. 본인들의 인정 욕구와 서열화를 감당하기에도 하루가 짧은 것이다. 마음이 찢기는 고통에도 불구하고 이들은 친구와의 분쟁을 결코 (충분히 선량한) 교사와 부모에게 의뢰하지 않는다. 물론 어른들은 그들을 돕기 위해 더 노력해야 할 것이다. 그러나 그 시절의 잠 못 이루는 밤을 돌아보건대 나 역시 그랬다. 이 문제는 천 살 먹은 현자도 도와줄 수 없으며 내가 해결해야만 한다는 불문율을 본능적으로 알고 있었던 것이다. 진심을 알리고 진심을 알려달라고 호소하는 무수한 편지와 쪽

지, 좋아하는 노래 모음 테이프 선물이 그렇게 만들어졌고 그
것들은 친구가 질리지 않을 정도로 고심해서 결정한 적정 빈도
로 전달되었다. 이모티콘이 없었던 나의 세대에겐 구구한 방법
밖에 없었다.

〈우리들〉은 급기야 나로 하여금 초등학교 3학년 시절 단
짝에게 문자를 보내 우리 그때 괜찮았었는지 묻게 만들었다.
친구 Z는 지아처럼 전학생이었다. 전학생 Z에게 신발장과 사
물함을 가르쳐주도록 선생님께 지시받은 그 날 오후 이래 나
는 모든 면에서 나와 다른 그녀와 친구다. 우리는 처음에 서로
의 어떤 점을 좋아했는지 기억조차 못한다. 뜬금없는 취재에
예나 지금이나 무던하고 튼튼한 친구는 다음과 같은 답을 보내
왔다. "나는 그냥 단순한 아이여서 항상 네가 하자는 대로 했을
걸? 둘이 길에서 리코더 2중주 했던 일은 기억나네." 하지만 Z
는 잘 알고 있다. 내가 그녀와 헤어지기 싫어서 합주부에도 가
입하고, 못 그리는 그림으로 예술중학교에도 갔다는 것을. 돌
아보면 초등학교, 중학교, 고등학교 어쩌면 대학교까지도 내가
특별한 관계가 되길 희망한 친구들이 있었다. 초등학교와 중학
교 때까지 그런 관계는 다정하기만 했고, 고등학교 이후는 때
로 고통의 원천이었다. 〈우리들〉에서 놀러 와서 함께 잔 지아
를 위해 일찍 일어난 선이, 엄마한테 친구가 좋아하는 오이김

시간을 달리는 소녀

밥을 조르는 장면에서 나는 끄덕였다. 집이 가까웠던 나와 Z는 종종 1박 2일로 서로의 집에 놀러갔는데 숙소가 우리 집이건 Z네 집이건 더 늦게 잠들고 더 일찍 일어나는 쪽은 나였다. 돌아보면, 관계에서 더 좋아하는 입장에 따르는 가외의 수고가 무엇인지 처음 배운 나날이었다. 이처럼 관객이 선에게 절대적으로 동일시하게 만들지만 〈우리들〉은 주인공을 악한 집단 폭력에 희생된 천사로 그리지 않는다. 선은 오로지 선한 의도로 행동하는 인물이지만 상황에 따라서는 짜증을 부를 수 있는 개성의 소유자다. (우리 모두 상황에 따라 그렇다. 더구나 〈우리들〉의 인물들은 타인의 입장을 헤아리기 힘든 연령대다.) 요컨대 선은 폐를 끼치지 않으려고 미리 눈치를 보고 언제나 착한 입장에 서려하는 나머지 상대방을 악인으로 위치 지우는 캐릭터임을 영화는 충분히 냉철하게 보여준다.

이 영화는 학교 운동장의 피구 경기로 시작해 역시 피구 장면으로 끝난다. 오프닝에서는 선이, 클로징에서는 지아가 금을 밟았다는 확인할 길 없는 지적을 받고 내쳐진다. 그런데 라스트 신에서는 여전히 힘 있는 입장도 아닌 선이 반칙에 걸렸다고 몰리는 지아를 변호한다. 이 장면이 학급을 뒤흔드는 '혁명'과는 거리가 멀게 연출돼 있다는 점이 중요하다. 영화 내내 두 주인공을 압박했던 보라와 그 '절친' 소녀들은 선의 발언을

들은 것 같지도 않다. 주목해야 할 것은 선이 지아가 코트의 금을 밟았는지 안 밟았는지 모르면서도 현재 부당한 약자 입장인 지아를 무조건 보호해야 한다고 판단했다는 사실이고, 지아가 선이 한 말을 들었다는 점이다. 순간 나는 주인공들보다 한 발 늦게 깨달았다. 깨우쳤다. 정작 서로의 생활을 지옥으로 만든 건 보라가 아니라 두 사람이었다. 그러므로 둘만의 힘으로 그 지옥을 끝낼 수 있다. 선은 무관한 사람들에게 권력을 주지 않는 법을 배운 것이다.

윤가은 감독은 〈우리들〉을 화면에 앞서 뛰노는 아이들의 사운드로 시작했다가 마지막 풍경이 암전된 다음에도 계속되는 놀이의 소리로 끝낸다. 하나도 특별할 데 없는 소리, 내가 사는 아파트의 창을 열면 놀이터로부터 흘러드는 일상의 음향이다. 〈우리들〉은 어떤 의미에서 나를 회복시켜주었다. 그 흔한 소음에 포함된 수많은 드라마를 다시 들을 줄 아는 청력을 돌려줌으로써.

시간을 달리는 소녀

"내 머리를 땋아줘,
내 마음을 안아줘"

비밀은 없다

오래된 취재수첩을 꺼내보았다. 봉준호 감독은 〈마더〉(2009) 후반 작업 당시 인터뷰에서 생물학적 가족 구성 안에서 모자 관계가 갖는 원초적 특성을 다음과 같이 설명했다. "가족 내에 형성되는 네 벌의 관계―모자, 부녀, 모녀, 부자―중 두 세트가 이성의 조합인데, 부녀 관계는 아버지에게서 나온 정자로 매개되니까 어딘가 간접적인 반면 엄마는 아들과 몸 안에서 본디 합쳐져 있었던, 신체적으로 독보적인 관계다. 섹스가 페니스가 자궁으로 들어오는 행위라면 모자 관계에서는 아들의 몸 전체가 엄마의 몸 안에 있었던 것이다." 〈마더〉가 모성 멜로 혹은 스릴러의 외피를 쓰고, 가장 지독하고 눅진한 인간과 인간의 연(緣)으로서 모자 관계를 해부한 영화라면 이경미 감독의 〈비밀은 없다〉는 자녀 실종 미스터리의 표면 아래에서 특수한 인간관계로서 모녀 사이의 '비련'을 쓴다. 이를테면 모성 멜로가 아니라 그냥 멜로에 가깝다.

학교의 왕따였던 민진(신지훈)은 아빠에게 속고 있는 '멍청하고' 가련한 엄마와 단 한 명의 친구 미옥(김소희)이 애써 살아가는 목적의 전부였지만 겉으로는 빙글빙글 웃고만 있었다. 연홍(손예진)은 여느 엄마처럼 딸을 당연히 사랑한 나머지 그 사랑에 노력이 필요하다는 사실을 꿈에도 몰랐고 민진에 대해서는 더욱 몰랐다. 엄마 연홍과 딸 민진의 사랑이 비련인 까닭은 둘의 감정이 영화에서 한 번도 만나지 않기 때문이다. 도입부에 나오는 귀가 시간에 대한 관습적인 대화, 성적표를 둘러싼 역시 전형적인 상황의 플래시백을 제외하면 관객은 이 모녀의 '스킨십'을 목격할 기회가 없다. 사라진 딸과 범인을 찾아 나선 연홍의 추리가 진전되면서 사건 경위와 더불어 감정의 진상이 드러난다. 그러나 연홍은 애통하게도 영화 내내 한 발 늦게 도착한다.

이메일 인터뷰에 응한 이경미 감독은 딸 입장에서 바라보는 모녀 관계의 중요한 특징을 강력하고 불가피한 동일시로 꼽았다. 가부장 사회에서 딸은 엄마처럼 살까 봐 염려하는 동시

시간을 달리는 소녀

에 엄마를 보호하고자 한다. 이것은 모자, 부자, 부녀 관계에서는 찾아볼 수 없는 수평적인 애정이기도 하다. 그런 맥락에서 민진과 단짝 미옥의 우정, 그리고 민진과 연홍의 모녀 관계가 이 영화에서 그리는 평행선은 그림이 된다. 언제나 형사들보다 한 발 늦게 증인들을 찾아가는 서툰 초짜 탐정 연홍이 결정적인 증인 미옥과 커넥션을 맺고 궁극적으로 진상에 먼저 도달하는 이유도 두 인물이 같은 삼각형의 꼭짓점이라서다. 중학생 딸을 둔 엄마로서는 과하게 젊어 보이는 손예진 배우의 캐스팅도 통상 모성 드라마와는 다른 모녀 관계의 톤에 기여한다고 볼 수 있다(이경미 감독은 "연홍은 영화 마지막에 도달해서야 처음으로 엄마 같아요"라고 덧붙였다).

두 쌍의 관계가 민진에게 동등한 의미와 무게임을, 이경미 감독은 두 소녀의 거짓말을 통해 꼼꼼히 암시한다. 우선 민진이 거짓으로 꾸며낸 가상의 모범생 친구 자혜는 엄마 연홍의 학창 시절을 〈유주얼 서스펙트〉의 카이저 소제 스타일로 재구성한 결과다. 한편, 수사가 시작된 후에도 아무에게도 알리지 않고 친구의 복수를 하려고 결심한 미옥은 연홍이 지켜보는 최면술 취조 장면에서 민진을 데려간 여자에 관해 거짓으로 묘사한다. 최면에 걸린 척하는 미옥이 언급하는 자동차의 색, 용의자의 외모, 민진이 가수가 되려고 서울에 가고 싶어 했다는 이야기는 모두 민진에게 들은 연홍의 파편들이며, 머리를 하나로 묶었다는 외모의 특징은 관련된 다른 여성 인물에게서 빌려온 것이다. 요컨대 의식과 무의식의 수프 안에서 세 사람은 따로 또 같이 자맥질한다. 이경미 감독은 해당 최면 신의 큰 목표가 극 중에서 이미 사라진 민진의 존재감을 관객에게 환기하는 데에 있었다고 말한다. 과연, 민진은 이 영화의 모든 운동을 가동하는 제1자이며 일찍 퇴장해 까마득히 보이지 않지만 〈비밀은 없다〉의 소실점이다.

그렇다면 부재하는 민진을 통해 이어진 새로운 짝 연홍과 미옥은 어떻게 움직이는가? 끝내 만나지 않은 모녀처럼 두 여자 역시 팀을 이루어 직접적으로 공조하지는 않는다. 서로가 모르는 사이에 같은 방향으로 기어갈 따름이다. 이를 표시하는 엠블럼처럼 〈비밀은 없다〉에는 미옥과 연홍이 각기 수풀이 우거진 공터를 잡은 롱숏에서 프레임 왼쪽으로 빠져나갔다가 다시 화면 안으로 들어오는, 한 쌍을 이루는 숏이 있다. 이경미 감독은 여기에 한 가지 사실을 덧붙여 알려주었다. 충격적인 나머지 에필로그에 악영향을 끼칠 수 있다는 의견에 밀려 수정됐지만 원래는 최종 클라이맥스에서 연홍과 미옥은 따로 각자의 길을 완수한다. 연홍이 길바닥에 종찬을 두고 떠난 다음 미옥이 홀연히 나타나 마무리 짓는 것이다. 〈비밀은 없다〉 서사의

시간을 달리는 소녀

구성에 비추어보면 아귀가 들어맞는 전개이고 만약 감독판이 존재한다면 응당 포함될 만한 신이다.

그렇다면 엄마인 연홍의 자리에서 보면 〈비밀은 없다〉는 어떤 이야기일까? 〈마더〉의 도준 엄마(김혜자)와 마찬가지로 〈비밀은 없다〉의 연홍은 빗발과 수풀을 헤치며 휘적휘적 뛰어다니고, 매달린다. 그런데 이 강렬한 모성애의 발로로 보이는 활극을 통해 〈비밀은 없다〉는 민진의 엄마이기 이전에 김연홍이라는 여자가 어떤 인간인지 퍼스낼리티를 양파처럼 한 겹씩 벗겨나간다. 선거 캠프원들을 위해 새벽부터 거한 밥상을 차려내고 캠페인송에 맞춰 율동을 하는 연홍은 우리에게 익숙한 한국 남성 정치인의 현모양처 몰드에 딱 들어맞는 세속적인 미인이다. 그런데 딸의 실종이 그녀를 충격하자 껍질이 부서져 내린다. 사건에 대한 남편과 보좌역들의 대응에 도저히 동조하고 앉아 있을 수 없는 자신을 발견하는 순간, 연홍이 살아오면서 쌓아온 성격의 지층들이 하나씩 불거져 나온다. 아이가 사라진 마당에도 남편의 선거본부원들과 경찰이 자신의 고향이 전라도라는 사실에 먼저 주의를 기울이는 모습을 본 연홍은 고향 친구와 호남 사투리로 통화하며 과거의 태도를 되찾는다. 꽤 오랜 연애 끝에 결혼한 것으로 짐작되는 남편과 단둘이 있는 장면에서는 영부인의 꿈을 안고 엘리트와 결혼하기까지 그녀를 지탱했을 법한 강단이 드러난다. 딸의 장례에 화려한 원피스를 입고 나타나는 순간부터는 그냥 폭주다. 동기는 모성이되 엄마의 역할을 통해 역할 너머에 본래 존재했던 가차 없는 인간, 비굴한 척 숙이고 있었던 단호하고 집요한 심성이 솟구친다. 〈비밀은 없다〉가 관객에게 버겁게 느껴지는 이유 중 하나는 아마도 사건과 인물이 동시에 껍질을 벗는 과정을 따라가야 하는 부담일 것이다. 여기서 이경미 감독의 답장을 인용해보자. "〈비밀은 없다〉의 이야기에 제가 사회를 살면서 부조리하고 불합리하다 생각한 모든 편견을 다 넣었어요. 연홍 역시 적당한 편견과 부조리, 아이러니를 가진 모순적 인간인데 아이가 사라짐으로써 (자신도 일조한) 이 모든 것들과 비로소 맞닥뜨리게 되고 끝내 그것들을 극복해서 마침내 진실에 도달하기를 바랐어요."

내가 이해한 〈비밀은 없다〉는 악의 근원을 지목하거나 특정 남성 인물형 혹은 남성 지배적 문화를 비판하려는 것이 주요한 목적이 아닌 영화다. 더 정확히 말하자면 이경미 감독과 공동 작가들은 남성 인물이나 그들의 문화가 정색하고 자세히 다룰 만큼 흥미롭다고 여기지 않는 듯하다. 이 영화에서 남성 인물들의 행태는 다분히 스테레오타입인 반면 성의껏 그려진 부덕이나 천박함, 어리석음은 모두 여성 캐릭터들의 것이다. 미술 교사 손소라(최유화)는 협박자의 정체를 연인에게 알리지 않음으로써 비극의 불씨를 제공하고, 민진은 아빠에게 직접 맞서는 용기를 내지 못했다. 연홍은 갑자기 성적이 오른 딸을 석연치 않아 하면서도 내막을 알려 들지 않았고 미옥도 오판을 했다. 나아가 이경미 감독은 영화에서 관객이 동조해야 할 여성 인물들의 언행을 전혀 세탁하지 않는다. 엄마는 딸을 가리켜 자신을 닮아 공부머리가 없고 "똥구멍이 보이게 스커트를 짧게 입는다"고 막말을 한다. 손소라 선생은 결정적 혐의를 피하는 방편으로 보통 영화라면 그 자체로 하나의 터부일 레즈비어니즘 암시를 동원하기도 한다("민진이가 좋아서 그랬어요"). 유괴 스릴러의 전개를 기대한 관객이 멀미를 호소하는 것도 무리는 아니다.

끝으로 〈비밀은 없다〉가 인상적인 이유는 미스터리 스릴러에 따라오는 공포와 불안, 인물의 연상 작용을 표현하는 감각에 있다. 연홍이 딸의 이메일 계정을 뚫기 위해 밤을 새우다가 손목을 푸는 동작, 정신을 차리기 위해 연홍이 브러시로 정수리를 두드리는 이미지, 휴대전화의 암호 패턴을 풀기 위한 미옥의 히스테리컬한 손동작, 경찰의 무능에 분노한 연홍이 화이트보드를 발로 짓이기는 소음은 전에 맛본 적 없는 촉각적 흥분과 긴장을 전한다. 이 감수성과 과단성이 여성으로서 감독의 젠더와 필연적인 관련이 있을까? 일부는 그렇겠지만 필요충분조건은 아니다. 그보다는 세계를 재현하는 작업을 하는 사람으로서 비전의 확고함과 관계가 있을 것이다. "내 머리를 땋아줘. 내 마음을 안아줘." 민진의 노트에 적힌 이 구절을 듣다가 나는 핑그르르 머리칼 사이에 손가락을 넣고 말았다. 선뜩하고도 따뜻했다.

시간을 달리는 소녀

유년의 끝

인사이드 아웃

*편집자주: 이 글에서 〈인사이드 아웃〉의 캐릭터 기쁨(Joy)과 슬픔(Sadness)은 일반 명사와 구별하기 위해 '조이'와 '새드니스'로 표기합니다.

"대체 무슨 생각을 하고 있어? 머릿속에서 무슨 일이 일어나고 있는 거니?"

〈인사이드 아웃〉을 두 번째 관람하다 첫 대사가 〈나를 찾아줘〉의 그것과 거의 똑같다는 얄궂은 사실을 깨달았다. 물론 두 영화가 질문에 대답하는 방식은 딴판이다. 무려 전 세계 어린이들의 벽장과 연결된 〈몬스터 주식회사〉 비명 공장을 디자인했던 야심 찬 아키텍트(architect) 피트 닥터 감독은 〈인사이드 아웃〉에 이르러 글자 그대로 우리의 내면을 몽땅 형상으로 끄집어낸다. 크게는 부지 구획부터 작게는 나사 하나에 이르기까지 감정과 기억, 성격이 형성되는 메커니즘을 도안한 것이다. 이 영화를 카툰으로 옮기면 어린이 대상의 심리학 그림책으로 써도 되지 않을까 싶은 지경이다. 아니, 그 대목은 내가 판단할 수 있는 문제는 아니다. 2주 전에 만난 뇌 공학자 정재승박사가 "타인에 대한 공감 능력은 감성이 아니라 이성의 영역이에요. 역지사지의 사고를 경유해 공감에 도달하는 거죠"(인용은 부정확하다)라고 지적했던 기억이 났다. 정재승 박사만큼픽사의 감정 공학을 세세히 읽을 도리는 없지만 약식으로 〈인사이드 아웃〉의 구조를 스케치해보기로 한다.

영화 속 현실 세계의 주인공인 열한 살 소녀 라일리의 경험은 일종의 유리구슬에 저장돼 감정 컨트롤 본부로 굴러들어온다. 터치패드 식으로 장면을 확대하고 회전시킬 수 있는 이구슬은 지배적 감정의 색을 띤다. 기쁨의 노랑, 슬픔의 블루, 혐오의 초록, 공포의 보라, 분노의 빨강이 구슬의 5원색이자 의인화된 다섯 가지 감정의 피부색이다. 하루가 끝나고 정신이잠들면 그날 생성된 구슬은 진공 튜브를 통해 본부 외곽의 장기기억 저장소로 날아가고 뒷날 필요할 때 환등기 슬라이드처럼 불려 나와 추억을 뇌리에 영사한다. 한편 인성을 형성하는

슬픔이 기쁨에게

핵심 기억(core memory)은 별도의 핫라인을 통해 다양한 테마로 분화된 퍼스낼리티 섬으로 유입된다. 장기기억 저장소와 개성의 다양한 면모를 대변하는 섬들은 '꼬리를 무는 생각의 열차(train of thought)'에 의해 본부와 연결돼 있다. 상황에 대처해 즉각적 감정반응을 결정짓는 자료를 공급하는 것이다. 그중에서도 흥미로운 장소는 '추상적 사고의 방(abstract thought)'이다. 여기 입장한 인물들은 기하학적 형태로 해체됐다가 납작한 2차원으로 눌리고 이윽고 피카소, 칸딘스키 스타일의 완벽한 추상이 된다. 문 앞의 '출입 금지' 경고가 암시하듯, 추상적 사고는 풍부한 현존을 일부 유실할 위험을 수반한다. 동시에 이 방은 극 중 정신의 통제 본부로 복귀할 지름길이기도 하다. 일단 개념을 수립해야 논증을 통해 결론에 이를 수 있으니 지름길 맞다. 재치 있는 아이디어도 곳곳에 반짝인다. '묘안'들은 재빨리 꺼내 쓸 수 있도록 백열전구 형상으로 본부 선반에 쌓여 있고, 생각 열차 화물칸에 실린 사실(fact)과 의견(opinion)은 외관상 구별하기 어렵다. "걔네들은 원래 되게 비슷하게 생겼어." 극 중 캐릭터는 지겹다는 투로 투덜댄다. 기억 저장소에는 물리적 한계가 있어 덜 중요한 '파일'을 주기적으로 삭제해 '휴지통'에 해당되는 망각의 골짜기로 폐기 처분한다. 단 "영구적으로 지우겠습니까?" 같은 재확인 절차는 없다. 한번 버려진 기억은 무조건 풍화, 소멸한다. 이 영화가 성인 관객의 눈물을 부르는 포인트다. 〈인사이드 아웃〉 세계에서 기억들은 구슬에 갇혀 있지만 라일리가 스스로 만든 상상과 아이디어는 자유롭게 돌아다닌다. 유년기 공상의 친구인 빙봉(리처드 카인드)이나 꿈꾸는 이상형의 남자친구가 예다. 요컨대 〈인사이드 아웃〉은 픽사의 초심에 완전히 부합한다. "실사로 찍어서 더 시네마틱할 수 있는 기획은 하지 않는다. 인간 배우와 작업해 더 좋은 영화가 될 이야기라면 하지 않는다."

라일리 감정 통제 본부의 다섯 멤버는 상황에 따라 공조해 '주인'에게 이롭다고 여기는 방향으로 콘솔을 잡는다. 여기서 '이롭다'는 정확히 무슨 의미일까? 영화 속 감정들은 "라일리가 행복하고 건강하기를 바란다"는 훈훈한 표현을 쓰지만 냉정히 따지고 들면 이들의 작동 원동력은 생물학적, 사회적 생존 본능이다. 주인이 위험을 피하도록, 따돌림당하지 않도록, 호감을 사도록 각 감정이 돌아가며 키를 잡는다. 선악과 가치판단은 실상 부차적 문제다. 그리하여 라일리가 곤경에 처하면 감정들은 자기를 억압하거나 다른 감정인 척 가면을 쓰기도 한다. 조이(에이미 폴러)와 새드니스(필리스 스미스)가 본부를 비운 동안 엄마, 아빠 앞에서 라일리가 전에 없이 진심을 비꼬아

189

표현하는 장면이 잘 연출된 예다. 잠들기 전 "오늘 하루도 죽지 않아 다행이야"라고 안도하는 소심이(공포 담당)의 대사는 따라서 사실상 감정 통제 본부의 모토인 셈이다. 〈인사이드 아웃〉의 모험을 촉발하는 중요한 설정은 다섯 감정 요원도 완성된 존재가 아니라 주인과 똑같이 시행착오를 겪으며 변모한다는 점이다. '팀 라일리'를 이끄는 리더는 기쁨의 담지자 조이지만 우리는 스쳐가는 장면에서 엄마의 감정 콘솔은 슬픔이, 아빠의 그것은 분노가 지휘하고 있음을 엿본다. 감정 본부의 팀장이 선착순 종신직인지 헤게모니 변화에 맞추어 교체되는 것인지는 확실치 않다.

흥미롭게도 〈인사이드 아웃〉이 가장 선명히 주제를 드러내는 대목은 이토록 치밀하게 지어올린 메커니즘이 오작동하고 붕괴되는 장면들이다. 복기해보면 이 예쁜 영화는 놀랄 만한 분량과 규모의 파괴를 포함하고 있다. 꼬마 시절 즐기던 실없는 장난이 더 이상 재미있지 않다고 소녀가 느끼는 순간 엉뚱섬이 무너지고 이사로 헤어진 친구와 더 이상 통하지 않을 때 우정섬이 흔들린다. '팀 라일리'와 관객은 서서히 깨우쳐간다. 이것은 막아야 할 종말이 아니라 불가피한 과정이다. 가라앉은 섬의 자리에 다른 섬이 솟구치고 잊힌 장난감을 다른 쾌락이 대체할 것이다. 픽사는 CGI 스펙터클로, 상실은 성장의 핵심이고 사춘기는 성격이 형성되는 것 못지않게 어린이의 기존 우주가 붕괴되는 시기라는 해석을 표현한다.

디즈니와 픽사 애니메이션 역사를 통틀어 〈인사이드 아웃〉은 공주 아닌 보통 여자아이가 주인공이고 소녀의 엄마와 아빠가 모두 살아 있으며 좋은 부모가 되기 위해 노력하는 드문 이야기이기도 하다. 당장 잡히는 기억만으로는 심지어 최초인 것 같다. 비록 머릿속 세계에서는 대재앙이 일어나고 있으나 라일리가 현실에서 통과하는 사건은 누구나 한 번쯤 경험했을 보편적 부류다. 이사와 전학으로 힘들었지만 내색하지 못하다가 우여곡절 끝에 겨우 일상을 재건했던 체험. 영화를 보는 동안 나 역시 여덟 살 인생의 최대 위기였던 첫 전학 후유증을 잦은 결석으로 극복했던 과거를 떠올렸다.

라일리는 사회적으로 어려운 처지의 어린이가 아니다. 〈인사이드 아웃〉이 탁월하게 묘사하는 현상은 평균치 중산층 핵가족의 아이, 특히 소녀들이 은연중에 사로잡히는 "나는 항상 행복해야 해"라는 강박이다. 부모는 오직 선의에서 자녀의 모든 부정적 감정을 경계한다. 〈니모를 찾아서〉의 아빠 물고기 말린이 그랬듯, 언제까지나 아이가 세상의 고난과 모순을 모른 채 행복하기만 바란다. 여자아이에게는 밝고 애교스러워야 사랑받는다는 보이지 않는 문화적 압박이 추가된다. 엄마가 이사로

슬픔이 기쁨에게

우울해진 딸의 방에 찾아와 힘든 시기에도 행복한 표정을 지어 줘서 네가 고맙고 자랑스럽다고 칭찬하자 라일리는 터져 나오려던 슬픔을 틀어막아버리고 이후 사태는 악화된다. 이것은 열한 살만의 문제는 아니다. 사랑하는 부모에게 착한 딸이 되려면, 학교에서 호감 사는 친구가 되려면 긍정적이고 명랑해야 한다는 강박은 성인 여성에게도 변형된 형태로 지속되곤 한다.

〈몬스터 주식회사〉에서 웃음 에너지를 대체 자원으로 치켜세웠던 피트 닥터 감독은 〈인사이드 아웃〉에서는 슬픔을 복권시킨다. 처음 조이는 라일리에게 슬픔을 허하지 않는다. 동료 새드니스가 무슨 일을 하는지 이해하지 못하고 분필로 그린 금에 그녀를 가둬두려고만 한다. 그리고 슬픔에 지배된 핵심 기억 구슬을 기어코 제거하려고 무리하다가 비상사태를 초래한다. 하지만 모험이 전개될수록 새드니스의 효용이 입증되고 확장된다. 장기기억 보관소의 구조를 파악하고 있는 감정이 새드니스라는 설정은 의미심장하다. 그녀는 언제나 현상의 부정적 측면에 집중하지만 뜻밖에 쉽사리 울음을 터뜨리지 않으며 결과적으로 관찰과 성찰에 장기를 발휘한다. 라일리의 문제는 슬픔에 빠진 것도, 분노나 혐오에 사로잡혔다는 사실도 아니다. 억압과 혼란으로 어떤 감정도 느낄 수 없게끔 시스템이 마비됐다는 점이 위기의 본질이다. 이때 오직 새드니스만이 정화(catharsis) 능력을 통해 망가진 콘솔을 리부트할 수 있다. 피트 닥터 감독은 조이가 악역이 되기 직전에 이 원리를 파악하도록 안배한다. 상극인 조이와 새드니스에게 같은 색의 머리칼을 준 결정도 우연은 아닐 것이다. 눈 씻고 봐도 악역이 없는 〈인사이드 아웃〉에서 굳이 악역을 찾는다면 그것은 시간이다. 영화 초반 관객은 주책 맞게 자꾸 기억 구슬을 건드려 푸른 얼룩을 남기는 새드니스를 '적대자'로 인식한다. 그녀는 당황해서 번번이 사과한다. "앗, 미안. 내가 왜 이러는지 나도 모르겠어." 하지만 새드니스는 무고하다. 라일리의 마음은 다섯 감정의 액션으로만 결정되는 게 아니라 성장이라는 이름의 거시적 기후 변화의 영향을 받기 때문이다. 영화 결말에 이르러 핵심 기억 구슬을 물들인 푸른 반점은 더 이상 불길해 보이지 않는다. 열두 살을 앞둔 라일리는 회상이라는 마음의 활동을 처음 알게 됐고 모든 회상은 회한과 애상을 수반한다. '다시 돌아오지 않을 좋았던 시절'로 명명된 기억은 푸르스름하게 얼룩진 동시에 더 진한 황금빛으로 빛난다. 회상하기 시작할 때 유년은 끝난다는 걸 어른인 우리는 알고 있다. 모든 체험의 불가역한 일회성과 죽음을 인식하며 비로소 사춘기는 시작된다. 비극도 희극도 아니다. 기쁠 것도 슬플 것도 없다. 하지만 거기에는 어렴풋한 아름다움이 있다.

슬픔이 기쁨에게

제대로 된
1인분의 사람

프란시스 하

짐을 싸서 이 집 저 집 전전하는 일에 관해서라면 프란시스(그레타 거윅)에게 문의해야 한다. 〈프란시스 하〉의 포스터와 예고편은 그리 상서롭지 않았다. "아프니까 청춘이다, 그러나 청춘이라 괜찮다. 게다가 뉴욕의 청춘이라면 더 괜찮다"는 식의 스케치가 아닐까 불안했다. 영화 초반도 나쁜 예감을 뒤집지 못했다. 무용가 지망생 프란시스와 친구는 공원에서 우쿨렐레를 연주하고, 밤 외출의 흥에 취해 지하철에서 방뇨를 하는가 하면 춤추듯 뉴욕 번화가를 질주한다. 이것은 혹시 흑백 동영상 포스트로 채워진 페이스북 같은 영화일까? 그러나 영화를 지켜보는 동안 이해하게 됐다.

슬픔이 기쁨에게

페이스북에 일상을 열심히 전시한다고 그 사람이 반드시 자랑할 만큼 인생을 만족스러워한다는 의미는 아니다. 만족하려고 열심히 애쓰고 있다는 사실을 드러낼 뿐이다.

20대 후반이 되어서도 셀프 이미지와 현실을 혼동해 허방을 딛는 철없는 캐릭터를 지켜보는 스트레스가 〈프란시스 하〉의 난점이라면 이 인물의 객관적 미숙함과 허영을 낭만으로 포장하지 않는다는 점이 〈프란시스 하〉의 강점이다. 남들이 보기에 프란시스는 개똥철학으로 스스로를 보호하는 자아도취적 젊은이로 보일지 모르지만 실제로 그녀는 "이대로는 곤란하다"고 매 순간 자각한다. 아웃사이더의 위치에 서면서도 캐릭터가 선택한 라이프스타일에 대한 자부심이 대단한 〈미 앤유 앤 에브리원〉(2005)이나 〈카모메 식당〉(2006) 같은 영화와 다른 대목이다. 프란시스 할라데이(Frances Halladay)라는 주인공의 이름을 중간에서 자른 영화 제목은 '신의 한 수'인데, "나는 아직 제대로 된 1인분의 사람이 아니다(I'm not a real person yet)"라는 인물의 자괴감을 요약하고 있기 때문이다. 이 대사는 다른 표현으로도 반복된다. 파티에서 받은, 직업이 뭐냐는 질문에 프란시스는 설명하기 힘들다고 답한다. 곧이어 "하는 일이 복잡해서냐?"고 묻자 "그게 아니라 그 일을 진짜로 '하고' 있는 건 아니어서(I don't really do it)"라고 부연한다. 하고 있으나 정말로 하진 않는다는 느낌, 살고 있지만 내가 살고 있지 않다는 감각.

경제적인 궁핍은 둘째고, 프란시스는 성공이건 실패건 아직 제 삶을 장악하고 있지 못하다. 내다보고 계획할 수가 없다는 뜻이다. 직업적으로는 목표를 세울 단서가 부족하고 주거 면에서는 제대로 계약한 세입자가 아니므로 이사 시점을 예측할 수 없다. '가난한 예술가'라고 본인의 정체성을 규정해보기도 하지만 뒷부분이 애매하다. 쪼들리긴 하는데 '예술가'인지가 불확실한 것이다. 냉정하게 말해 프란시스는 진짜배기 재능도 없고, 일심동체인 줄 알았던 친구와 헤어지고 나니 진짜 반려자도 없으며, 심지어 진짜로 가난하지조차 않다(그녀에게는 구석에 몰리면 마지막에 기댈 중산층 부모가 있다). 프란시스가 주체적 결정권을 행사할 수 있는 경우는 소비하는 순간뿐인데, 세금 환급금으로 부유한 친구에게 밥을 사고 홧김에 신용카드를 긁어 파리 여행을 떠나는 두 개의 에피소드는 헛헛한 쓴맛으로 마무리된다.

이 성장영화의 결론에서 프란시스가 처음으로 온전히 제것으로 취하는 것은 역설적이게도 체념이다. 이제 프란시스는 꿈꾸던 일은 아니지만 그 언저리에서 사회가 사줄 용의가 있는 능력을 팔아 생계를 유지하고, 솔메이트라고 집착했던 친구와

적정거리를 둔다. 우편함이 작으면 이름표를 접어 끼운다. 그녀는 보헤미안의 무한한 가능성을 닫고 조촐한 유산자가 되어 간다. 히치하이킹의 나날은 끝났다.

예고편에서 다 큰 여자들이 실없이 투덕거리는 광경을 볼 때만 해도 혀를 찼지만 나는 〈프란시스 하〉가 여자들의 우정을 그리는 방식에 결국 호감을 느꼈다. 남자와의 연애 및 섹스가 관심사에서 배제된 이 영화에서 중요한 고민거리는 일과 여자 친구끼리의 관계다. 그런데 프란시스와 소피(미키 섬너)의 우정은 큰 감동 없이 흘러간다. 그들은 어린아이 같은 '뻘짓'으로 함께 있는 시간을 보내고, 술에 취해 부질없는 맹세를 주고받는다. 영화에서 여성 캐릭터 사이의 우정이 본격적으로 다뤄지는 경우의 대부분은 연애의 대립항으로서의 관계 아니면 의미심장한 자매애다(이런 영화도 귀하지만). 그렇지 않고서는 영화의 이야깃거리가 될 만하다고 여겨지지 않는 탓일 터다. 〈내 여자 친구의 결혼식〉 정도가 언뜻 떠오르는 예외다. 중년 남자들이 초등학교 저학년생처럼 티격태격하는 주드 애파토우 감독의 코미디나 세스 로건 주연의 영화들, 〈21 점프 스트리트〉가 융성한 것과 대조적이다. 여자들에게도 시시껄렁하고 유치한 우정을 허하라. (으응?)

버팀으로써 진격하는

얄팍해 보이는
사람들의 깊이에 관하여

플로렌스

〈맘마미아!〉(2008)와 〈숲속으로〉(2014)가 있기 오래전부터 메릴 스트립은 노래 실력이 탁월한 배우였다(10대 초반에 전문가의 권유로 2년간 오페라 교육을 받은 전력이 있다고 하니, 자질이야 말할 나위도 없다). 태초로 거슬러 올라가면 〈실크우드〉(1983)에서 자장가를 흥얼거리며 친구 역의 셰어를 위로하는 애틋한 장면이 있었고, 〈헐리웃 스토리〉(1990)에서 스트립이 독창하는 두 신은 영화를 한 뼘쯤 밀어 올렸다. 로버트 알트먼 감독의 유작 〈프레리 홈 컴패니언〉(2006)에서 릴리 톰린과 자매 컨트리 가수로 분한 메릴 스트립의 무대는 너무나 천의무봉한 절창이라 몇 번을 돌려 보아도 질리지 않는다. 메릴 스트립의 노래가 알려주는 사실은 대략 다음과 같다. 하나, 그녀는 엄청나게 좋은 귀를 가졌다. 둘, 음악성은 이 배우의 특기가 아니라 연기의 연장이다. 영화 속 메릴 스트립의 노래와 율동은 언제나 퍼포먼스라기보다 액팅에 가깝다. 즉 노래 한 곡을 남부럽지 않게 흡족하게 공연하는 것이 목표가 아니라 대사나 표정 연기와 같은 맥락에서 노래의 매너와 감정을 통해 인물의 퍼스널리티를 표현한다는 의미다. 가무에 능한 많은 배우 가운데에서도 메릴 스트립에게서 유독 돋보이는 이 속성은 어디서 오는 걸까?

예전 인터뷰에서 스트립이 밝힌 음악을 듣는 방식이 힌트가 될 법하다. 어린 시절부터 메릴 스트립은 노래 자체보다 가수의 들숨과 날숨, 거기 실린 감정에 귀 기울이는 습성이 있었다고 한다. 달리 표현하면 음악 너머 노래하는 인간의 상태가 주된 관심사라는 의미다. 이와 같은 접근법은 데뷔 초부터 메릴 스트립을 최고의 테크니션 배우로 공인시킨 감쪽같은 악센트 둔갑에도 적용된다. 메릴 스트립은 〈소피의 선택〉(1982)의 폴란드 억양, 〈어둠 속의 외침〉(1988)의 호주 억양, 〈아웃 오브 아프리카〉(1985)의 덴마크 억양을 비롯해 다양하게 분화된 악센트를 작품마다 자동판매기처럼 뽑아내 예찬받는 동시에 과시적이라는 험담을 사왔다. 어쨌거나 그녀는 실존 인물이나 특

버팀으로써 진격하는

정 국적을 가진 캐릭터를 연기해야 할 경우 해당 인물이 몸에 밴 억양을 발화하는 높낮이의 흐름, 습관적으로 강조하는 품사, 사이를 두는 지점에 집중한다. 이는 물론 개인의 욕망과 콤플렉스, 성격에 관련될 터다. 음악을 열렬히 사랑하는 후원자였으나 정작 본인의 음감은 엉망이었던 실존 인물로 분한 〈플로렌스〉도 예외가 아니다. 메릴 스트립은 영화에 나오는 8~9곡의 아리아를 제대로 익힌 다음 그것을 정확히 플로렌스 포스터 젠킨스의 방식대로 '못' 부르는 연기를 했다고 한다. 그런데 내게 가장 흥미로웠던 점은 미국과 유럽에서 영화가 개봉했을 즈음 "워낙 노래 잘하는 당신이 최악의 음치 연기를 하느라 어려웠겠죠?"라는 기자들의 질문에 메릴 스트립이 보인 당황스러움이다(심지어 살짝 마음이 상한 기색도 보인다). 기본적으로 그녀는 플로렌스가 노래를 못한다고 여기지 않고 음정을 이탈한 소절보다 성공한 부분을 중심으로 인식하기 때문일 것이다. 플로렌스의 입장에 이입한 배우로서 어쩌면 당연한 노릇이다.

못 부르는 노래를 들으면 매우 불안해지는 증세 때문에 스스로 노래방을 멀리하고 라디오의 청취자 노래 코너도 절대 듣지 않는 나는 〈플로렌스〉를 관람하며 이상한 체험을 했다. 플로렌스는 어쨌든 음치에다 자기를 과대평가한 허영의 부덕까지 겸비한 나쁜 가수인데도 나는 귀를 가리긴커녕 그녀의 노래를 어느새 즐기고 있었다. 물론 러닝타임 20분경 그녀의 고양이 비명 같은 고음을 처음 접한 순간에는 모두와 똑같이 실소를 터뜨렸다. 그러나 극 중에서 플로렌스의 연습과 공연이 거듭되는 동안 나는 어느덧 속으로 그녀와 더불어 노래하고 있었다. 메릴 스트립이 포착한 플로렌스 노래의 핵심은 얼토당토않게 악보를 이탈하는 것이 아니라 때로는 놀랄 만큼 '정답'에 가까이 도달했다가 좌절하기를 반복한다는 점에 있다. 그녀는 매번 거의 성공하려다가 꼴사납게 미끄러진다. 그런 다음 미끄러진 사실도 깨닫지 못한 채 다시 노래를 타고 상승한다. 즉 플로렌스의 머릿속에는 정확한 선율과 해석이 울려 퍼지고 있지만 성대는 그것을 정확히 옮겨내지 못하고, 귀는 내적으로 상상한 소리만 듣는 것이다(실존 인물 플로렌스는 18세 이후 평생 앓은 매독으로 청각 신경도 손상됐을 가능성이 있다고 전해진다).

여기서 떠오르는 영화적 전례가 있다. 〈내 남자친구의 결혼식〉(1997)에서 가라오케를 초토화시켰다가 열광으로 반전시킨 음치 키미(카메론 디아즈)의 케이스다. 하지만 키미의 노래는 하도 대책이 없다 보니 사랑스러움의 경지로 넘어간 경우다. 반면 플로렌스는 음악 애호가답게 원대한 야심을 가지고 있다. 그녀가 선택한 레퍼토리가 보통 노래가 아니라《라크

버팀으로써 진격하는

메》중 〈종의 노래〉라든가 《마술피리》 중 〈밤의 여왕 아리아〉 같은 소프라노 성악곡 중에서도 난이도 극상의 작품들이라는 점은 유의할 만하다. 플로렌스의 자부심과 열정은 진짜배기인 것이다.

　　마치 걸어 다니는 샹들리에마냥 육중한 치장을 하고 시종 뒤뚱거리지만 이 영화에서 메릴 스트립의 연기는 웃음을 주려는 의도가 전혀 없이 시종일관 진지하고 절박하다. 이 철저한 배우는 엉뚱한 지점에서 날숨을 쉬는 호흡법에서 플로렌스의 잘해내려는 안달복달함을 읽고, 박자를 놓쳐 얼버무리는 딕션에서 "난 몰라!" 하는 어린아이 같은 도피 성향을 감지해낸다. 절제를 놓고 무작정 발산하는 플로렌스의 콜로라투라에 이르면 스트립은 오로지 고음에 이르렀다는 데에 기뻐 어쩔 줄 몰라 하는 인물의 희열을 온전히 이해하고 표출한다. 플로렌스는 노래를 통해 진심으로 최고의 행복을 느끼고 그 행복을 고스란히 객석에 전하는 것이 본인이 세상에 남길 수 있는 가장 큰 공헌이라고 믿어 의심치 않는다. 그래서 여인의 노래에는 듣는 이의 마음을 끄는 무지(無知)한 기쁨과 집요한 간절함이 있다. 원곡이 의도한 감흥과는 아무 상관도 없는 나름의 진정을 가진 별개의 감흥이 노래에서 발생하는 형국이다. 이 모든 감정을 메릴 스트립의 노래/연기를 통해 전달받은 관객이 플로렌스 포스터 젠킨스의 노래를 순전히 난센스 촌극으로 치부하기는 불가능하다. 스티븐 프리어스 감독은 플로렌스도, 아내의 환상을 보호하려고 무리수를 서슴지 않은 싱클레어도 허영에 찬 유한부인이나 사기꾼이라고 비난하지 않는다. 대신 그들이 아무도 해치지 않았음을 은근히 강조한다. 적어도 나는 넘어갔다.

나는 극 중에서 플로렌스의 노래를 듣고 "다시 살아갈 의욕을 얻었다"는 군인의 라디오 사연이 조롱만은 아니었다고 믿는다. 고(故) 데이비드 보위는 플로렌스 포스터 젠킨스의 레코드를 애장했고 영감을 얻었다고 한다. 대체 어떤 점이 보위를 사로잡았을까? 구체적으로 짐작할 수는 없지만 어쩐지 납득이 된다.

버팀으로써 진격하는

꿈을 못 꾸는 소녀,
꿈을 만드는 거인

마이 리틀 자이언트

착한 아이 콤플렉스 따위는 저 만치 내다버린 로알드 달의 소설들은 아무래도 스티븐 스필버그보다 팀 버튼 계열의 감독에게 어울리는 원작으로 보인다. 하지만 〈E.T.〉(1982)와 같은 해에 세상에 나온 후기작 〈마이 리틀 자이언트(The BFG)〉는 처음부터 스필버그가 충분히 손 내밀만한 이야기다. 마음 고운 거인과 현명한 여왕이 등장하고 깔끔한 해피엔딩까지 완벽하다. 그런데 〈E.T.〉의 시나리오 작가 멜리사 매터슨(1950~2015)이 각색한 영화 〈마이 리틀 자이언트〉는 예상을 앞지른다. 이 전체 관람가 가족영화는 스필버그의 어떤 전작보다 센티멘털리즘을 세심히 통제하며, 나아가

버팀으로써 진격하는

로알드 달의 원작《내 친구 꼬마 거인》보다 더 담담한 피날레에 도달한다.

〈라이언 일병 구하기〉(1998), 〈스파이 브릿지〉(2015) 등 기념할 만한 오프닝을 다수 연출한 스필버그답게 〈마이 리틀 자이언트〉의 도입부도 유려하다. 런던의 고아원에서 다른 원생들과 한 침실을 쓰며 살아가는 소피(루비 반힐)는 새벽 3시가 오면 건물의 당당한 주인이 된다. 아이들을 보호하는 방법이라곤 문을 꽁꽁 걸어 잠그는 법밖에 모르는 원장까지 잠들고 고양이만 깨어 있는 시각, 소피는 우편물을 정리하고 건물을 둘러보고 창밑에서 소란을 피우는 취객 아저씨들까지 따끔하게 타이른다. 그리고 이불 속에서 손전등으로 찰스 디킨스의《니콜라스 니클비》를 읽는다(《니콜라스 니클비》는 원작에서는 거인이 글을 깨우친 책으로 나오지만 영화에서는 소녀를 통해 거인의 손에 들어가는 것으로 바뀌었다). 감독의 전작 〈컬러 퍼플〉(1985)의 주인공 역시 디킨스의 소설로 문맹을 벗어난 바 있다. 가족이 없다는 사실도, 심한 불면증도 소녀를 의기소침하게 만들진 않는 기색이다. 다만 스필버그는 인형의 집 침실을 들여다보는 소피의 얼굴을 찍어 소녀가 독방을 소망하고 있음을 암시한다(이 숏은 나중에 거인이 꾸며준 작은 방에 소녀가 들어가는 장면과 흐뭇한 짝을 이룬다).

거인의 등장은 길모퉁이에서 튀어나오는 거대한 손부터

다. 감독은 엎어진 쓰레기통을 굳이 일으켜 세우는 그의 손가락만으로 성격의 힌트를 준다. 곧이어 동일한 손이 창으로 불쑥 들어와 담요째 소피를 집어가는 숏은 글자 그대로 아름다운 악몽이다. 오랜만에 극장에서 순수하게 소름이 끼친 순간이었다. 고양이로부터 시작해 훨씬 큰 인간 소피로, 다시 소피보다 예닐곱 배 큰 거인으로 은연중에 줌아웃해가는 이 영화의 도입부는 '리틀' 자이언트와 소피가 거인 나라에 도착했을 때 더 커다란 아홉 거인들을 만남으로써 완결된다. 그러나 〈마이 리틀 자이언트〉는 스케일 도표를 관객에게 각인시키는 데에 만족하고 도입부 이후로는 같은 종족에 속하는 인물끼리의 관계를 그릴 때와 다름없이 접근한다. 사라져가는 소인족의 운명이 테마였던 〈마루 밑 아리에티〉와 달리 캐릭터의 몸집과 시야 차이에서 나오는 에피소드는 이 영화의 주요 관심사가 아니다.

〈마이 리틀 자이언트〉는 제목대로 거인과 소녀에게 배타적으로 집중된 이야기다. 고아원 장면에서 원장과 친구 원생들은 거의 비치지 않고, 런던 밤거리는 쥐 죽은 듯 고요하며, 아홉 명의 사람 먹는 거인을 포함한 조연들은 필요한 기능만 딱 수행한다. 두 캐릭터의 몸집 외에 리틀 자이언트를 규정하는 속성은 말투다. 예를 들어 "내 말이 맞니?(Am I wrong?)"라는 질문

버팀으로써 진격하는

을, 거인은 "내가 맞는 쪽인다? 틀린 쪽인다?(Is I right or left?)"라고 표현한다. '인간콩'을 잡아먹는 육식주의자 동족들을 막지 못했다는 죄의식 외에 책 읽기와 이야기를 사랑하는 이 거인을 가장 속상하게 하는 일은 학교에서 배운 적이 없어 문법과 발음을 자꾸 틀린다는 거다. 처음에 또박또박 실수를 지적해 거인을 상심시켰던 소피는 서서히 거인의 유일무이한 화법에 귀를 기울이게 되고 급기야 아저씨의 말이 아름답다고 느끼게 된다. 한편 거인은 별의 음악, 꿈의 소리까지 들을 수 있는 귀를 가진 최고의 청자다. 요컨대 소피와 리틀 자이언트의 우정은 경청을 통해 맺어진다. 원생들이 말을 안 들으면 그저 문을 닫고 가둬버렸다는 고아원장이나, 소녀를 "거짓말쟁이"라고 불렀던 친구들과는 이루는 데에 실패했던 관계다. 리틀 자이언트는 중간적 존재라서 고독하다. 거인들 틈에서는 지나치게 세련된 괴짜이지만 영화 후반부에 방문한 버킹엄 궁전에서는 식탁 매너에 서툰 촌뜨기다. 인간콩들의 나라에 가면 너무 큰 괴물인데 거인 나라에서는 약골이라 놀림받는 꼬마다. 생각해보면 거인의 내 맘대로 식 문법과 발음은 대화 상대와 고쳐줄 친구가 없는 독학의 결과이기도 하다. 배우 마크 라일런스는 개그에 가까운 대사에도 불구하고 거인을 우스꽝스럽거나 그로테스크한 캐릭터로 끌고 가지 않는다. 그가 표현하는 거인은 총천연색의 환상성에 감싸여 있음에도 다른 무엇이기에 앞서 고독하고 후회하는 어른이고 포기하지 않는 노인이다. 원작에는 없고 영화에만 들어 있는 반복적 대사는 "뭐라도 해야만 하는구먼"이다. 이 배우의 상냥한 주름과 쓸쓸한 눈빛은 퍼포먼스 캡처의 필터를 뚫고 심금을 건드린다.

선한 거인과 스필버그 감독의 유비(類比)는 불가피하게 눈에 띈다. 거인은 인간을 잡아먹는 동료들의 죄를 나름 대속하고자 공기 중을 떠도는 꿈을 채집해서 잠든 사람들에게 불어넣어준다. 뿐만 아니라 그는 조향사나 제빵사처럼 서로 다른 꿈을 조합해 새로운 꿈을 창조해낸다. 육식 거인들의 괴롭힘을 견디며 동굴 작업실을 지키는 거인의 모습에는 상업영화와 예술영화 양쪽으로부터 "그런 영화를 뭣 하러 만드냐", "좀 더 대단한 것을 만들어라"라는 속삭임을 들으며 "그냥 내가 하는 일을 하도록 내버려둬"라고 대꾸하는 스필버그 본인의 모습이 겹쳐 보인다. 그가 만든 스튜디오 이름이 드림웍스였다는 점도 아귀가 맞는다.

거인은 꿈을 통해 오직 행복을 퍼뜨리고 싶어 하지만 정작 〈마이 리틀 자이언트〉에서 중요한 꿈은 악몽들이다. 그리고 스필버그는 본인의 영화 작업은 일어나지 말아야 할 일에 대한 공포에서 원동력을 찾는다고 말해왔다. 홀로코스트, 외계인 침

버팀으로써 진격하는

공에 의한 절멸, 내전, 거인에게 잡아먹히는 아이들. 스필버그가 괴로워하면서도, 아니 괴로웠기에 줄기차게 스크린에 투사해온 악몽들이다. 〈마이 리틀 자이언트〉에서 이 노장은 구원의 불가능성에 대한 두려움도 표명한다. 극 중에서 거인이 소피에게 가장 끔찍한 악몽의 예로 드는 것은 "네가 한 일은 돌이킬 수 없고 용서받을 수 없다"고 말하는 꿈이다. 〈마이너리티 리포트〉(2002), 〈캐치 미 이프 유 캔〉(2002) 등 스필버그의 아름다운 전작들이 하나같이 그랬듯 〈마이 리틀 자이언트〉는 시네마를 비추는 또 한 짝의 거울이기도 하다.

한 편 한 편 짚어보니 〈마이 리틀 자이언트〉의 소피(루비 반힐)는 〈컬러 퍼플〉의 셀리(우피 골드버그) 이래 스필버그 장편영화의 첫 번째 여성주인공이다. 스필버그 감독은 〈인사이드 아웃〉과 유사한 노선으로 소녀를 그린다. 영화가 상투적인 젠더 묘사를 벗어나는 길은 두 가지를 쉽게 떠올릴 수 있다. 하나는 모성과 성적 매력에 국한되지 않는 여성성을 문제 해결 과정에 적극 끌어들이는 길. 다른 하나는 성별을 대단한 조건으로 부각시키지 않는 길이다. 헤로인이 열 살 남짓한 소녀인 〈인사이드 아웃〉과 〈마이 리틀 자이언트〉는 자연히 후자를 택한다. 소피의 외양은—버킹엄 궁전에서 단장하기 전까지는—관습적 의미의 '여자아이다움'을 의식적으로 비켜간다. 더벅머리에 자루 같은 잠옷 차림을 한 소피는 영화 속 고아 소녀 하면 떠오르는 〈애니〉의 귀염둥이 셜리 템플과는 딴판이다. 레이스와리본 대신 안경, 인형 대신 책을 껴안고 있는 소피는 남자아이들도 스스럼없이 동일시할 수 있는 중성적인 이미지를 가졌다. 착한 거인의 집에서 옷을 더럽힌 소피는 갈아입을 옷으로 거인의 옛날 친구였던 소년이 남긴 병정 재킷을 선택하기도 한다. 한편 영화가 그리는 고아 소피의 소망은 다정한 부모가 아니라 혼자 조용히 독서할 수 있는 독방과 친구다. 소피는 순종적이거나 수줍음을 타지 않는다. "비 에에프 지이이!(Big Friendly Giant!)"라고 새된 목소리로 연신 거인을 재촉하고 계획 있냐고 다그치는 소피는 영화에 종종 등장하는 잠깐만 조용히 해달라고 부탁하고 싶은 부류의 어린이다. 거인과 소피가 같이 꿈을 채집하러 가는 계기도 원작과 반대로 소녀가 졸라서다. 어른의 짜증을 겁내지 않는 이 소녀는 부모를 그리는 눈물로 동정을 부르기는커녕 패기 왕성한 속사포 질문을 쏟아낸다. 거인이 첫손에 꼽는 소녀의 미덕은 무엇보다 용기다("Brave Sophie!").

〈마이 리틀 자이언트〉에는 다양한 층위의 꿈이 수없이 등장한다. 그중 꿈도 아니면서 가장 '꿈같은' 대목이 있다. 영국 여왕에게 초대받은 거인과 소피가 버킹엄 궁전에서 아침 식사

버팀으로써 진격하는

를 하는 긴 시퀀스다. 친구와 동료에게 여태 거짓말쟁이 취급
을 받고 따돌림당했던 소피와 거인에게 세상은 갑자기 친절해
진다. 여왕은 데우스엑스마키나라고 해도 무방할 만큼 소피의
뜻을 흔쾌히 따르고 궁전의 모든 사람들은 거인을 존중한다.
이 성대한 조찬을 구경하는 동안 내 마음속에서는 까맣게 잊었
던 어린 시절의 판타지가 하나씩 깨어났다. 고독한 어른과 말
통하는 단짝 되기, 훌륭한 일을 해내 아빠와 엄마를 깜짝 놀라
게 하기, 좋아하는 디저트부터 먹기, 나만 아는 비밀을 어른들
에게 깨우쳐주기. 요컨대 아이들에게 가장 신나는 꿈은 사탕과
장난감을 잔뜩 갖는 것이 아니라 멋진 모습으로 어른들을 감탄
시키는 것이다. 세상이 내 의견에 진심으로 귀 기울여 공헌할
기회를 준다면, 어른들이 내가 좋아하는 별난 친구를 인정해준
다면 얼마나 행복할까? "네 친구 굉장하구나!"라고 여왕의 집
사가 허리를 굽혀 속삭일 때 100만 와트의 자랑스러움으로 빛
나는 소피의 얼굴은 이 시퀀스 전체의 심장이다. 더불어 궁전
의 아침 식사는 앞서 거인이 런던의 한 소년에게 선사한 꿈의
확장판이기도 하다. 꿈속에서 소년은 어리둥절한 아빠가 바꿔
준 미국 대통령의 전화를 받아 의기양양하게 자문을 해준다.

　　그렇다면 〈마이 리틀 자이언트〉는 다른 꿈들을 어떤 방식
으로 스크린에서 보여주는가? 극 중에서 꿈으로 규정된 꿈 가

운데 현실과 동등한 리얼리티를 갖고 온전히 재현된 것은 거인이 소피의 위험한 탈출을 막기 위해 불어넣은 짧은 꿈이 유일하다. 반면 스필버그는 여왕과 나쁜 거인들이 꾸는 학살과 심판에 관한 악몽을 전혀 이미지로 재현하지 않는다. 전체 관람가 등급의 가족영화이니 당연할 수도 있다. 하지만 내게는 〈쉰들러 리스트〉(1993), 〈우주전쟁〉(2005), 〈링컨〉(2012)에서 기어코 시체들의 산과 강을 카메라에 담았던 단호함의 이면으로 보이기도 한다.

〈마이 리틀 자이언트〉는 소피와 거인이 서로의 세계를 여행하고 제자리로 귀환한다는 점에서 이중의 〈E.T.〉 이야기라고도 할 수 있다. 설령 떨어져 있어도 언제나 소피의 말이 거인의 귀에 닿을 거라는 약속도 〈E.T.〉의 그것과 닮았다. 외계에서 온 지혜로운 과학자 E.T.를, 핍박을 뚫고 승천해 인간의 간구를 들어주는 예수의 알레고리로 본 관객은 다정한 거인에게도 같은 상징을 씌울 수 있을 것이다. 심지어 소피는 한순간 외친다. "난 거인을 믿어요!(I believe in the BFG!)" 내게 〈마이 리틀 자이언트〉는 스필버그가 몇 년에 한 번 기분 전환 삼아 선보이는 가족영화가 아니라 흔히 그의 상호 분리된 영역으로 알려진 가족 엔터테인먼트, 교훈극, 사실주의 드라마, SF 판타지를 부드럽게 아우른 합명제로 기억될 것이다.

버팀으로써 진격하는

개기일식 같은
불안감

　　　　　　　　　〈액트 오브 킬링〉은 1965년 독
재자 수하르토가 집권하기 직전 인도네시아에서 자행된 공산
당원 학살의 가해자들을 4~5년에 걸쳐 촬영한 다큐멘터리다.
당시 인도네시아 공산당은 엄연한 합법정당이었거니와 실제
50만 명에서 200만 명까지 헤아리는 피살자의 다수는 장차 들
어설 정권에 비우호적이라는 막연한 심증이 가는 시민과 그 연
고자들이었다. 인간의 본성을 자문하게 만드는 학살 범죄를 다
룬 다큐멘터리 가운데에서도 〈액트 오브 킬링〉이 이례적인 것
은 통상 노출을 꺼리는 가해자가 카메라 앞에 나선 주인공이며
나아가 자발적으로 살인의 추억을 재연한다는 데에 있다. 주인

공들한테는 무용담이고 감독과 관객에게는 '현장 검증'인 장면
이 눈앞에 펼쳐지는 기괴한 상황이다. 이 희귀한 세팅이 가능
했던 조건은 영화 제작 시점까지 본질적으로 정권 교체가 이뤄
지지 않음으로써 이들의 범죄가 법적으로 청산되지 못했고, 따
라서 반세기 동안 지속된 침묵에서 비롯한 착란 상태에 인도네
시아 사회 전체가 빠져 있었다는 사실이다. 예컨대 학살 후 싱
가포르로 이주한 동료 아디는 안와르와 달리 외부자의 눈에 본
인들의 과거가 어떻게 비칠지를 인식하고 있으며 이미 거기에
대한 방어 논리까지 갖췄다. ("전범은 승리자가 규정하는 거요. 아
메리카 인디언 학살은? 따지려면 카인과 아벨부터 이야기하라 그래.")

어느 다큐멘터리 감독이 남미에 숨어 사는 나치 전범을 찾
아가 아우슈비츠 가스실을 재연하도록 설득하고 촬영했다고
가정해보자. 관객은 해당 영화가 필요한지 의문을 제기하며 불
편을 느꼈을 것이다. 상상의 나치 다큐와 〈액트 오브 킬링〉의
결정적 차이는 안와르와 동료들이 나치처럼 공적으로 단죄된
적이 없으며, 따라서 50년 동안 자의로든 타의로든 자신의 행
위를 회의하지 않았다는 점이다. 학살 당시 자료 화면을 전혀
쓰지 않고 진상을 추적하지도 않은 이 영화의 제한된 목표는
가해자들의 의식을 '재연(再演)'이라는 시약을 더해 선명히 드
러내는 것이다(조슈아 오펜하이머 감독에 의하면 이 실험은 "당신이

　　　　　　버팀으로써 진격하는

원하는 방식대로 기억해주겠냐"는 감독의 제안을 안와르 콩고와 친구들이 기꺼이 받아들여 이뤄졌다).

그럼에도 〈액트 오브 킬링〉의 관람이 남기는 한 점의 불편함은 〈몬도 가네〉(1962)가 주는 그것과 통한다. 이 놀라운 영화 앞에서 느끼는 나의 전율에 민주주의 후진국에 경악하는 서구 지식인에게 동일시한 오리엔탈리즘이 포함돼 있지 않은가 문득 묻게 되는 것이다. 특히 미국 감독이 공산주의를 청산한 애국자들의 활약에 대해 영화를 만든다고 흥분해 인도네시아 공중파 TV가 편성한 어이없는 토크쇼를 고스란히 전하는 시퀀스에서 나의 혼란은 커졌다. 조슈아 오펜하이머 감독은 벌거벗은 임금님 본인만 모르는 가운데 온 세상에 그의 나체를 고발하는 소년은 아닐까? 감독은 미국의 한 영화 팟캐스트와 진행한 인터뷰에서 "촬영 기간 중 한 번도 학살에 대한 윤리적 판단이 흔들린 적이 없지만 시간이 지나며 자연히 안와르와 친밀해지면서 괴로움을 느꼈다"고 말했다. 또 오펜하이머는 이 영화가 민주주의 후진국의 사례 보고가 아니라 제국주의와 노예제 같은 학살 위에 번영한 서구 사회에 대한 힐문이기도 하다고 밝히기도 했다(이 연출 의도는 영화 서두의 자막으로 암시될 뿐 텍스트 안에서 명시되진 않는다).

그래도 앙금은 여전히 남는다. 감독은 영화를 찍는 동안 왜 안와르에게 분노하고 반문하지 않았을까? 아니, 정확히 표현하자면 본인이 판단한 확고한 사안에 대해 어떤 이유로 안와르 콩고와 아예 토론하지 않기로 결심했을까? 우리는 대상 인물을 향한 감독의 존경과 애정이 스민 다큐멘터리를 선선히 긍정하듯, 혐오가 밴 다큐멘터리에도 똑같은 평정을 유지해야 공정한 것일까. 〈액트 오브 킬링〉은 무척 난해한 영화다.

〈액트 오브 킬링〉을 보는 동안 나는 자연스럽게 하라 가즈오 감독의 다큐멘터리 〈가자 가자 신군〉(1987)을 생각하고 있었다. 둘 다 얼굴에 모닥불을 확 끼얹는 영화들이다. 〈가자 가자 신군〉에서는 태평양전쟁으로부터 살아 돌아온 늙은 남자가 은퇴한 일본의 전쟁 책임자들을 찾아가 추궁하고 멱살을 잡는다. 수십 년이 흐른 후에도 시퍼렇게 살아 있는 피해자의 분노가 〈가자 가자 신군〉를 잊을 수 없는 다큐멘터리로 만드는 화인(火印)이라면 반대로 〈액트 오브 킬링〉의 피해자들은 뼛속까지 밴 체념으로 전율을 안긴다. 실제로도 정신적으로도 복권된 적이 없는 그들은 '나는 억울한 피해자'라는 자각조차 스스로 검열한다. 처음 〈액트 오브 킬링〉을 보았을 때 가장 무시무시한 대목은 가해자들의 도덕적 불감증이었지만 두 번째 관람에서는 50년 전 학살에 무고한 가족을 잃고 현재도 착

버팀으로써 진격하는

취당하고 있는 피해자들의 무기력이 더욱 서늘했다. 판차실라 청년단원들에게 자릿세를 뜯기는 중국계 상인들—많은 화교가 과거 학살에 희생됐다—은 갈취의 현장에 따라간 조슈아 오펜하이머 감독의 카메라 앞에서 식은땀을 흘리며 어색한 미소를 짓는다. 카메라가 상징하는 미디어는 그들 편인 적이 결코 없었던 것이다.

한편 안와르와 동료들이 공산주의자에 대한 고문을 재연하는 장면에 배우로 동원된 동네 사내는 뭘 찍을까 의논하는 회의에서 학살 당시 양부가 끌려가 이튿날 변사체로 발견됐으며 겁에 질린 이웃 중 누구도 도와주지 않았던 기억을 소재로 제보한다. 정황상 살해 용의자인 안와르와 동료들은 담담한 척한다. 여기서 특기할 부분은 남자가 안와르 일당을 넌지시 찔러본 게 아니라는 사실이다. 도리어 그는 움찔해 당신들을 탓하는 것이 아니라고 급히 무마한다. 다음 장면에서 50년 전 아버지가 묶였을 자리에 앉아 고문당하는 시늉을 하던 남자는 불현듯 비지땀 같은 눈물을 흘린다. 그것은 진실의 뜻하지 않은 누수다. 퍼포먼스의 고양감이 자기 검열의 빗장을 잠시 헐겁게 만든 것이다. 중국계 상인과 재연배우의 얼굴 어디에도 언젠가 정의가 역습하고 역사는 바로잡힐 거라는 오기는 찾아볼 수 없다. 내게 〈액트 오브 킬링〉에서 가장 무서운 이미지는 가해자의 승리가 강고한 세계에서 본인의 트라우마에 관해 구구히 사과하며 살아가는 사람들, 울지도 웃지도 못하는 만성 노이로제로 일그러진 얼굴들이었다.

〈액트 오브 킬링〉의 오펜하이머 감독은 가해자가 배우로서 학살의 기억을 재연하도록 유도했을 뿐 아니라 작가의 입장에서 재연의 형식과 찍는 순서까지 결정하게 만들었다. 예컨대 한 토막을 찍고 나면 촬영된 분량을 보여주고 "자, 안와르 콩고 씨. 그럼 다음엔 뭘 어떻게 찍을까요?"라고 묻는 식이다. 안와르 콩고는 매우 적극적으로 응한다. 40여 년간 술과 마약, 춤이 말끔히 지워주지 못했던 찜찜함이 근사한 할리우드 스타일 영화 속에 들어가면 청산될 거라고 확신해서다. 그러나 역설적이게도—그리고 오펜하이머 감독 입장에서는 절묘하게도—〈액트 오브 킬링〉 후반에 '작가'로서 안와르가 내리는 일련의 결정은 여태 그를 둘러치고 있던 질긴 장막을 찢어버린다. 갱스터 영화 스타일로 촬영한 고문 장면을 본 안와르는 알 수 없는 불편함을 느낀다. 판차실라 청년단의 화면 속 행위는 어째 그가 기억하는 것처럼 정당해 보이지 않는다. 불안을 떨쳐내고 싶은 그는 거대한 폭포 앞에서 피살자들로부터 감사의 메달을 수여받는 환상적 뮤지컬 장면을 제안한다. 살해된 남자 역의 배우

버팀으로써 진격하는

는 안와르에게 "나를 천국으로 보내줘서 고맙다"라고 치하한다. 다시 모니터링에 들어간 안와르는 감정이 풍부해 맘에 든다고 중얼거리면서도 얼굴로는 다른 말을 한다. 그의 귀에도 죽은 자의 말은 가짜로 들리기 때문이다.

결국 안와르는 오펜하이머 감독에게 다시 고문실 세트로 돌아가 자신이 린치당하는 장면을 찍어보자고 요구한다. 그리고 비로소 결과물에 만족한다. 피해자의 의자 외에 달리 떳떳한 자리는 없었던 것이다. 인자한 할아버지이기도 한 안와르는 정정당당한 캐릭터가 된 제 모습에 흡족한 나머지 잠자는 어린 손자들까지 두들겨 깨워 TV 앞에 앉힌다. "자, 보렴. 할아버지 매 맞는다? 할아버지 죽는다?" 그러나 지루해진 소년들이 잠자리로 돌아간 후 다시 혼자가 된 안와르의 얼굴에는 개기일식처럼 불안이 엄습한다. 방금 본 배역은 제 배역이 아니었기 때문이다. 나는 〈액트 오브 킬링〉이 여기서 멈추는 편이 낫지 않았을까 생각한다. 각성 이후 안와르 콩고가 카메라 앞에서 보이는 혼란과 자학적 구토 증세를 내가 반신반의하기 때문이다. 그는 뒤늦게 오펜하이머 감독의 영화가 지닌 의도와 관객의 시선을 알아챘을지도 모른다(게다가 안와르에겐 연기에 대한 본능과 충동이 있다). 〈액트 오브 킬링〉은 속죄와 회개를 위한 프로젝트가 아니었으므로, 끝까지 아니었어야 했다.

최악과 차악의
교환

　　　　　　　나는 누선이 고장 난 게 틀림없
다. 전 세계를 울린 〈안녕, 헤이즐〉(2014)은 멀뚱히 앉아서 봐
놓고, 결백한 인물이라곤 없고 감시와 협박, 거래로 점철된 〈모
스트 원티드 맨〉을 보는 도중 돌연 왼쪽 갈비뼈가 뻐근해오더
니 목구멍이 따끔거렸다. 〈팅커 테일러 솔저 스파이〉(2011)와
〈모스트 원티드 맨〉은 첩보소설의 대가 존 르 카레가 원작을
쓰고 영화 제작까지 총지휘한 작품이다. 토마스 알프레드슨 감
독의 〈팅커 테일러 솔저 스파이〉가 첩보원으로 산다는 것에 관
한 멜랑콜리한 시(詩)라면 안톤 코르빈 감독의 〈모스트 원티드
맨〉은 촘촘한 문장이 벽돌처럼 쌓아올려진 산문이다. 전자에

서는 행간이 중요하고 후자에서는 장면끼리의 빡빡한 마찰이 중요하다. 〈팅커 테일러 솔저 스파이〉는 유럽 여기저기 흩어져 있는 전·현직 스파이들의 과거와 현재를 하나의 무드로 아우르는 반면, 〈모스트 원티드 맨〉은 현재 시제에 발 딛고 함부르크 시내를 매주 밟듯 뛰어다니며 단일 사안을 해결하기 위해 공격적 협상을 한 뼘씩 밀어붙인다.

두 영화는 모두 요즘 극장에서 만나기 힘든 '어른의 드라마'다. 어른의 드라마라는 표현을 쓰며 내가 떠올리는 그림은 자신을 괴롭히는 부패하고 부조리한 세계를 형성하는 데에 스스로 일조한 다음 그 복판에 우두커니 서 있는 중년의 모습이다. 그는 젊은이들처럼 "왜 이따위 세상을 만들었느냐"고 기성세대를 원망할 입장이 못 된다. 그렇다고 칵 죽을 수도 없다. 행복하긴 글렀지만, 지키고 싶고 어쩌면 근근히 지킬 수 있을지도 모르는 가치와 사람이 남아 있기 때문이다. 연륜이 손아귀에 쥐어 준 한 줌의 힘으로 세상이 더 나빠지는 걸 막는 데에 힘을 보태는 것만이 삶의 정당성을 방어하는 마지막 보루다. 존 르 카레의 인물들은 희망 없이 거대한 피로의 하중에 깔린 채 노력한다. 줄담배와 알코올에 기대어 낡은 몸을 질질 끌고.

〈모스트 원티드 맨〉의 독일 첩보조직 팀장 귄터 바흐만(필립 세이무어 호프먼)은 함부르크에 밀입국한 러시아계 모슬렘 청년 이사 카르포프가 오랫동안 이슬람 테러조직의 자금줄로 의심해온 자선사업가 압둘라와 연결되리라는 사냥꾼의 직감을 품는다. 그의 후각은 적중한다. 그러나 귄터의 최종 목표는 압둘라를 응징하고 이사를 추방하는 것이 아니다. 귄터가 보기에 압둘라는 테러의 조직적 후원자가 아니라 기부금의 누수를 눈감는 행위로 동포들의 희생을 보며 느낀 울화를 남몰래 달래는 인물이다. 한편 이사는 그저 서방에서 새 삶을 시작하려는 혈혈단신의 청년으로, 그가 과거에 어떤 정치적 행동을 했는지는 귄터가 알 바 아니다. 귄터의 판단에는 상대적으로 무해한 두 남자를 응징하느니 적당히 을러대고 원하는 것을 제공해 압둘라와 연결된 거물의 꼬리를 잡는 편이 이 세계를 보다 안전한 곳으로 만드는 목표에 훨씬 유용하다. 그러나 테러와의 비타협적 전쟁을 선포한 미국 정부와 국제정치 관료의 눈에는 미디어에 발표할 실적과 '본때 보여주기'가 우선이다. 그들에겐 세계가 보다 안전해졌다는 '이미지'가 더 중요하다. 반면 존 르 카레 소설과 영화의 첩보원들은 국제정치의 최전선에 있지만 이데올로기에 무심하다. 어느 진영이 궁극적으로 정당한지 지식인들이 사색하고 정치인들이 차기 외교 정책을 짜는 동안에도 계속되는 긴장을 '관리'하는 것이 그들의 일이다. 귄터와 동료들은 어느 쪽이 정의롭건 현행 대립 구도 안에서 정보를 거

버팀으로써 진격하는

래하고 협상과 협박을 구사해 국가 간의 치명적 무력 충돌을 방지해야 한다. 예컨대 귄터는 도청과 납치로 인권침해를 자행하지만 이를 통해 이사를 당장 잡아 없애야 할 악당으로만 보는 CIA로부터 보호한다. 자기 행동에 포함된 선과 악의 총량이 어느 쪽이 무거운지 오리무중인 상황에서도 최소한 본인이 믿는 차악을 최악과 교환하려고 사력을 다해야 한다는 신조가 귄터의 철학이다. 하지만 세상은 있지도 않은 최악과 최선의 대차대조표에만 관심이 있고, 귄터에게 철학 따위는 기대하지도 않는다. 〈모스트 원티드 맨〉은 그래서 슬프고 장엄하다.

청춘의 안식년

모라토리움기의 다마코

        주말은 언제나 딱 하루가 부족하고, 연휴는 어김없이 실제 길이의 8할로 체감되는 건 무슨 조홧속인지 모르겠다. 〈모라토리움기의 다마코〉는 전투력을 회복해야 마땅할 연휴 말미에 관람하기에는 더없이 부적절한 영화였다. 대학을 졸업한 다마코(마에다 아쓰코)는 아무것도 딱히 하고 싶지 않다고 판단하자 정말 아무것도 하지 않기로 한다(보통은 덜 내키는 일이라도 이것저것 시도하기 마련인데!). 가고 싶은 데가 딱히 없다고 결론짓자 아무 데도 가지 않는다(보통은 교외선이라도 타기 마련인데!). 그냥 짐을 싸서 고향집 구들장으로 돌아온다. 아버지의 집은 특정한 장소라기보다 다마코

의 영점(零點)에 해당한다. 그녀에겐 하다못해 〈프란시스 하〉의 프란시스가 가진 근거 없는 자신감도, 〈족구왕〉(2013)의 만섭이 몰두한 족구도 없다. 누군가 질문하거나 제안하면 다마코는 대개 '그닥'이라는 투로 답한다. 고집스러운 '벳츠니(別に, 별로)'의 세계로군. 나는 이 인물의 표리일체함에 그만 감탄하고 말았다. 무위(無爲)를 무위로 보여주는 야마시타 노부히로 감독의 해맑은 버티기 신공에도. 게다가 다마코 역의 마에다 아쓰코는 무대에 서는 위치까지 팬 투표로 결정되는 살벌한 경쟁 시스템에서 청춘을 보낸 아이돌이라던데 어찌 저토록 나른한 표정을 턱하니 걸칠 수 있단 말인가.

'모라토리움'은 지불 유예 기간을 뜻한다. 10대 후반에서 20대 초반까지 나는 '갭 이어(gap year)'라 불리는 미국과 유럽 젊은이들의 관행을 풍문으로 듣고 부러워서 죽을 지경이었다. 대학 입학을 유예하고 갖는 일종의 청춘 안식년에 그 나라 아이들은 해외 봉사를 떠나거나 직업을 체험하거나 외국어를 배우며 장차 어떤 성인이 되고 싶은지, 될 수 있는지 탐색을 한다고 들었다. 정작 갭 이어가 허락된다면 내가 하고 싶은 일은 여행도 견습도 아니고 가만히 있는 거였다. 정확히 말하자면 가만히 있으면서 결국 내가 무슨 일을 하게 될 인간인지 한 번쯤 알아보고 싶었다. 뭔가를 위한 준비 기간도, 재충전 기간도 아

흔적과 동거하기

닌 그냥 기간. 그것을 갖고 싶었다. 그러므로 〈모라토리움기의 다마코〉라는 물에 물 탄 듯 '슴슴한' 영화에 대한 나의 기본적 호감은 대리 만족에서 왔다고 해도 좋다. 심지어 나는 영화가 끝난 다음 이 대책 없는 아가씨가 제법 잘 살아갈 거라는 예감마저 가졌다. 중력에 몸을 맡기고 자유낙하해서 바닥을 제대로 친 다음 리바운드하면 그리 쉽사리 다시 바닥을 그리워하지는 않을 테니까.

아내와 헤어진 지 오래인 다마코의 아버지는 계절이 세 번 바뀔 동안 백수 딸에게 놀랄 만큼 관대하다. 오지도 않은 미래 때문에 서로에게 악다구니를 쓰는 일없이 꼬박꼬박 밥이나 같이 차려먹는 부녀의 정경은 노벨평화상감이다. 나는 이 부녀가 서로를 귀여워하고 있다는 느낌이 들어 무척 좋았다. 경험적으로 확신하건대 두 인간 사이에 서로를 귀여워하는 것보다 바람직한 관계는 짐작보다 많지 않다. 아무 잔소리도 않던 다마코 아버지는 어느 날 밥상 앞에서 "여름이 지나면 직장을 구하든 그러지 않든 집을 나가거라" 하고 담담히 통보한다. 딸도 선선히 수긍한다. 이어지는 장면에서 다마코는 마을에서 제일 친한 남자 중학생과 나란히 앉아 하드를 먹는다. 그러다 문득 소년과 같이 다니던 여자친구를 궁금해한다. 헤어졌다는 말에 다마코가 이유를 묻자 "자연 소멸했다"는 답이 돌아온다. 촌철살인이다. 야마시타 노부히로 감독은 계절이 바뀌고 몸에 시간이 스미지 않으면 결코 일어날 수 없는 이행들이 인생에 있음을 안다. 흔히 지루한 예술영화를 가리켜 "페인트가 마르는 걸 지켜보는 영화"라는 표현을 쓰는데 〈모라토리움기의 다마코〉는 "하드를 끝까지 천천히 녹여 먹는 영화"다. 여름이 가고 있다.

"아무렴, 꼬마야"
(Sure, Kid)

슬로우 웨스트

소년은 스코틀랜드에서 대양을 건너 신대륙의 콜로라도에 도착한다. 그의 이름은 제이(코디 스밋 맥피), 여행의 목적은 사랑하는 아가씨 로즈(카렌 피스토리우스)를 만나는 거다. 소작농인 로즈와 그녀의 아버지는 제이를 로즈와 떨어뜨려놓으려는 소년의 귀족 친척을 과실로 해쳐 도망자가 됐다. 장도에 오른 제이가 처음 마주치는 것은 마을을 파괴당한 원주민들이다. 안개 낀 숲이 시작될 무렵 산전수전 다 겪은 서부 사나이 사일러스(마이클 파스빈더)가 접근해 소년의 무방비한 처지를 일깨우며 에스코트 서비스를 강매한다. 로즈의 막연한 주소인 '서쪽(west)'에 닿기까지 소년과 남자는 인디언 학살자, 아프리카 출신 노래하는 3인조, 현상금 사냥꾼, 굶어 죽어가는 스웨덴계 가족, 문명을 냉소한 나머지 사기꾼이 된 독일인 등과 마주친다. 오직 맹목적 사랑으로 서쪽으로 나아가는 홍안의 제이는 온 서부를 통틀어 가장 대책 없는 연약한 존재지만 여정이 끝나갈 무렵에는 냉정한 동행 사일러스로 하여금 생존 제일주의를 버리게 만들며, 나아가 서부라는 공간을 자신의 흔적으로 '변질'시킨다(로즈는 제이를 '서니 보이'라는 애칭으로 부른다). 그러나 생텍쥐페리의 어린 왕자가 그러했듯, 제이는 자신이 영구히 변모시킨 혹성에 머물진 못한다.

의미심장한 에피소드가 나열되다가 '천국의 문' 같은 궁극의 공간에 이르러 모든 갈등이 불꽃놀이를 벌이며 플롯들이 완벽한 피날레로 매듭지어지는 〈슬로우 웨스트〉는 여행기 구조의 동화를 연상시킨다. 이 감상에는 이야기의 천진난만함보다 명료한 미적 규율로 전체가 정돈된 인상이 크게 작용한다. 왜 삼세 번째 시도에서 시험을 통과하는 동화들이 많지 않은가. 등장인물 말고 다른 사람들은 아예 살지 않는 것처럼 보이는 서부의 인구 밀도도 각 장면을 동화 일러스트처럼 보이게 만든다. 하긴 서부영화도 일종의 동화라면 동화다. 웨스턴 속 서부와 역사적 서부의 실체 사이에는 깊은 계곡이 있다. 한때 서부영화는 미국인들에게 마을을 습격한 나쁜 용에 대적하는 유럽의 영웅전설 대신이었다(지금은 그 자리를 슈퍼 히어로 영화들이 이어받았다). 판타지로 넘어가지 않으면서도 미묘하게 초현실적인 음악과 미술, 기존 서부영화에서 보지 못했던 수목과 꽃—촬영지가 뉴질랜드다—들도 〈슬로우 웨스트〉의 특이한 조성(調性)에 한몫한다. 영화의 첫 신에서 제이는 밤하늘의 오리온성좌를 총으로 쏘는 흉내를 내는데, 보이지 않는 총탄에 맞은 별들은 순서대로 파랗게 빛난다. 이것이 존 매클린 감독이 택한 톤이다. 요즘 트렌드를 거스르는 80분대의 짧은 러닝타임도 동화적 인상과 무관하지 않다. 서너 개의 코드와 리프로 완성된 3분대의 멋진 음악을 듣는 기분이다. 딱히 존 매클린 감독이 뮤지션 출신이라 갖다 붙인 비유만은 아니다. 예컨대 제이가 고향에서 로즈의 화살에 맞는 시늉을 하던 놀이가 인디언들의 기습으로 다시 소환되는 대목, 잡화점에서 제이가 입어본 재킷의 총알구멍이 피날레의 한 모티브로 변주되는 순간은 잘 짜인 소곡의 재현부 같다.

처음 만났을 때 제이를 물정 모르는 호구로 여겼던 사일러스는 철없는 소년의 꿈에 서서히 물들어간다. 주로 제이의 말을 귓등으로 넘기는 대꾸였던 "아무렴, 꼬마야(Sure, Kid)"라는 사일러스의 말버릇에는 어느새 조금씩 진심이 실리게 된다(이 대사는 우리가 잘 아는 서부극 속 클린트 이스트우드의 모사이기도 해서 재미있다). 여정 중간쯤 이르러 관객은 로즈와 사일러스가 아늑한 오두막에서 '제이버드'라 불리는 아기를 돌보는 환상 장면을 보게 되는데, 이는 뜻밖에도 제이가 아니라 사일러스의 꿈으로 밝혀진다. 삶에는 생존과 죽음 이외의 무엇이 더 있다는 제이의 사고방식에 사일러스의 무의식이 물드는 조짐이다. 이쯤에서 영화는 순수한 영혼에 감화된 죄 많은 남자가 영웅적 행위로 어린 연인들을 돕고 자기도 구원받는 이야기가 될 법하지만 〈슬로우 웨스트〉는 (다행히도) 그런 동화는 아니다.

〈슬로우 웨스트〉는 미련한 순진함, 말하자면 나이브(naive) 함에 대한 명상이다. 제이의 동기는 순금처럼 정결하다. 16세의 연인을 움직이는 동력은 의심 한 점 없는 사랑과 자기로 인한 살인자의 오명을 책임지겠다는 고결한 의지다. 그러나 정작 제이가 매달리는 완전한 사랑의 실체가 무엇이었는지 돌아보는 플래시백 장면에서 관객은 제이를 향한 로즈의 감정이 기껏해야 누이 같은 우정이었음을 알아차리게 된다. 이 회상신들은 로맨틱한 음악으로 포근히 감싸여 있으나 존 매클린 감독은 그 안에서 일어나는 둘의 과거사를 객관적으로 찍었다. 소년의 사랑은 진짜지만 위대한 사랑의 행위를 감행하도록 만든 기억은 오해였다. 서글픈 진실은 현상금 사냥꾼들에게 공격당하는

혼적과 동거하기

로즈의 오두막에 제이가 마침내 뛰어들었을 때 소년에게도 명백해진다. 반사적으로 침입자를 쏜 로즈의 총에 제이는 그녀의 이름조차 불러보지 못하고 쓰러진다. 다음이 더 냉혹하다. 로즈는 그로부터 한참 동안 제이의 존재를 알아채지 못하고 마지막 숨을 색색 내쉬는 제이 앞에서 아마도 현재의 연인인 다른 남자로부터 키스를 받는다. 존 매클린 감독은 잔인하게 섬세하다. 로즈의 새로운 남자는 제이가 흘린 피를 이마에 발라 결의를 표시하며, 하필 선반의 소금까지 떨어져 제이의 치명상에 뿌려진다. 영원 같은 몇 분 후 제이를 알아본 로즈가 다가왔을 때 소년은 운다. 그는 그저 너무 늦게 각성한 바보일까? 그렇지만은 않다. 로즈에 의해 제이의 손에 쥐여진 권총은 마지막 위기에 로즈를 구하여 소년의 위대한 목표를 완수한다. 뒤늦게 다리를 끌며 나타난 사일러스가 소년의 사랑을 증언하자 로즈가 대꾸한다. "그의 심장은 틀린 자리에 있었죠(His heart was in the wrong place)." 틀린 대상에게 사랑을 바친 오류, 그녀의 총탄이 날아간 곳에 있었던 소년의 심장을 함께 일컫는 중의적 대사다. 제이는 나이브하고 어리석었으나 로즈에게 생명을, 사일러스에게 (생사 이상의) 삶을 남긴다. 〈슬로우 웨스트〉는 이 공교로운 조홧속에서 매혹을 발견한다.

　곱씹어보면 〈슬로우 웨스트〉에서 바보처럼 죽은 자는 제이만이 아니다. 이 영화의 죽음들은 모조리 허무하다. 어설픈 좀도둑의 마구잡이 총질에 쓰러지고, 엉덩이를 까 내린 채 숨지고, 돌부리에 부딪히고 빨랫줄에 걸리고 도끼질하던 나무에 깔려 죽어간다. 순수의 표상인 제이조차 겁에 질린 나머지 똑같이 겁에 질린 여인을 등 뒤에서 눈을 질끈 감고 쏘아 죽음에 이르게 했다. 이 어처구니없는 죽음들의 묘사에는 타란티노풍의 블랙 유머도 깃들어 있지만 그것은 무늬에 불과하다. 산다는 일에 불가피하게 포함돼 있는 바보스러움과 허망함을 〈슬로우 웨스트〉는 작정하고 주시한다. 〈슬로우 웨스트〉는 생존이 삶의 유일한 동기로 남은 척박한 세계에서 생사가 얼마나 어이없이 갈리는지 내내 보여준다. 그리고 클라이맥스가 휩쓸고 간 자리에 정적이 내린 순간 지금까지 우리가 죽음을 목도한 모든 인물의 시신을 한 컷씩 다시 스크린에 불러낸다.

이 숏들의 몽타주는 왜 필요한가? 존 매클린 감독은 "지금까지 당신들이 즐긴 모험이 사실 이런 살육이었다"라고 갑자기 뒤통수를 치며 설교하거나 자조하는 것이 아니다. 이 몽타주는 정중한 애도에 가깝다. 주인공들이 목표를 성취하기까지 그 도정에 쌓인 죽음의 부피를 인지하는 의식이다. 판단이 가리키는 옳은 일을 행하고 감정에 충실히 행동한다고 해서 삶이 정당한 보상을 돌려준다는 보장은 없으며 온 세상이 숨죽인 관

237   혼적과 동거하기

객이 되어 일제히 갈채를 보내는 영광 따위는 없다. 내게 〈슬로우 웨스트〉는 인간의 어리석음과 삶의 우스꽝스러움에서 아름다움을 길어 올린 영화다.

우리는 혼자가 아니라고

늑대아이

너에게.

네가 이 비밀을 알까? 모든 영화는 각기 다른 종류의 글을 쓰고 싶게 해. 어떤 영화는 귓전에 격문을 불러줘서 받아쓰게 되고, 또 다른 영화는 기도문을 짓고 싶게 만들어. 〈늑대아이〉를 처음으로 본 저녁에 나는 아직 작곡되지 않은 노래의 가사 같은 걸 끄적이고 싶었어. 그리고 두 번째로 〈늑대아이〉를 보러 간 날 밤에는 영화가 상영되는 동안 네가 옆자리에 있고 극장엔 오직 우리뿐이어서 네게 "아! 이 부분은 마치……"라고 토를 달 수 있다면 얼마나 즐거울까 상상했어. 바로 지금 이 편지를 쓰고 있는 이유야.

〈늑대아이〉는 10대 소녀 유키의 내레이션으로 영화를 이끌어가. 영화의 초반은 유키의 엄마인 하나가 대학에서 수업을 청강하던 아빠를 만나 사랑하게 되고, 얼마 뒤 그가 늑대인간임을 알게 되고, 그래도 상관없이 계속 사랑하고, 남매를 낳아 홀로 기르게 된 역사를 들려주지. 그래, 폴린 케일이 정리한 〈대부 2〉(1974)의 매혹이 여기도 있어. 내가 태어나기 전 부모들이 어떤 인간이었는지 그들은 사랑이란 걸 했는지 알기 원하는 우리의 애틋한 충동. 어떤 관객은 픽사의 〈업(Up)〉(2009)을 떠올릴지도 모르겠어. 개구쟁이 꼬마의 모험담인 줄만 알았는데 순식간에 일생을 요약해버린 〈업〉의 대담한 첫 30분을 기억하지? 사실 내가 즉각 떠올린 건 라가와 마리모의《아기와 나》라는 만화였어. 동생을 낳자마자 세상을 떠난 엄마를 대신하기 위해 안간힘을 다하는 소년이 주인공인 이 작품은 상당히 긴데 난 그 가운데 한 권만 간직하고 있어. 대학생 아빠와 도시락 가게 아르바이트생이었던 스무 살의 엄마가 처음 만나 사랑하고 아이를 갖기까지를 그린 13권. 영화로 치면 작품 전체에서 예외적 플래시백 시퀀스에 해당되지.《아기와 나》13권은 사고로 일찍 부모를 잃은 두 '고아'가 불안과 두려움을 이기고 새로운 가정을 시작하는 이야기고 〈늑대아이〉의 1장도 마찬가지야.

흔적과 동거하기

난 늑대인간이라는 판타스틱한 캐릭터를 호소다 마모루 감독이 영화 안으로 데리고 들어오는 극히 태연한 매너에 설레었어. 감독의 전작 〈시간을 달리는 소녀〉에서 주인공 마코토가 시간 여행 능력을 갖게 됐다고 털어놓았을 때 이모의 반응이 생각나? "네 또래 여자아이들에게는 가끔 있는 일이야." 마코토는 그만 '오, 그런 건가' 하는 표정으로 납득하고 말잖아. 미래로부터 온 소년 치아키 역시 마코토에게 정체를 밝히기 위해 장광설을 늘어놓지 않아. "어쩌다 보니 너희들과 노는 게 너무 재미있어서 여름이 가버렸어"라는 게 고작이야. 〈늑대아이〉도 영락없이 한 핏줄이야. 하나는 섣달 보름밤 남자친구의 출생의 비밀을 듣고 "아, 세상은 내가 모르는 일로 가득하구나"라고 수긍해버려. 13년 뒤 그녀의 딸 유키는 관객에게 "그런 일이 있어요"라는 한마디로 판타지를 기정사실의 세계 안으로 쑥 밀어 넣고. 호소다 마모루 감독은 현실과 분리돼 밀봉된 판타지 월드를 만들지 않아. '세컨드 라이프' 같은 가상현실 세계가 중요한 배경인 〈썸머 워즈〉(2009)에서도 디지털 인터페이스를 무대로 한 시퀀스는 꼬박꼬박 인물들이 처한 현실로 귀환해 매듭지어지지. 하긴 호소다 마모루는 심지어 〈디지몬 어드벤처: 우리들의 워게임〉(2000)에서도 디지몬 우주가 아니라 힘을 모아 컴퓨터 버그를 물리치는 현대 도쿄의 아이들을 소재로 택했던 감독이었어. 아마 동일한 이유에서 호소다 마모루는 늑대인간의 고독을 별난 조건으로 부각하지 않아. 현명해. 늑대인간이 극단적인 아웃사이더라는 사실은 존재만으로도 너무나 확고해서 영화가 따로 호소하지 않아도 관객의 마음에 어디까지나 매달려 있으니까. 영화는 전제를 간단히 확인하고 외양을 잠깐 보여주는 걸로 충분해. 그리고 그의 외로움과 공포가 우리의 그것과 어떻게 연결돼 있는지에 집중하면 돼.

〈늑대아이〉는 어찌 보면 시나리오 내용대로 그저 청강생, 전학생, 이주민과 사귀는 법에 관한 이야기일지도 몰라. 늑대남자가 도시의 야경을 내려다보며 "노인만 사는 집도, 아이만 사는 집도 있어. 집집마다 모두 달라"라고 말하는 건 자기만이 외따로 고립된 건 아니라고 스스로에게 들려주는 독백인 셈이지. 그의 직업이 이삿짐센터 인부인 것도 아마 매일 다양한 사람들의 집을 들여다보며 모두 다름을 확인할 수 있어서가 아니었을까, 잠시 상상해보았어. 결국 늑대남자는 인간들처럼 하루 일을 마치고 나면 사랑하는 사람에게 "다녀왔습니다"라고 인사하고 쉴 수 있는 '우리 집'을 갖고 싶어 할 따름이야. 호소다 마모루는 그렇게 현대의 일상을 그린 많은 일본 영화가 천착해온 '잇테키마스(다녀오겠습니다)'와 '잇테랏샤이(다녀오세요)', 그리고 '다다이마(다녀왔습니다)'와 '오카에리나사이(어서 와요)'

라는 한 벌의 괄호로 구획된 정밀(靜謐)한 세계에 도착해.

E. M. 포스터가 《하워즈 엔드》에 쓴 유명한 경구, "오직 연결하라(Only connect)"는 호소다 마모루의 영화 세계를 요약하는 말도 될 수 있을 거야. 〈시간을 달리는 소녀〉는 타임리프를 통해 과거와 현재, 미래를 연결하고, 세대를 뛰어넘어 이모와 조카의 첫사랑을 한 가락의 노래로 만들지. 컴퓨터 영재 소년과 아흔 살의 할머니가 영웅으로 활약하는 〈썸머 워즈〉는 현대 일본을 지배하는 양대 시스템—전통적 사고방식과 디지털 테크놀로지—을 접속시킨 이야기야. 〈늑대아이〉에서 마주 보는 건 문명과 자연이야. 하나는 예외적 혈통을 타고난 아이들을 온전히 키우기 위해 인간에 의해 동물들이 쫓겨난 땅으로부터 동물에게 인간이 밀려난 땅으로 옮겨가는 거야. 하지만 호소다 마모루 감독은 세 식구를 외딴곳까지 데려간 다음에 특수한 질문에 보편적 답을 내기 시작해. "늑대아이들은 대체 어떻게 어른이 되는 걸까?"라는 하나의 절박한 물음은 '늑대'를 괄호 치면 기본적으로 모든 엄마의 것이기도 해. 다만 보통 엄마는 터놓고 조언을 구할 수 있을 뿐이지. 모든 부모 눈에 아이들은 자라면서 자꾸만 으슥해지는 숲과 같으니까. 늑대아이 아메와 유키는 이 영화에서 몬스터가 아니라 혼혈인으로 그려지고 있어.

다문화 가정의 자녀들이 그러하듯 남매는 물려받은 유산 중 어느 쪽 문화를 본령으로 삼을지 선택하는 셈이지. 그럼 '늑대인간'은 그저 메타포로 이용된 것뿐일까?

설령 그렇다고 해도 현실의 표면을 재료로 삼는 영화에는 오래된 역설이 있어. 구체적이지 않은 메타포는 은유도 서술도 못 되고 흩어져버린다는 까다로운 진실. 지혜로운 호소다 마모루 감독은 늑대의 몸을 가졌기에 닥쳐오는 생활의 세부를 회피하지 않아. 하나와 늑대남자가 사랑을 나누는 장면에서 남자는 늑대의 몸을 하고 있어. 동성애 모티브를 포함한 영화에서 두 남자의 섹스를 영혼을 보여준다는 핑계로 남녀의 모습을 빌려 찍는다거나 노인과 젊은이의 섹스에서 늙은 육체를 마음속 이미지로 대체하는 예를 생각하면 이 선택이 비록 애니메이션이라 해도 자못 용감함을 알 수 있어. 호소다 마모루의 비타협주의는 늑대로 살기를 선택한 아이가 엄마와 이별하는 클라이맥스에서도 분명하지. 제대로 된 작별의 포옹도 없이 엄마를 떠나는 늑대아이는 숲에서 혼절한 엄마를 집까지 데려다주지 않아. 산기슭 주차장 바닥에 내려놓고 돌아서버리지. 그가 갈 수 있는 지점은 이제 거기까지인 거야. 냉랭히 돌아선 아이는 최고의 속도로 산정까지 뛰어오르는 늠름함을 엄마에게 보여주는 행위로 인사를 대신해. 이 시퀀스를 지배하는 것은 인간의

흔적과 동거하기

모자지정이 아니라 동물의 감수성이야. 제 몫의 사냥을 할 수
있게 되면 독립된 개체로 흩어져 살아가는 동물 부모와 F1의
방식인 거지. 홀로 남겨진 하나를 보며 나는 도피 중인 반전운
동가 부모가 10대 아들을 세상 속으로 '방생'하고 떠나는 〈허
공에의 질주〉(1988)의 마지막을 추억했어. 다만, 〈늑대아이〉에
서는 보내는 쪽과 떠나는 쪽이 뒤바뀌어 있는 거지. 나는 '다만'
이라고 썼지만 흔한 변주라는 뜻이 아니야. 그러한 같고도 다
름을, 보편적 공감대와 특정한 행태를 정확히 연출하는 능력이
때로 영화에서는 모든 것이라고 말하고 싶은 거야.

　　호소다 마모루의 애니메이션은 예스럽고 담백해 보이지
만 발상의 전환을 품고 있어. 하나의 마음이 자꾸만 수업에서
마주친 늑대남자를 향해 흘러가는 대목을 볼까? 세탁소에서
일하는 그녀는 손님의 옷을 찾다가 손길을 멈추고, 찌개의 간
을 보다가 멍해지고, 책을 읽다 말고 건공중을 바라봐. 어떤 동
작을 그리는 연출이 아니라 동작을 멎는 연출로 인물의 마음속
에 발생하고 있는 거대한 사건을 표현하는 거야. 흔히 애니메
이션의 차별적 장점은 실사로 찍기 힘든 기발한 그림을 구현하
는 데에 있다고들 믿지만 호소다 마모루는 정확히 원하는 타이
밍에 정지의 모멘트를 만들 수 있는 가능성 역시 애니메이션의

커다란 잠재력임을 가르쳐주고 있어. 그의 연출은 미야자키 하야오나 오토모 가쓰히로보다 지상에 가깝고 다카하다 이사오보다는 과묵하고 냉정해. 호소다 마모루의 인물들은 사랑하더라도 상대에게 생각을 죄다 말하지는 않는 사람들이지. 지브리의 소녀들은 날고 호소다 마모루의 소녀들은 달려. 지브리 캐릭터들의 머리칼은 바람을 머금으면 기구처럼 부풀어 올라 하늘로 날아오를 것 같지만 호소다 마모루가 그린 인물의 머리칼은 미풍에 일렁이며 눈빛을 가려. 그는 덜 보여줌으로써 더 많이 이야기하는 종류의 연출자야. 사람이고 동물이고 이목구비를 대담히 생략하는 일이 흔하고 눈의 표정이 아예 보이지 않는 각도의 뒤쪽 측면에서 상대를 바라보는 시점 숏도 많은데 이상하게도 감정의 진폭은 그런 순간 최고에 달하곤 해. 눈코입이 보이지 않는 인물들이 관객의 머릿속에서 가장 풍부한 표정을 짓는 거야. 이렇게 짐작해보기도 했어. 호소다 마모루는 그의 인물들이 타인에게 표정을 굳이 보이고 싶어 하지 않는다고 느낄 때 이런 식으로 배려하는 게 아닐까. 그리고 우리는 손으로 얼굴을 가린 아이 앞에 쪼그리고 앉아 들여다보듯 그들의 감정에 민감해지고.

〈늑대아이〉는 집요한 관찰력을 가진 애니메이터가 창출할 수 있는 떨림으로 가득해. 하나와 늑대남자가 사랑에 빠지

흔적과 동거하기

는 과정에 잊기 힘든 찰나가 있어. 아르바이트를 마치고 밤거리의 약속 장소로 달려온 하나는 먼저 도착해 있는 남자를 먼 발치에서 발견하고 저도 모르게 몸을 숨겨. 그리고 자신을 기다리고 있는 애인의 모습을 음미해. 감독은 알고 있는 거야. 정작 만나서 그가 나보다 덜 사랑하는 건 아닐까, 시간은 왜 이리 빨리 갈까 전전긍긍하는 데이트의 시간보다 함께할 시간의 모래시계가 아직 뒤집히지 않은 상태에서 눈앞에 없는 나를 고대하고 있는 연인을 응시하는 순간이야말로 연애에서 가장 아름다운 찰나라는 걸. 먹는 장면이 실사와 애니메이션 구분 없이 일본 영화의 장기라는 점은 전에도 이야기한 적이 있지? 일본의 훌륭한 감독들은 하나같이 식탁의 사소한 규범과 음식마다의 뉘앙스가 감정 기복과 대화의 리듬을 조율할 수 있음을 날 때부터 이해하고 있는 것처럼 보여. 〈늑대아이〉에는 꼬치를 긴 유리컵에 담긴 소스에 찍어 먹는 장면이 있어. 가난한 젊은 커플은 용도에 맞는 식기를 종류별로 갖추고 있지 않지만 여전히 맛있고 행복해. 그리고 오랜 세월이 흐른 뒤 하나가 꼬치를 똑같은 컵에 담가 먹을 때 그 상차림은 새로운 의미를 획득하지.

〈늑대아이〉는 많은 지문(地文)을 배경 이미지들에 숨겨둔 애니메이션이야. 곳곳의 복숭아 통조림들은 하나가 앓았던 입덧을 귀띔해주고, 살림에 비해 과다한 책들은 사회를 남들처럼 경험할 수 없었던 늑대남자와 이제 그의 세계에 포함된 하나가 책을 통해 생의 많은 문제를 독학해나가야 하는 사정을 알려주지. 아이들 끼니를 챙기다가 졸던 하나가 퍼뜩 일어나 떨어진 밥풀을 집어먹는 숏도 놓치지 마. 이보다 '엄마'다운 제스처가 또 있을까? 호소다 마모루는 하나가 통과한 가장 힘들었던 시기를 울음이 아니라 잦은 졸음을 통해 묘사해. 그래. 어린 엄마한테는 울 겨를 따위는 없었을 거야.

좋은 애니메이션은 어떤 실사영화보다 엄격한 구도와 시점 숏을 구사하지. 큰비가 내린 날 아침 집에 돌아오지 않은 남편이 늑대의 몸으로 도시의 개천에 쓰러져 있는 모습을 하나가 발견하는 장면에서 나는 기시감을 느꼈어. 〈밀양〉(2007)의 신애(전도연)가 아이의 주검을 보러 간 장면의 카메라가 그랬듯 〈늑대아이〉의 카메라도 하나에게 차마 다가가지 못해. 게다가 하나는 이 비극을 제 것으로 소유하지조차 못하고 그가 쓰레기차에 던져져 멀어져가는 걸 바라볼 도리밖에 없지. CG가 두드러진 장면이 하나 있어. 네발로 설산을 달리는 아메와 유키, 그리고 허덕이며 뒤따르는 하나의 시점 숏이 요즘 3D애니메이션의 하이퍼리얼리즘을 멋쩍게 만드는 일격으로 보였다면 내가 너무 심술 맞은 걸까? 본능을 발산하는 아이들의 천진한 쾌감은 물론, 궁극적으로 그들과 같은 몸일 수 없는 엄마의 안타

흔적과 동거하기

까움까지 담은 이 시점 촬영은 영화에서 실감이란 동일시가 관건이지 관객을 더 고급스러운 롤러코스터 승객으로 전환시키는 문제가 아님을 웅변하는 것 같았거든. 애니메이션으로서 〈늑대아이〉의 연출이 빛난 또 다른 대목은 아메와 유키가 3, 4년에 걸쳐 경험하는 학교생활을 단숨에 요약해버리는 패닝 롱 테이크야. 1학년 교실 뒷자리에서 창밖만 물끄러미 내다보는 남동생을 잡았던 카메라가 옆 2학년 교실로 이동하면 누나 유키가 활발히 발표하고 있지. 다시 아메의 교실로 움직였던 카메라가 2학년 교실 복도로 가면 한 살 더 먹은 아메가 동급생의 괴롭힘을 당하고 있고 3학년이 된 누나가 달려와 동생을 보호해. 마침내 4학년 교실로 옮아간 카메라가 여전히 명랑한 유키를 비춘 다음 3학년 교실로 돌아오면 아메의 자리는 비어 있어. 왕복 패닝만으로 남매의 성장 과정을 함축한 이 연출은 애니메이션의 경제성과 거기에 수반되는 아름다움을 살린 사례로 장차 누군가에게 인용될 테지.

"사람들을 피해서 왔는데 결국 마을 사람들에게 온통 신세지고 말았네." 늑대인간이란 존재를 구성원으로 고려할 수 없는 시스템과 군중의 시선을 피해 산속으로 이사한 하나는 우여곡절 끝에 생활이 안정됐을 때 그렇게 혼잣말을 해. 한편 하나네 집에 마실 온 동네 어른들은 잡담 끝에 "배수도 안 좋고……
여긴 살기 좋은 곳이 아니야. 그러니까 서로 돕고 살아야지"라
고 이야기해. "살기 좋은 곳이 아니야"와 "서로 돕고 살아야지"
사이에 태연스럽게 놓인 '그러니까'라는 접속사에 나는 흠칫했
어. 그리고 잠시 뒤엔 내가 놀랐다는 사실에 놀랐어. 무심히 스
쳐가는 듯한 이 대사들을 들여다보게 되는 까닭은 그들의 메시
지가 성장과 양육의 드라마라는 〈늑대아이〉의 표면 아래 복류
하는 감독의 여일한 세계관으로 보이기 때문이야.

인물이 아무리 정상에서 멀리 벗어난 조건과 초현실적인
상황에 처해 있을 경우에도 호소다 마모루의 프레임 안에는 바
깥 세계가, 사회와 자연이 어느새 흘러들어와 있어. 대사? 문장
으로 공표한 적은 없지. 호소다 마모루 감독은 스토리 진전과
직접 관련이 없는, 어쩌면 잡음 같고 잔털 같은 디테일로 우리
를 느릿느릿 설득해. 우리는 혼자가 아니라고, 아니 혼자이기
불가능하다고. 하나가 무너져가는 산속 집을 수리하고 청소하
는 시퀀스를 보자. 분주히 치우고 고치는 와중에도 그녀는 간
유리에 돋을새김된 단풍잎 문양을, 개수대에 박힌 색색의 차돌
을 쓰다듬어봐. 기둥에 새겨진 키재기 금을 더듬고 유키와 아
메를 세워보기도 해. 고립을 원해서 멀리 왔지만 처음부터 하
나와 아이들은 오래전 같은 집에 먼저 살았던 사람들의 흔적과

동거하는 거야. 영화 초반으로 거슬러 올라가 볼까? 처음 만난 날 하나가 늑대남자를 쫓아가 교과서를 빌려주겠다고 교문에서 제안할 때 둘 옆으로는 뚜렷한 역할 없이 자전거를 탄 두 학생이 지나가. 하지만 덕분에 늑대남자와 하나는 방금 나눈 대화의 의미를 잠시 저울질할 몇 초를 가져. 늑대남자가 여자친구 하나에게 비밀을 고백하려고 최초로 시도한 밤, 그들은 철책 두 칸의 거리를 두고 다리 위를 걷고 있어. 남자의 다음 말을 기다리며 하나가 돌아섰을 때 둘 사이에는 택시 한 대와 승합차 한 대가 지나가는 시간만큼의 침묵이 흐르지. 그리고 남자는 고백을 미뤄. 하나의 딸 유키가 전학 온 소년 앞에서 늑대의 발톱을 노출하는 위기의 순간에 호소다 마모루는 그 자리에 영문 모르고 날아든 노란 나비가 있어야 한다고 믿는 연출자야. 요컨대 가장 내밀한 순간에도 호소다 마모루의 주인공들은 언제나 세상 속에 있어. 〈시간을 달리는 소녀〉의 철도 건널목이 기억나니? 거기서 시간은 항상 그 안에서 생활하고 교차하는 사람들의 움직임으로 계량됐지. 너, 설마 타임리프를 표시한 디지털시계 계기판을 일일이 읽고 있진 않았지? 〈늑대아이〉에서도 하나가 애인을 기다리는 동안 시간의 경과는 줄어드는 행인으로 가늠되고 그녀가 시골로 옮긴 다음에는 자연이 시계 역할을 이어받아. 산과 하늘을 채색한 톤에 따라. 대기 중에 차오른 보라색의 함량으로 미루어 극 중 시각이 몇 시쯤인지 추측하는 건 〈늑대아이〉를 보는 즐거움 중 하나란다.

〈늑대아이〉를 보는 동안 나는 영화가 영원히 계속되길 바라기도 했지만 한편으로는 그 기분을 안은 채 어서 내 현실로 돌아가고 싶기도 했어. 내가 살면서 통과한 일들을 환기시켰기 때문에 영화가 더 아름답다고 느꼈고 이 영화의 어떤 신들 때문에 앞으로 살면서 마주할 어떤 체험들이 더 풍요로워지리라는 걸 예감했어. 비 내리는 아침 이유도 말하지 않고 아스팔트에 쪼그리고 앉아 울고 있는 여자를 만나게 된다면 이제 나는 캐묻지 않고 우산을 씌워주게 될 거야. 사랑하는 늑대남자를 잃은 날 하나에게, 생면부지의 지나가는 아저씨가 그래주었듯이. 그것이 이 영화가 내게 남긴 흔적이야.

무표정도 표정이라면

프랑크

           〈프랑크〉에서 마이클 파스빈더
가 내내 쓰고 다니는 종이 반죽(papier mache) 탈은 가면이라기
보다 가짜 머리에 가까운 형태다. 슈퍼 히어로들이나 쾌걸 조
로가 이용하는 마스크와 다르게 프랑크의 탈은 진짜를 대체하
는 이목구비를 그려 넣고 뒤통수까지 완전히 가린다. 〈프랑크〉
는 배우가 영화에 제공하는 최대 상품성인 '얼굴'을 360도 지워
버린다. 더욱이 해당 배우는 동시대 대중의 눈길을 한창 사로
잡고 있는 미남 스타다. 얼굴뿐만 아니라 배우의 목소리도 부
분적으로 손실된다. 작은 구멍이 인형 머리의 귀와 뺨에 나 있
긴 하지만 울림통을 거치다 보니 파스빈더의 음성은 웅웅거리

며 흘러나온다. "틈틈이 대역 안 쓴 거 확실해?" 영화관을 나오
는 사람들은 농담 반 진담 반 묻는다. 과연 〈프랭크〉는 횟감으
로 찌개를 끓인 걸까? 마이클 파스빈더의 재능과 매력을 확보
해놓고도 단지 '튀려고' 그것을 쓰지 않는 패착을 저지른 걸까?

일단 두 번째 질문은 기각이다. 파스빈더는 분명히 러닝
타임 대부분 동안 표정 연기 없이 인물을 표현하는 〈프랭크〉
의 설정에 끌려 합류했기 때문이다. 그럼 파스빈더만큼 뛰어
난 매력과 지명도를 가진 배우가 꼭 프랭크 역에 필요했느냐
는 질문만 남는다. 잠깐 망설인 다음 나는 '필요했다'고 판단한
다. 우리에게 이미 각인된 스타 파스빈더의 이목구비와 표정은
의당 있어야 할 자리에 없는 것들—프랭크의 벗은 얼굴과 감
정—을 영화 내내 강력하게 환기시킨다. 즉 부재를 강조하고
가면 아래 감정을 능동적으로 상상하게 만든다. 없는 것이 무
엇인지 아는 결핍감과 뭐가 없는지 모르는 결핍감은 강도가 다
르다. 일본의 노(能)건 그리스 비극의 가면이건 동서고금의 연
극에서도 가면은 인물을 단일한 캐릭터에 고정하는 게 아니라
관객의 더 풍부한 상상을 자극하는 쓸모를 가진 소품이다. 결
정적으로, 레니 에이브러햄슨 감독은 프랭크의 탈을 벗겨 관
객이 '마침내' 파스빈더를 보는 순간을 영화에 넣었다. 폭로, 노
출, 발견, 그 모든 표현을 뭉뚱그린 이 장면은 있느냐 없느냐가

관건일 뿐, 길이가 1분이냐 10분이냐는 차이를 만들지 않는다. 탈을 빼앗긴 프랭크가 정면을 보지 못할 때, 오랜 시간 인형 머리에 쏠린 자리에 생채기가 난 마이클 파스빈더의 옆얼굴이 화면에 드러날 때 솟는 이 딱하고 복잡한 인물을 향한 연민의 크기는 80분 넘게 그의 얼굴이 가려져 있었기에 가능하다. 요컨대 낭비된 캐스팅은 아니다.

　　그럼 배우 입장에서는? 마이클 파스빈더는 〈프랭크〉 시나리오를 읽고 배꼽 빠지게 웃은 다음 흔쾌히 합류했다고 전해진다. 테런스 맬릭 감독의 제목 미정 신작을 촬영한 직후였다. 굳이 뒷이야기를 찾아보지 않고 결과만 봐도 배우가 즐기고 있는 (물론 표정은 안 보이지만) 기색이 역력하다. 〈프랭크〉에서 파스빈더가 감당하는 연기는 유례없는 영역이다. 대사는 많지만 무성영화적이다. 관객은 정면만 있다고 해도 과언이 아닌 프랭크의 얼굴을 그때그때 해석하기 위해 팔다리의 일상적인 허우적거림에도 신경을 곤두세운다. 연기가 '무성영화적'이라고 표현하는 경우는 대부분 유려한 마임의 아름다움을 가리키는데, 〈프랭크〉의 경우는 거추장스러운 인공 머리의 무게중심을 잡으며 비좁은 시야와 씨름하는 소극적 슬랩스틱이다. 웃음은 자아내지만 코미디를 의도한 연기가 아니고, 보고 있자면 쓸쓸해지는데 본인은 슬퍼하고 있지 않다. 리액션의 제한도 프랭크를 독특한 자리에 데려다놓는다. 비단 상대의 말과 행동에 대한 반응을 얼굴로 확인할 수 없어서만은 아니다. 간혹 주변 인물이 어떤 말을 하고 행동을 취할 때 우리는 인형 머리 안의 프랭크가 제대로 들었는지 보았는지, 듣거나 보고도 짐짓 못 듣거나 못 본 척하는지 확신할 수 없다. 생각해보면 영화에는 별로 등장하지 않지만 현실의 의사소통에서는 자주 마주치는 순간이기도 하다.

영화 〈프랭크〉 안에서 인형 머리의 기능은 그렇다 치고, 프랭크한테 인형 머리는 무엇일까? 이상하게도 〈프랭크〉는 이 천재 뮤지션이 어떻게 탈을 쓰기 시작했는지는 슬쩍 언급하지만 그가 '왜' 그랬는지는 설명하지 않는다. 프랭크의 카리스마를 숭배하는 밴드 소론프르프브스의 동료들은 머리의 존재를 아예 언급도 안 한다. 간접적으로나마 단서를 주는 대목은 신참 멤버 존(돔놀 글리슨)과 프랭크의 대화다. "그 머리 말이야. 아무래도 좀 무섭잖아?"라는 존의 궁금증에 프랭크는 "사람의 얼굴도 못지않게 무서워. 매끈하게, 매끈하게, 이어지다 갑자기 뻥! 구멍이 뚫리잖아. 입은 또 어떻고. 끔찍한 상처의 가장자리 같지 않아?"라고 돌려서 답한다. 그리고 지금 인형 머리 안에서 자신은 환영하는 미소를 짓고 있다며 신입을 안심시킨다. 아마 프랭크는 자신의 실제 모습을 낯설게 느끼는 일종의 이인증(離人症)을 앓고 있는 듯하다. 아무튼 프랭크에게 인형 탈은 더 강인하고 멋진 페르소나를 덧씌우는 플러스의 무장이 아니라 너무 기괴한 원래 얼굴을 덮어 진실을 덜 왜곡하도록 도와주는 마이너스의 분장이다. 차라리 중립적인 무표정으로 '틀린' 얼굴을 가린 다음 언어로 감정을 묘사하는 쪽이 진짜에 가깝다는 입장이다. 프랭크의 성격도 이를 뒷받침한다. 파스빈더의 프랭크는 '24시간 가면을 고집하는 싱어송라이터'라는 설정이 자동 연상시키는 비타협적 반골 예술가이기는커녕, 주변 사람들에게 제법 친절하고 많은 숫자의 사람들이 자기 음악에 열광할 거라는 가능성에 흥분하는 순진한 사내다. 주류 음악의 안티테제로서 언더그라운드 음악을 한 것이 아닌지라 '셀링 아웃'이라는 개념조차 없다. 프랭크의 괴이한 인형 탈은 보기와는 달리 세상을 향한 모종의 선언이나 퍼포먼스 전략이 아니라 흉터를 보완하는 누드 메이크업이다.

외딴 오두막에서 뚝딱뚝딱 전위적 음악을 창조하는 한 시간이 흘러가고, 존의 주도로 밴드가 미국 페스티벌에 진출하는 시점부터 〈프랭크〉는 자동 비행 모드로 전환되는 듯 보인다. 숱한 뮤지션영화가 그렇듯 시장의 논리가 예술혼을 침해하고 음악적 견해 차이로 밴드가 분열되는 3장이 열린다. 그런데 해이하게 지켜보던 자세를 바로잡게 하는 순간이 온다. 존이 프랭크의 부모를 만나서 나누는 대화다. 소년 시절 어느 날, 가면 속으로 숨어버린 아들을 회고하는 부모에게 존은 그래도 정신적 고뇌가 위대한 음악에 보탬이 되지 않았겠냐며 위로하려 든다. 그는 광기와 천재성의 불가분성에 대한 우리 모두의 낭만주의적 믿음을 대변하는 중이다. 그러나 돌아오는 부모의 답은 단호하다. "아니, 고통이 보태준 거 없어요. 음악적 재능은 원래 있었어요. 정신병은 그를 지체시켰을 뿐이에요." 그들은 심지어 조금 화가 난 것 같다. 나는 광기와 재능이 무관하다는 것이 〈프랭크〉의 결론이라고는 생각지 않는다. 예외적 정신과 창의력은 분명 통하며 〈프랭크〉가 그리는 이야기는 그 예시가 아니라면 아무것도 아니다. 다만 이 영화가 끝내 간과하지 않으려는 부분은 마음의 병과 창조성은 몹시 어둡고 눅눅한 장소에서 연결된다는 사실이다. 선택의 기회가 있다면 재능 쪽을 기꺼이 포기할 만큼. 징그러운 고치에서 아름다운 나비가 날아오르는 광경을 상상하면 못쓴다. 천재를 다루는 영화치고 이례적으로 〈프랭크〉는 로맨티시즘을 멀리한다. 그래서 환상이나 신비화에 의탁하지 않고 천재라 불리는 인간을 그리는 방법 하나를 보여준다.

상실의 계절을
마주하는 법

다가오는 것들

〈다가오는 것들〉의 나탈리(이
자벨 위페르)는 철학 교사다. 더 이상 삶에서 다가올 것은 없다
고 여길 무렵 25년을 함께 산 남편이 이별을 고하고 어머니가
세상을 떠난다. 아내와 딸의 역할이 사라진 자리를 나탈리는
객관적 자유로 인식하지만 대신 무엇으로 채울지 찾기 쉽지 않
다. 그리 새로운 이야기는 아니다. 그러나 미아 한센 러브 감독
은 장년의 위기를 〈베스트 엑조틱 메리 골드 호텔〉(2012), 〈어
바웃 슈미트〉(2002), 〈버킷 리스트〉(2007) 등과 같은 실버영화
나 나이 든 인물이 낯선 문화를 배우는 좌충우돌 코미디로 풀
지 않는다. 그렇다고 젊은 남자와의 사랑으로 돌파하지도 않는

다. 〈다가오는 것들〉에 등장하는 나탈리의 수제자 파비앙은 응급용 연인이 아니라, 교사인 나탈리가 노년에도 계속 만나고 토론해야 할 젊은 세대를 대표하는 목소리다. 미아 한센 러브 감독이 생각하는 60대 여성에게 다가오는 이슈는 시니어 시민으로서 사회에서 본인의 위치를 검토하는 과제도 포함한다. 나탈리는 다행스럽게도 '자아를 찾아' 홀쩍 떠나지 않는다. 그 나이까지 차곡차곡 살아온 시간이 자아가 아니라면 무엇이 자아란 말인가? 위기는 그동안의 삶이 청산돼야 한다는 선고가 아니다.

미아 한센 러브 감독은 나탈리의 지난 인생을 부정하는 대신 다가오는 것들에 대응하는 방법을 그녀가 평생 공부하고 가르쳐온 철학에서 찾는다. 여자의 성공적 인생은 궁극적으로 사생활의 행불행에 달렸다는 편견을 가볍게 엎어 치는 전개다. 어찌 보면 나탈리의 사생활에 닥친 변화는 마침내 이론을 실제에 적용해볼 기회이기도 하다. 여기서 〈다가오는 것들〉은 철학이 얼마나 실용적인 학문인지 깨닫게 한다. 불행을 불행으로 확정하는 것은 객관적 사태인가 주체의 대응인가? 인간의 정신은 삶을 움직이는 물리력으로서 어떤 가능성을 갖고 있는가? 영화는 파스칼과 루소를 구체적으로 인용하면서 나탈리의 머릿속에서 진행 중인 사유를 관객에게 내비친다. 수업 중 나

태도에 관하여

탈리는《신 엘로이즈》의 일부를 강독한다. "원칙적으로 우리는 행복 없이 지낼 수 있다. 행복이 도래하지 않으면 희망은 지속된다. 그 근심에서 나오는 일종의 쾌락은 현실을 보완하고 더 낫게 만들기도 한다. 좋은 세계를 향한 희망은 좋은 세계를 대신할 수 있다." 영화를 본 다음 들춰본《신 엘로이즈》에는 나탈리가 눈에 담았을 법한 다른 명제도 있다. "소진된 사랑이 영혼을 고갈시킨다면 억제된 사랑은 영혼을 고양시킬 수 있다." 내 눈에는 나탈리의 대처가 힘든 현실을 회피하는 '정신 승리'로 보이지 않는다. 예술, 철학, 종교의 궁극적 효용에 대해 생각할 때마다 나는 같은 지점에서 더 나아가지 못한다. 예술도, 철학도, 종교도 세계를 직접 개선하지는 않는다. 다만 인간이 세계를 개선하려는 태도를 유지하도록 지지해준다. 이것은 엄연히 실질적이며 위대한 힘이다.

〈다가오는 것들〉의 마지막 장면은 무척 아름답다. 전남편이 빠진 자녀와의 크리스마스 저녁 식사. 갓 태어난 손주를 위해 나탈리는《플라톤의 비밀》이라는 책을 선물한다. 아기 울음소리에 방으로 간 나탈리는 "나는 연인을 잃었다네"로 시작하는 자장가를 부르며 손자를 어른다. 그녀를 두고 뒷걸음질로 카메라가 물러나면 아들딸 부부가 둘러앉은 테이블과 나탈리가 벽 하나를 사이에 두고 한 프레임에 들어온다. 카메라는 기척 없이 떠나려는 손님처럼 현관 쪽으로 조용히 물러나오다 입구에 쌓여 있는 나탈리의 책 더미가 화면 오른쪽에 살며시 모습을 내미는 자리에서 멈춘다. 〈다가오는 것들〉은 철학에 대한 신뢰와 사랑을 표하는 영화이기도 하다.

태도에 관하여

모른다는 사실을
철저히 알아가는 과정

보이후드

      리처드 링클레이터의 〈보이후드〉는 2002년부터 2013년까지 해마다 늦여름 즈음 텍사스주에 사는 소년 메이슨 주니어(엘라 콜트레인)와 가족들을 방문한다. 그래서? 아무 일도 일어나지 않는 동시에 모든 일이 일어난다. 영화가 시작되기 전 아빠(에단 호크)와 헤어진 엄마 올리비아(패트리샤 아퀘트)가 학업을 재개해 새로운 경력을 쌓고 두 차례 재혼을 하는 동안 누나 사만다(로렐라이 링클레이터)와 메이슨은 무사히 성장해 둥지를 떠난다. 선량한 새아버지로서 아이들의 인생에 들어왔던 남자들은 결국 회한을 남긴 채 사라져가고, 생물학적 아버지는 주말이면 찾아와 자식들의 인생에서 밀

려나지 않도록 애쓰는 동시에 초년의 기대와는 다른 모양새일
망정 본인의 인생도 추슬러간다.

　모든 영화는 우리가 과거를 기억하는 방식과 유사한 양상
으로 존재한다. 48분의 1초 길이의 이미지, 보이는 장면이 찍
는 점들 사이의 여백을 관람 주체의 서사 본능과 상상력이 메
워간다. 그러나 〈보이후드〉가 유년기의 12년을 그린 방식은
한층 구체적으로 기억의 작동법과 유사하다. 무엇보다 리처드
링클레이터 감독은 언제나 변화의 중간점을 잘라내 보여준다.
기념사진을 남길 만한 이벤트, 이력서에 적을 만한 성취, 이혼
과 재혼의 의례는 비켜간다. 어린 시절을 돌아볼 때 나의 뇌리
에 인화된 사건도 진학이나 부모의 이직이 아니다. 오히려 중
요한 일이 벌어져 와자지껄한 날의 나는 변두리에서 쭈뼛대는
엑스트라로 기억된다. 아마 주제가 명백히 주어진 날일수록 스
스로 생각하지 않고 얹혀가는 경향이 우리에게 내재돼 있기 때
문일 것이다. 내 머리로 떠올리지 않은 의미들은 그렇게 쉽게
흩어져간다.

　정작 현상되어 남은 추억은 어이없으리만큼 임의적이다.
넘어져서 스타킹에 구멍을 낼까 봐 눈을 떼지 못했던 보도블록
의 무늬, 피아노 선생님이 싫어 일주일 중 화요일이 제일 비참
하다고 친구에게 털어놓았던 하굣길, (꿈인지 생시인지 여태 혼

란스럽지만) 아파트 옥상에 누군가가 널어놓은 죽은 동물들의
가죽. 〈보이후드〉는 차례로 찍혔고 플래시백 한 번 없이 직진
하지만 영화의 내적 운동은 회상의 그것이다. 이와 관련해 나
는 〈보이후드〉의 두 번째 해에 세 식구가 샌안토니오에서 휴
스턴으로 이사하는 대목이 인상적이었다. (두 번째 해가 아니라
토막이라고 부르긴 어렵다. 이 영화에는 보통의 컷 외에 두드러진 상
위 개념의 '마디'가 전혀 없다.) 링클레이터는 이사 과정 중 떠나는
집의 벽 그림과 문틀에 새겨진 키 재기 눈금 같은 '흔적'을 지
우는 장면을 선택한다. (남매의 각방과 수영장까지 있다는) 근사
한 새집에 들어선 신나는 순간보다 "안녕, 집아. 안녕, 엄마가
못 가지고 가게 한 보물 상자야"라고 헌 집에 작별을 고하는 장
면이 〈보이후드〉에서는 중요한 모멘트인 것이다.

기억은 주체를 경유한 삶의 진실이다. 리처드 링클레이
터는 영화를 통해 그것에 끈질기게 접근하려고 한다. "지나치
게 표를 내며 진정성을 추구한다"라는 평은 링클레이터 영화
에 던져지는 비판 중 하나고 충분히 고개가 끄덕여진다. 오늘
날 예술의 품평에서 '진정성(authenticity)'은 남용된 나머지 거
의 가사(假死) 상태에 이른 단어처럼 들린다. 하지만 〈보이후
드〉까지 본 나는 이 곤란한 단어를 인공호흡시키고 싶은 충동
이 들었다. 대체 원래 무슨 뜻이었나? 좀 골치 아프지만 책장을

뒤져보자. 철학자 하이데거는 진정성을, 대략 "자기가 처한 실존적 상황 및 거기 내재된 가능성을 실현시킬 자유를 인식하고자 노력하는 상태"라고 정의했다. 사르트르도 비슷한데 거칠게 줄이면 "실존적 상황을 명징하고 참되게 인식하는 동시에 그로부터 비롯되는 책임과 가능성을 가정하는 상태"라고 표현했다. '가능성', '자유', '노력하는' 등의 단어가 눈에 밟힌다. 그러니까 두 철학자에게 진정성은 미래지향적인 프로젝트이지, 고정된 하나의 상태가 아니다. 즉 "나는 진정하다(authentic)"는 선언은 거꾸로 진정하지 않다는 표식이다. 무한하고 고정불변한 삶과 인간의 본질을 가정함으로써 생동하는 실존을 배신하기 때문이다.

나의 관람 체험에 의하면 링클레이터 영화의 포인트는 진정성이라는 슬로건이 아니라 기나긴 수작업으로 거듭 시도하는 진정성 추구의 방법이다. 장기 기획인 '비포' 시리즈와 〈보이후드〉는 매 순간이 우리가 삶의 끝과 의미를 "모른다는 사실을 철저히 알아가는" 과정이다. 물론 영화라는 특수한 '논증'을 통해서. 링클레이터 영화들로 이루어진 마을에서 진정성은 겸양과 멀리 떨어진 개념이 아니다. 예술성은 오히려 겸양의 부산물로 보일 지경이다. 자칫하면 가족 앨범이나 홈무비 편집본 같은 자아도취로 굴러떨어지기 쉬운 기획인 〈보이후드〉가 놀

태도에 관하여

랄 만큼 보편적인 영화로 완성된 까닭도 무관하지 않다.

사는 일도 영화도 전문성이라곤 없지만 내가 아는 범위에서 〈보이후드〉와 인생의 닮은 점 리스트를 계속 적어보기로 한다. 미국 공립 교육 시스템의 12년 과정과 엄마의 재혼 등 내러티브의 큰 굴곡은 처음부터 정해져 있었으나 링클레이터 감독은 매년 촬영분의 시나리오를 임박해서 썼다고 한다. 그해 배우들이 처한 개인적 상태와 공동체적 경험이 반영됐다. 그리하여 〈보이후드〉는 어제와 오늘 우리의 하루가 그렇듯 불확정적인 희미한 '조짐'들로 이뤄지게 되었다. 신혼여행에서 돌아온 첫 번째 양부는 밝고 친절하지만 식사 도중 게임하는 아이를 단속하며 잠깐 완고한 통제욕을 내비친다. 이 작은 에피소드는 2년 후 상당히 위협적인 폭력 장면으로 확산된다. 부부가 헤어진다는 결론은 세워두었다고 해도 남자의 결함이 얼마나 어떻게 곪아 들어갈지까지 링클레이터는 알지 못했으리라. 장차 나올 시퀀스가 정해져 있는 보통 영화라면 앞선 가족 식사 장면은 '복선'으로서 달리 찍혔을 것이다. 반면 2008년 시퀀스에서 오바마 후보 캠페인에 남매를 동원하는 아빠의 안간힘이나 〈스타워즈〉 속편 가능성에 관한 부자간의 대화는 이후 역사적 결과를 모르는 채 찍었다는 사실을 관객이 인지하고 있기에 더 절묘한 감흥을 낳는다.

홍상수 감독이 커리어를 통해 입증한 대로 〈보이후드〉 역시 인생을 채우고 있는 조금씩 다른 반복들, 변주된 패턴으로 가득하다. 엄마 올리비아는 비슷한 결점을 가진 남자를 만나 비슷한 관계의 함정에 빠지고, 그녀가 늦깎이 학생으로 심리학 강의를 듣는 광경은 세월이 흘러 그녀가 자리를 바꿔 강단에 서 있는 장면과 짝을 이룬다. 솔메이트라고 굳게 믿었던 고교 동창에게 처음 접근하는 파티에서 주로 떠드는 쪽은 메이슨인 반면, 그녀와 헤어진 후 대학 기숙사 입실 첫날 만난 여자 앞에서 청년은 듣기에 집중한다. 이 대구법으로 말미암아 우리는 메이슨의 새로운 관계에 대해 확신에 가까운 상서로운 예감을 품게 된다. 또한 〈보이후드〉의 경로는 꺾은선그래프로 축약하기 어렵다. 메이슨과 가족들의 시간은 '발단-전개-절정-결말'로 구획되지 않는다. 좋기만 한 시기도 나쁘기만 한 시절도 집어낼 수 없다. 예컨대 첫 번째 양부는 술에 의존하면서 급격히 망가지지만 메이슨과 사만다는 재혼으로 얻은 의붓남매들과 따뜻한 무엇을 공유한다. 엄마가 두 번째 재혼한 퇴역 군인 역시 경제적 어려움으로 자신감을 잃자 권위적 가부장으로 추락해가지만 그는 메이슨에게 카메라를 선물해 사진의 아름다움을 최초로 발견하게 해준 장본인이기도 하다.

그럼 〈보이후드〉는 어떻게 〈걸후드〉나 〈마더후드〉가 아닌 〈보이후드〉로 확정되는 것일까? 엄연히 링클레이터의 영화는 엄마, 아빠, 그리고 메이슨의 누나 사만다의 성장기이기도 하다. 특히 패트리샤 아퀘트가 눈부시게 연기한 올리비아는 관객이 처한 조건에 따라 메이슨보다 진한 여운을 남길 수도 있는 인물이다. 솔직히 남매가 슬하를 떠나간 다음 이어질 그녀의 인생을 12년 동안 찍은 영화를 2026년에 보고 싶을 지경이다.

리처드 링클레이터와 오랜 단짝 편집자 산드라 아데어가 〈보이후드〉를 '소년기(少年記)'로 확정하는 방법은 매우 은근하다. 그들은 티내지 않고 관객을 메이슨의 자리에 데려간다. 이는 보이스 오버 내면 독백이나 시점 숏과는 전혀 관련이 없다. 우리는 이 조용한 소년이 무슨 생각을 하는지 메이슨이 10대 중반에 이르기까지 선명히 알 수 없다(그 점은 소년의 부모도 마찬가지였을 거다). 메이슨은 천진한 질문을 난사하던 시기를 지나 확 과묵해졌다가 견해와 표현력이 생긴 10대 후반에 다시 말수가 늘어난다. 영화 절반까지 메이슨은 대다수 아이들이 그렇듯 주로 관찰자의 위치에 선다(더구나 어른들의 사회가 돌아가는 이치에 무지하니 불완전한 관찰자다). 아이들은 대개 정확한 의미를 모른 채 세상사를 어깨너머로 목격하고 문틈으로 듣는다. 〈보이후드〉는 티내지 않고 메이슨이 인지하는 세계에 집중한다. 누나와 창가에 매달려 조마조마하게 지켜보던 부모의 언쟁, 파티에서 한 남자에게 머물던 엄마의 각별한 눈빛, 무시무시한 사건을 겪고도 금방 까먹고 머리칼이 땀에 절도록 비디오게임에 몰두한 오후. 아, 그러고 보니 각 시퀀스의 연도가 명시되지 않는 〈보이후드〉에서 유행한 음악과 더불어 탄소연대측정기 역할을 하는 요소는 아이들에게 절실한 지표가 되는 최신 기종의 게임기다. 산드라 아데어의 편집은 프레임 바깥의 무엇인가를 말없이 바라보는 메이슨의 얼굴 숏에서 자주 날숨을 흘려보낸다. 이와 같은 시선의 포지셔닝이 가장 선연히 드러나는 순간은 차고 바닥에 쓰러진 엄마와 맞은편에서 고함치고 있는 양부를 아이들이 스치듯 목격하는 장면이다. 관객은 곧장 사태를 파악하지만 메이슨은 불길함을 직감할 뿐 무슨 일이 일어나고 있는지 알지 못한다. 그리고 소년이 진실을 미처 모른다는 사실 앞에서 우리는 엄청난 보호 본능을 느낀다. 그러다 영화의 시계(視界)는 서서히 넓어진다. 관객이 아는 만큼 모르던 아이가 어느덧 부모 앞에서 몰라도 아는 척 알아도 모르는 척하기 시작할 때 시간의 부피가 가슴에 철렁 얹힌다.

"난 그냥…… 뭔가 더 있을 줄 알았단다(I just thought there would be more)." 대학 기숙사로 떠날 짐을 싸는 아들을 지켜보다 돌연 울음을 터뜨리는 패트리샤 아퀘트의 한마디는 이변이 없는 한 나에게 '2015년의 대사'가 될 것 같다. 아빠는 좀 더 일찍 깨닫는다. 메이슨의 고교 졸업 축하 파티에 참석한 에단 호크는 재혼에서 얻은 꼬마를 가리켜 "나는 다시 15년을 보내야 이 '텅 빔(emptiness)'을 얻겠지?"라고 예측한다. 우리는 고작 '텅 빔'을 향해 달려가고 있는 것이다. 비록 아이는 없지만 나도 언젠가부터 모든 것이 영원한 이동일 뿐임을 짐작하게 됐다. 운전을 하며 가끔 생각한다. 어차피 달라질 게 없는데, 꼭 멈춰야 할까? "정녕 이게 다예요"라고 말하는 〈보이후드〉는 생김새와 딴판으로 무서운 영화다.

　이게 전부이므로, 잠깐 멈춰서 음미하지 않으면, 하이킹을 가서 사방을 둘러보지 않으면 눈 깜박할 사이에 생은 도주해 버린다. 〈보이후드〉에서 올리비아가 가장 비극적인 인물로 보이는 까닭도 극 중 부자(父子)와 달리 그녀는 적어도 우리가 보는 동안 멈추어 돌아보는 시간을 갖지 못하기 때문이다. 우리는 시간을 정복할 수 없다. 〈비포 선라이즈〉(1995)에서 제시(에단 호크)가 셀린(줄리 델피)에게 들려준 W. H. 오든의 시구도 그렇게 말했다. 시집 선반에서 오든을 꺼내 제시가 인용한 〈산책을 하던 어느 저녁(As I Walked Out One Evening)〉을 찾아보았다. 제시가 미처 읊지 않은 끝 연에 〈비포 선라이즈〉의 미명이, 〈비포 선셋〉(2004)의 커튼 사이로 깊숙이 스며들던 늦은 오후 햇살이, 〈비포 미드나잇〉(2013)과 〈보이후드〉의 '매직 아워'가 고여 있었다. "아주 이슥한, 이슥한 저녁/ 사랑한 이들 간데없고/ 시계들 울리길 멈춘 후에도/ 깊은 강은 이어 흐른다."

　　선댄스영화제에서 공개된 이후 〈보이후드〉가 일으킨 선풍이 영화 자체의 특별함보다 제작 방식의 희소성에 기대고 있다는 불평은 납득할 수 있다. 그러나 〈보이후드〉가 '태도 점수'를 빼면 남는 게 없는 평이한 드라마라는 감상에는 동조하기 어렵다. 가령 메이슨 역에 연령대가 다른 여러 명의 배우를 캐스팅해 통상의 방식으로 찍었다고 가정해도 〈보이후드〉는 여전히 한 인간이 어떻게 형성되어가는지를 그린 빼어나게 사려 깊은 영화일 거라고 생각한다. 실제로 나는 극장 출구에서 〈보이후드〉에 감동하다가 "그런데 어디서 그렇게 닮은 배우들을 잘 모아서 캐스팅했대?"라고 동행에게 묻는 관객을 보기도 했다. 딱 하나, 앞서 세운 가정대로 만들어진 영화가 있다면 〈보이후드〉가 아니라 딴 영화다. 12년 동안 배우와 제작진의 생에 닥치는 변화를 전면적으로 존중한 〈보이후드〉의 방법론은 있으면 돋보이고 없어도 대세에는 지장 없는, 보태진 특수효과가 아니라 이 영화의 피와 살이고 골격이기 때문이다. 〈베니스의 상인〉의

딜레마가 말하듯 피를 내지 않고 살코기만 도려낼 도리는 없는 것이다. 리처드 링클레이터 감독이 선택한 메소드가 곧 〈보이후드〉의 서사이고 캐릭터다. 달리 쓰고 찍고 편집했다면 이 영화는 지금처럼 '현재시제로 창조된 시대극'으로서 존재하지는 않을 것이다. 이쯤 되면 리처드 링클레이터가 "유레카!"를 외치기 전에는 이 아이디어를 낸 영화인이 없었단 말인가라는 의문이 떠오를 순서다.

물론, 있었다. 링클레이터의 '비포' 시리즈라고. 〈비포 선라이즈〉, 〈비포 선셋〉, 〈비포 미드나잇〉은 캐스팅의 동일성을 유지한 장기 지속 프로젝트라는 점에서 〈보이후드〉를 예비한 기획이다. 단, '비포' 시리즈는 9년마다 한 편씩 독립된 영화로 만들어지고 관객에게도 그렇게 수용됐다(1편에 해당하는 〈비포 선라이즈〉는 보통의 상업영화 공정으로 완성됐고 이후 두 편은 줄리 델피와 에단 호크의 적극적 가담으로 〈보이후드〉와 비슷한 작법을 거쳤다). 프랑수아 트뤼포 감독이 20년에 걸쳐 장 피에르 레오의 성장을 따라가며 다섯 편의 장·단편을 만든 '앙트완 드와넬' 시리즈도 유사한 사례다. 7년마다 부쩍 성장한 인물들을 방문한 마이클 앱티드 감독의 〈업〉 시리즈도 있다. 단, 이 작품은 다큐멘터리다. 마이클 윈터보텀 감독의 〈에브리데이〉(2012)는 단일한 극영화이면서 총 5년간 같은 배우들이 카메라 앞에서 나이

들어가며 한 가족을 연기한 경우로 〈보이후드〉의 가까운 전례로 보인다. 단, 〈에브리데이〉는 수감된 남자를 기다리는 아내와 아이들의 경험이라는 드라마틱한 사건을 중심으로 축조된 시나리오를 가진 영화다. 끝이 열린 시간의 흐름 자체가 이야깃거리인 〈보이후드〉와 다르다.

그리고 빠뜨릴 수 없는 '닮은꼴 영화'는 〈보이후드〉에도 두 차례 등장하는 소설 《해리 포터》의 영화판이다. 널리 지적된 대로 이 프랜차이즈의 진성 마법은 열 살 남짓한 배우들이 20대 초반이 될 때까지 동일한 캐릭터 안에서 한 해 또 한 해 성숙해가는 광경을 스크린에서 목격하도록 한 데에 있다. 예산과 장르의 천양지차는 차치하고 〈해리 포터〉와 〈보이후드〉 사이에 가로놓인 큰 골짜기는 젊은 배우들의 체험에서 찾을 수 있을 것 같다. 엘라 콜트레인은 최종 편집본이 나올 때까지 필름에 기록된 자신의 모습을 보지 못한 반면, 대니얼 래드클리프와 공연 배우들은 매번 완성된 영화를 레드카펫을 밟고 입장한 극장에서 확인하고 온 세상의 반응을 받아든 다음 자의식을 거쳐 연기를 변화시켜갔다(그게 나쁘다는 의미가 아니다). 현실에서도 〈해리 포터〉의 배우들은 어쩔 도리 없이 '세상에서 제일 유명한 어린이'로 살았다. 〈보이후드〉 외에 드문드문 약간의 연기를 하긴 했지만 엘라 콜트레인은 대체로 '그냥 소년'으로 살 수 있었다. 여름이면 나흘 정도 영화를 찍는. 여기까지 쓴 다음 나는 '해리 포터' 영화 8편에서 제일 일상적인 장면들을 추려 호그와트판 〈보이후드〉—이를테면 〈위저드후드〉나 〈비 포 O.W.L.(Before Ordinary Wizarding Level Examinations)〉이라는 제목으로—클립을 만들 수 있을까 상상해본다. 우선 〈해리 포터와 죽음의 성물 1〉에서 기약 없는 싸움에 지친 해리와 헤르미온느가 라디오에서 흘러나오는 음악에 맞춰 서로의 손을 잡고 잠시 춤을 추던 장면이 후보로 떠오른다. 〈해리 포터와 마법사의 돌〉에서 뱀에 기겁하는 사촌을 통쾌하게 바라보던 어린 해리의 눈빛도. 그러나, 역시 무리다. '해리 포터'는 태생적으로 거의 모든 장면이 단기적, 장기적 인과관계에 봉사하는 복선 덩어리인 데다가 절대적 권위를 가진 원본이 '정답'으로 존재하기 때문이다.

시퀀스 사이의 봉제선도 긴가민가한 영화 〈보이후드〉에서 유독 툭 불거진다고 느낀 장면이 하나 있으니 히스패닉계 배관공과 관련된 일화다. 메이슨의 열다섯 살 생일날 엄마는 파이프를 보수하러 온 남자와 대화하다가 그가 매우 똑똑하다는 사실을 깨닫고 야간대학 진학을 권유한다. 3년가량 시간이 흐른 다음 레스토랑에 간 메이슨 가족은 엄마의 조언대로 스스로를 교육해 안정 궤도에 오른 남자와 마주치고 감사 인사를 받는다. 나는 이 플롯의 작위성("뭘 그렇게까지!")보다 일화로 끝낼 수도 있던 장면을 구태여 복선으로 완결시키면서까지 강조하도록 만든 충동에 자꾸 눈길이 간다.

링클레이터의 필모그래피에 꾸준히 등장하는 하나의 코드는 '교사'다. 링클레이터는 어떤 형태로든 타인에게 선생님의 역할을 하는 행동에 깊은 관심을 보인다. 〈스쿨 오브 락〉(2003)의 잭 블랙은 로큰롤의 스승이고 〈버니〉(2011)의 잭 블랙은 동네 주민들을 지도해 공연을 무대에 올린다. 2008년 작인 〈한 이닝씩: 코치의 초상(Inning by Inning: A Portrait of a Coach)〉은 야구 코치에 관한 다큐멘터리라고 한다. 리처드 링클레이터 감독 본인도 가르치고 이끄는 일을 주저하는 타입이 아니다. 그는 1985년 직접 창립한 오스틴영화협회의 예술 디렉터로서 상업 배급망을 좀처럼 타지 못하는 영화들을 텍사스 지역에 소개하는 일에 힘쓰고 젊은 필름메이커들을 위한 영화 캠프도 주도하고 있다. 〈보이후드〉 역시 메이슨에게 한 수 가르쳐주려는 인물들로 북적인다. 동네 형, 아빠, 양아버지들, 의붓 외조부, 사진반 교사, 아르바이트하는 식당 매니저 등 줄을 세워야 할 지경이다. 치실을 쓰라는 잔소리부터 섣불리 예술가인 척하다가는 망한다는 냉정한 충고에 이르기까지 어른들

태도에 관하여

은 참 말이 많다. 세 아버지는 음악, 스포츠, 예술을 권장하는데 선택은 메이슨이 한다. 어쩌면 이것이야말로 청소년기를 규정하는 삶의 가장 강력한 인상일지도 모른다. 온 세상이 나를 가르치려고 한다는 지긋지긋함. "그런 가르침은 됐어!"라고 함께 외치기에는 이제 제법 나이 든 나는 한 인간이 열여덟 살이 되기까지 게재되는 관심의 총량이 얼마나 막대한지 내심 감격하는 동시에 약 20년 전 〈비포 선라이즈〉에서 메이슨의 아빠 제시가 털어놓았던 불평을 추억한다. "내 인생에 타인이 왜 야심을 거는지 이해할 수가 없어." 이처럼 링클레이터 영화에서 교훈과 가르침이 무조건 환영받는 건 아니다. 작정한 가르침이 반면교사로 작용하는가 하면, 전혀 의식하지 않은 언행이 남의 인생에 중대한 영감을 주기도 한다. 링클레이터는 요컨대 개인이 접촉하는 사람들의 영향을 흡수하고 그것에 저항하며 퍼스낼리티를 형성해가는 경로에 주목한다.

그런데 도대체 왜 인간은 남의 일에 참견하는 걸까? 어째서 내가 아는 진실을 모르는 듯 보이는 타인을 만나면 아는 바를 전수하지 못해 안달하는 걸까? 냉정한 답은 '잘난 척하고 싶어서'다. 착한 대답은? '그저 마음이 쓰여서'다. 링클레이터 감독은 후자의 현상에 오래전부터 매료돼 있는 것처럼 보인다. 나이브하다고 콧방귀 뀔 일은 아니다. 그것은 합리적인 세계관일 수 있다. 〈보이후드〉의 후반에는 심리학 교수가 된 올리비아의 강의가 잠깐 나온다. 그녀는 맹수와 맞닥뜨린 어머니와 아기의 사례를 들어 자기보존 욕구보다 사랑이 인류의 생존력을 높인다는 가설을 설명한다. 내가 링클레이터 영화에 흔들리는 까닭도 숱한 영화에서 마주치는 손쉬운 센티멘털리즘(감독 자신도 믿지 않는)과는 구분되는 질긴 낙천성과 온기에 있다.

앞서 언급한 '진정성'에 이어 다시 사어(死語) 하나를 입에 올린다면 링클레이터는 주체할 수 없는 휴머니스트다. 그의 영화에 자주 붙는 코멘트 중 하나는 진정 악의적인 삶의 순간을 그리는 돌파력이 없다는 지적이다. 과연 〈보이후드〉는 무탈하고 평온하다. 두어 번의 폭력적 상황은 일어나지만 누가 죽거나 크게 다치는 트라우마적 이벤트는 발생하지 않는다. 메이슨과 사만다는 착한 남매다. 유년기 특유의 잔혹함을 드러내는 일화도 없다. 소년은 잠자리 날개를 뜯어내는 아이가 아니라 죽은 새의 시체를 물끄러미 들여다보는 아이다. 두 양아버지는 시간과 더불어 망가지지만 우리는 그들이 좋은 남자였던 시절을 기억한다. 전작을 봐도 무려 은행 강도를 다룬 〈뉴튼 보이즈〉(1998)에서조차 인물들은 전혀 위협적이지 않고 〈버니〉의 타이틀 롤 살인자는 통통하고 행복한 호인이다. 링클레이터에게 연민 불가한 인물은 없다. 그는 영화를 만드는 시간과 생활

태도에 관하여

을 분리하지 않고 영화 속 캐릭터, 그리고 그들을 함께 창조한 배우들을 실제 자기 인생의 멤버로서 아낀다. 나의 짐작은 〈버니〉의 영향으로 일찍 출소한 실제 모델 버니 티드가 현재 리처드 링클레이터 감독의 집 차고 2층에 거주하고 있다는 기사를 접하고 확신으로 변했다. 〈가디언〉과 〈버라이어티〉에 따르면 감독과 함께 산다는 것이 버니 티드에게 내려진 보석의 조건 중 하나였다. 링클레이터는 예술가로서 공정성을 폄하당할 수 있는 결정을 흔쾌히 내렸다. 아니, 거기까지 짚을 것도 없이 살인 혐의가 유죄로 입증된 인물을 가족과 동거하는 집에 받아들였다는 사실은 링클레이터가 얼마나 자신이 만드는 영화와 본인의 삶 사이에 경계를 긋지 않는지 실감케 한다. 이 애교 넘치는 눈매의 후덕한 감독에게서 영화를 신앙하는 사제의 면모를 읽는 순간이다.

홍상수, 테런스 맬릭과 맥락을 같이하면서도 리처드 링클레이터 감독의 영화만 갖는 개성은 한 편의 영화가 그것을 만드는 사람들과 관객의 삶을 직접적으로 만지고 변화시킨다는 아주 천진한 믿음이다. 맬릭은 안으로 독백하고 링클레이터는 밖으로 수다를 떤다. 웨스 앤더슨의 영화를 유미주의가 방어하는 자리에 링클레이터의 박애주의가 있다. 나는 네 감독의 영화를 골고루 사랑한다. 그들은 모두 오염되지 않은 소년의 시야를 필사적으로 수호하려 한다. 그런데 신이 그중 딱 한 감독의 영화 속으로 직접 입장할 기회를 주겠으니 고르라고 한다면 내 선택은 아마 링클레이터일 것이다. 거기 포함되는 순간 내 삶이 더 복되고 나아질 거라는 잇속 궁리 때문이다. 〈슬래커〉(1991)와 〈멍하고 혼돈스러운〉(1993), '비포' 시리즈와 〈보이후드〉를 보며 내가 느낀 떨림의 일부는 분명 저 따스하고 현명한 소우주의 일부가 되고 싶다는 욕망이었다. 링클레이터가 나를 찍어준다면 '삶'이라는 한 음절을 온전히 이루지 못하고 흩어지기만 하는 시간이 총체성을 얻을 수 있지 않을까? 이 어지러운 난반사의 소용돌이가 멈추고 내 인생이 타인의 삶과 어떻게 기대어 힘을 주고받으며 스스로를 조각해가고 있는지 해명되지 않을까? 타르코프스키가 쓴 대로다. 우리가 예술가를 필요로 하는 이유는 삶이 불완전해서다.

〈보이후드〉를 두 번째 보는 경험은 신비했다. 〈라이프 오브 파이〉(2012)를 3D로 다시 본 이래 이 정도로 질적으로 다른 재관람은 처음이었다. 첫 번째 관람이 목적지도 없는데 시종 집중하는 암중모색의 체험이었다면 결말을 알고 있는 상태로 시작한 두 번째 관람은 통째로 내 것도 아닌 인생을 친밀하게 회상하는 165분의 애틋한 플래시백이었다. 엔딩 크레디트

태도에 관하여

를 지켜보는 내 귓전에 다시 '비포' 시리즈의 셀린이 찾아와 속삭였다. "내 인생은 마치 누군가의 기억인 것 같아." 메이슨의 삶이 어쩌다 내 기억이 되었을까? 나는 어리둥절한 채 눈물을 글썽였다.

청테이프 형 영웅

마션

뒷줄에 앉은 덕택에 극장 안 관객의 흔쾌한 몰입을 체감했다. 〈마션〉은 바로 앞 〈카운슬러〉(2013), 〈엑소더스: 신들과 왕들〉(2014)과 견주어보면 리들리 스콧 감독의 극적인 리바운드다. 곰곰이 생각지 않을 수 없었다. 오랜 세월 스타일리스트로 불렸지만 리들리 스콧의 필모그래피 안에서 수작과 태작을 가르는 변수는 결국 시나리오의 좋고 나쁨인 걸까? (인터넷 무비 데이터베이스에 의하면 리들리 스콧 감독이 각본을 쓴 영화는 초기 단편 한 편뿐이다.) 그보다 〈마션〉이 일깨운 부차적인 궁금증은 우리가 감독의 비전이라고 여겨온 세계관이나 정서도 어쩌면 각본에 충실한 결과가 컸던 게 아니었나 하는 질문이다. 그의 〈에이리언〉(1979)은 우주를 탁한 심연으로 인식하게 만든 염세적 SF였고 프리퀄에 해당하는 〈프로메테우스〉(2012) 역시 결국 인류를 기다리는 것은 무(無)일지도 모른다는 공포와 징그러움으로 질척하고 컴컴했다. 두 영화는 태양계 저쪽에, 인간의 뿌리에, 심지어 우리 뱃속에 무엇이 웅크리고 있는지 알 수 없다는 괴담이었다. 〈마션〉은 거의 모든 면에서 정반대인 우주영화다. 3D 상영에서 효과 만점인 자갈 폭풍 장면을 제외하면 근작 〈프로메테우스〉와도 공통점이 거의 없다. 화성에 사는 '에일리언'이 카메오 출연하는 일도 물론 없다. 유머를 그다지 챙기지 않던 리들리 스콧 감독치고는 놀랍게도 〈마션〉은 〈가디언즈 오브 갤럭시〉(2014)와 더불어 21세기 들어 가장 유쾌한 할리우드발 SF영화래도 과언이 아니다. 워낙 앤디 위어의 원작 소설이 명랑하기도 하지만 각본가를 따라가면 납득할 만한 '족보'가 짚인다. 각색자 드루 고더드는 마블 시네마틱 유니버스의 고문 격으로 활약한 조스 웨든과 영화 〈캐빈 인 더 우즈〉(2012)와 미국 드라마 〈뱀파이어 해결사〉(1997~2003)에서 함께 작업한 바 있다.

태평양 어디쯤의 무인도도 아니고 4년 후에야 다음 우주선이 도착할까 말까 한 화성에 낙오된 암담한 이야기를 밝게 둔갑시키는 특수효과는 주인공의 이례적 성격이다. 식물학자

태도에 관하여

겸 엔지니어로 화성 탐사에 참여한 마크 와트니(맷 데이먼)는 말도 안 되게 낙천적이다. 그의 성격과 행동이 광원이 되어 미 항공우주국의 인물들을 움직이고 나중에는 스크린 밖 관객을 포함한 '위 아 더 월드'의 물결을 스리슬쩍 이뤄낸다. 만약 나였다면? 도모할 만한 가장 진취적인 일이라곤 문법에 맞는 유서를 쓰고 최소량의 고통으로 생을 마감할 계획을 짜는 것이 고작이었을 거다.

소설로는 다소 비현실적으로 읽히는 마크의 꺾이지 않는 긍정성은 평범하면서도 내구력이 강하고 지적이면서도 실없는 구석이 있는 배우 맷 데이먼의 페르소나와 만나 영화에서는 훨씬 그럴싸해 보인다. 맷 데이먼의 마크 와트니가 보유 식량으로 연명 가능한 시간을 계산하면서 간식을 우적우적 먹어 치우는 장면은 백 마디 말보다 캐릭터를 잘 요약한다. 이 남자는 걸어 다니는 실버라이닝 플레이북이다. 말로만 듣던 '사막에 데려다놔도 전갈과 사귀며 살아남을' 인간이다. 생존은 물론 당면한 고역 속에서 즐길 거리를 기어이 찾아낸다는 의미다. 여기서 원인과 결과는 자리를 바꿔도 된다. 사막에서도 오아시스를 찾을 합리적 계획표를 짜고 전갈에게 말을 걸기에 생존 확률이 높아진다. 그가 가장 자주 투덜거리는 불편함은 겨우 대장 멜리사 루이스(제시카 채스테인)가 남기고 간 디스코 음악인데 실상 이건 진짜 문제들을 가볍게 여기려는 필사의 제스처일 수도 있다(〈팀 버튼의 화성침공〉의 화성인들이 요들송을 듣고 자멸한 사태를 돌아보면 화성의 대기에는 음악에 과민해지는 성분이 포함돼 있는지도?). 그러나 더 눈길을 끄는 것은 마크 와트니가 디스코송을 줄곧 디스하면서도 정작 어떤 음악을 듣고 싶은지는 말하지 않는다는 사실이다.

좀 비약하면 〈마션〉은 마크가 누구인지 어떤 개인인지 설명하지 않는다. 취향, 연애, 가족 관계는 생략됐고 동료 대원을 포함한 여타 인물이 마크의 성격을 관객에게 브리핑하는 대사도 없다. 궤도에 진입하기 위해 뚜껑까지 떼버렸던 화성 상승선(MAV)처럼 〈마션〉은 생환 계획 이외의 드라마 중량을 최소화한 이야기다. 악역도 없거니와 "지구에서 죽어가는 무고한 인명도 널렸는데 한 사람의 목숨 값으로 이 막대한 자금을 써야 하나?"라고 반문하는 현실적으로 있을 법한 반대자도 등장하지 않는다. 갑자기 망나니 해커가 끼어들어 일을 꼬이게 하는 서브플롯도 없다. 해결할 문제의 질량은 보존되면서 어떻게 그것을 줄여가는지 문제 해결 과정만 단선적으로 전개된다.

〈마션〉이 고집하는 군더더기들도 있다. 감독과 작가는 대중성을 위한 관습적 안전장치들은 덜어내지 않는다. 가령 비행 전체를 책임져야 할 헤르메스호 대장이 "내가 마크를 버리고 왔으니 내가 구해야 해"라며 직접 선체 밖으로 구조 작업에 나서는 비현실적 클라이맥스, 말단 천체물리학자가 직속 상사를 거치지 않고 나사 국장 앞에서 지구 중력장으로 헤르메스호를 가속시킬 아이디어를 프레젠테이션하는 장면이 그렇다. 한편 중국국가항천국이 미공개된 로켓을 구조 작전에 제공하는 막판 에피소드는 마치 중국권 시장을 고려한 서비스처럼 보인다. "중국 비행사를 차기 미국 화성 탐사선에 탑승시킨다"는 원작의 중국-미국 간 물밑 거래 조건을 영화가 무신경하게 생략해버린 탓이다. 마크 와트니와 우주 탐험 동료들의 후일담을 그린 에필로그 역시 미 항공우주국의 제작 협조와 맞교환된 시퀀스가 아닐까 의심하게 된다. 이 구색들을 갖추는 대신 〈마션〉의 마지막 장에서 희생된 것은 문제 해결 프로세스를 한 발 한 발 따라가는 과정의 영화로서 그때까지 〈마션〉이 줄곧 견지한 리듬이다. 구조 작전이 임박해올수록 마크 와트니의 시간은 점프한다. 특히 식사량을 제한함에 따라 말라빠진 체격을 보여주기 위해 (아마도) 대역배우가 수건으로 얼굴을 가리고 등장하는 숏은 대놓고 값싼 눈속임으로 보인다(게다가 이어진 장면에서 우주복을 입은 맷 데이먼의 몸집은 전과 별다를 게 없다). 〈마션〉의 러닝타임은 144분인데 주인공이 화성에서 견디는 시간의 연속성을 보존할 수 있었다면 30분쯤 늘어났더라도 전혀 지루하지 않았을 터다. 혹시 다른 편집본이 있을까?

〈마션〉의 비교 상대는 〈그래비티〉(2013)나 〈인터스텔라〉(2014)가 아니라 재난 블록버스터들이라고 생각한다. 세 영화는 외양상 모두 우주를 배경으로 표류하는 한 인간을 중심에 두고 있고 유사한 맥락으로 시장에서 홍보됐지만 내적인 목표가 판이하기 때문이다. 〈그래비티〉는 시네마틱한 경험의 지평을 확장하는 기획이고 〈인터스텔라〉는 우주와 시간의 본성을 이야기하는 영화였다. 〈마션〉은 재난 극복의 드라마로서 범상한 할리우드 재난영화들이 패착을 범하는 지점을 딱딱 보수하고 있다. 재해와 외계인 침공을 다룬 영화들은 흔히 인물들로 하여금 바보스러운 판단을 내리게 해서 자잘한 위기들을 연쇄시킨다. 그리고 캐릭터가 과학자건 농부건 재앙만 닥치면 액션 능력이 앞서는 히어로로 변신한다. 설정상 지식이나 특기가 도움이 된다고 해도 요식적 묘사에 그쳤다. 이 경향은 CG 스펙터클이 전면에 나선 90년대 할리우드 재난영화들에서 승해졌다. 〈에어포트〉(1970)나 〈포세이돈 어드벤처〉(1972) 시대의 재난영화들 속 실무 능력과 판단력을 갖춘 영웅들은 사라져갔다. 반면 〈마션〉에서는 똑똑한 인물들이 똑똑한 결정을 내린다. 시행착오가 있지만 덜 스마트한 판단이 더 스마트한 판단과 섞여 조금씩 전진하고 긍지와 실력을 갖춘 전문가들이 협업해서 특

태도에 관하여

정 악역이 없는 재난과 맞선다.

달리 말하면 〈마션〉은 동경을 부르는 극소수 엘리트들의 이야기다. 직업적 성취도뿐이 아니다. 마크 와트니는 우수한 학자 겸 엔지니어인 동시에 보통 사람으로서는 부러운 의연함과 성숙함을 갖춘 개인으로 그려진다. 죽을지 살지 알 수 없는 최후의 시도를 앞두고 이 과학자가 루이스 대장에게 남기는 메시지는 예술가의 유언처럼 들린다. "대장에게 무리한 부탁이라는 것은 알지만, 부모님께 저는 제 일을 사랑했고 자신보다 아름답고 위대한 것을 위해 죽는다고 전해주세요(I'm dying for something beautiful greater than I)." 또한 마크는 이륙을 앞두고 그동안 화성에서 이동할 때 썼던 로버에 메모를 남긴다. "누구든 이 로버를 발견하면 잘 돌봐주세요. 지금까지 나를 훌륭히 보호해준 기계입니다." 마크 와트니는 당장 쓸모를 알 수 없는 탐구에 헌신하고 영원히 아무도 발견하지 못할 수도 있는 메시지를 남기는, 자기 내부에 삶의 동력을 가진 인물이다.

〈마션〉의 소구력은 유능한 전문가들이 유능하게 일하면서도 관객을 소외시키지 않는 데에 있다. 이 영화가 보여주는 과학은 토니 스타크나 스티븐 호킹보다 맥가이버의 그것에 가깝다. 패스파인더를 재활용하자는 아이디어, 물을 합성하는 과정, 아스키코드를 이용한 지구와의 교신 등의 플롯을 관객은 정확히 이해하지는 못해도 얼추 끄덕이며 따라갈 수 있다. 요컨대 〈마션〉은 몇 달 전 브래드 버드 감독의 기대작이었던 〈투모로우랜드〉(2015)가 시도했으나 실패한 목표를 성취한다고도 말할 수 있다. 두 영화의 전제는 유사하다. 〈마션〉과 〈투모로우랜드〉에는 다음과 같은 명제가 깔려 있다. 지구 종말론은 필연이 아니라 우리의 패배주의를 정당화하는 가설일 뿐이다. 인류가 지금 보유한 지식과 리소스를 공공의 선을 위해 규합하고 투명하게 프로그램을 추진한다면 많은 문제를 해결할 수 있다. 다만 〈투모로우랜드〉는 주제를 슬로건으로 만들어 반복해서 설교했고 〈마션〉은 행위와 사건으로 구체화해서 보여줬다.

　털어놓자면 나는 〈마션〉을 보는 동안 여론과 예산, 정치적 압력을 의식하면서도 공적 기구가 시민 한 명을 구하기 위해 결국은 합리적으로 작동하는 광경에 매료됐다. 물론 편리하게 이상화된 부분이 있지만 〈마션〉은 리얼리티를 아예 무시하지 않음으로써 관객을 더 솔깃하게 한다. 한 명을 구하려다가 다섯 명이 죽을 높은 확률과 한 사람이 죽을 100퍼센트 확률을 어떻게 저울질하겠냐는 난해한 질문을 던지고, 항공우주국과 우주 탐사의 명운에 미칠 영향에 대한 우려에도 무게를 실어준다. 영화에서 기자와 더불어 단골 밉상으로만 재현되던 PR 담당자(크리스틴 위그)의 업무를 구조 프로젝트의 엄연한 일부로 보여준 것도 어른스러워 보였다. 극 중 항공우주국은 헤르메스호 대원들이 마크를 구조하기 위해 유턴하는 항로를 승인하지 않지만 실제로 폭동에 준하는 결단이 대원들에 의해 이뤄지자 항공우주국의 공식 결정인 양 발표하고 지원한다. 요컨대 영화는 세금을 쓰는 기관 종사자로서의 명분과 과학자로서의 의무를 조율하는 능력을 가진 책임자들의 능력을 보여준다. 관료와 전문가 집단의 무능, 직업윤리, 책임감의 집단적 마비로 비극을 겪고 깊은 좌절을 겪어온 한국 관객의 무의식에 〈마션〉은 유난히 슬픈 판타지다. 주인공의 비범한 능력과 의지가 열쇠 아니겠냐고 혹자는 반문할지도 모른다. 그러나 개인이 희망을 잃지 않고 계속 노력할 수 있는 상태는 당사자의 의지와 태도만으로 확보되지 않는다. 사회에 대한 기본적 신뢰가 희망과 의욕의 토양이다.

〈마션〉에 관한 글을 쓰고 있는데, BBC 엔터테인먼트 채널의 〈그레이엄 노튼 쇼〉에 맷 데이먼이 마침 출연했다. 오스카 각본상을 받은 스물일곱의 어느 날에 대한 회상이 인상적이었다. 데이먼은 애인이 먼저 잠든 다음 여전히 멍한 상태로 거실에서 트로피를 바라보다 문득 생각했다고 한다. 이걸 위해 누구도 엿 먹이지 않아서 다행이라고. 그리고 일찍 받아서 축복이라고. 평생 이 상을 꿈꾸다 노년에 이르러 받았다면, 그러고서야

오스카로도 채워지지 않는 큰 공동(空洞)이 있음을 뒤늦게 발견
했다면 얼마나 허망했을까 상상하니 마음이 부서지는 듯했다
고 말했다. 이 회고가 예고하듯 이후 맷 데이먼은 언제나 본인
이 재미있다고 여기는 프로젝트를 여타 이유로 사양하지 않았
다. 〈더 브레이브〉, 〈인터스텔라〉처럼 동급 스타가 망설일 작은
배역을 받아들였고 TV쇼에서 면박당하며 웃음 주는 일을 즐겼
다. 덕분에 맷 데이먼은 레오나르도 디카프리오나 호아킨 피닉
스에 비해 오스카 연기상에 거론될 일이 적었고 〈우리는 동물
원을 샀다〉(2011), 〈모뉴먼츠 맨〉(2014) 같은 영화에서 그의 슬
럼프를 말하는 사람들도 있었지만 그는 활동 노선이 확실하기
에 '침체'라는 단어가 부적절해 보인다. 실제로도 그는 고무줄
같은 존재감의 보유자다. 런던에서 '본' 시리즈를 찍을 무렵 공
원에 갔는데 한 커플이 사진 촬영을 요청해서 포즈를 취했더니
"우리 사진 찍어달라고요"라고 타박을 받았다는 일화도 있다.
마크 월버그와 자주 혼동되는 바람에 유사시에는 해명하지 않
고 상대의 사인을 해주고 평판을 해칠 행동은 삼가자는 협정(?)
을 맺었다는 이야기도 유명하다. 그러나 〈마션〉이 입증하듯 사
람들과 술렁술렁 어울리다가 필요할 때 조용히 영웅적 행동을
하는 인물에 맷 데이먼보다 잘 어울리는 배우는 없다. 말하자면
그는 〈마션〉에 나오는 덕트 테이프처럼 영웅적이다.

태도에 관하여

이번 생은 글렀어

로스트 인 더스트

        칸국제영화제 상영관 앞에 늘
어선 기자들의 긴 줄은 미처 못 본 비경쟁 부문 영화에 대한 정
보 수집의 장이기도 하다. 2016년 칸 영화제 '주목할 만한 시
선' 부문 출품작 〈로스트 인 더스트〉는 서너 차례나 제목이 귀
에 들어온 영화 중 한 편이었다. 결국 오늘에야 본 데이비드 매
켄지 감독의 〈로스트 인 더스트〉는 〈빅 쇼트〉(2015) 시대의
〈우리에게 내일은 없다〉(1967)라고 불러도 크게 어긋나지 않
는다. 카우보이, 퇴임을 앞둔 보안관, '인디언', 은행 강도 등 서
부극을 구성하는 블록들이 고스란히 들어 있고 텍사스의 풍광
도 같은 자리에서 같은 표정으로 초연히 그들을 굽어본다. 다

만 이 여일한 요소들이 맺는 관계와 결과가 그간의 역사와 동시대 미국 사회를 반영한다. 자연히 비교되는 코언 형제의 〈노인을 위한 나라는 없다〉가 상징과 신화의 차원에서 작동한다면 〈로스트 인 더스트〉는 2010년대의 먼지에 발목을 파묻고 있다. 안톤 시거가 바닥없는 심연을 체화한 악당이었다면 〈로스트 인 더스트〉의 악은 서민의 자산을 쉽게 가로채려는, 사회적으로 무책임한 은행의 대출 사업이다.

〈노인을 위한 나라는 없다〉의 원작자 코맥 매카시의 세계와 테일러 셰리든(〈시카리오: 암살자의 도시〉)이 쓴 〈로스트 인 더스트〉의 그것은 신화적이건 사회적이건 그 테마가 캐릭터를 경유해 구현된다는 공통점을 갖는다. 〈로스트 인 더스트〉의 토비(크리스 파인)는 평생 법을 어기는 일 없이 살아온 남자지만 죽은 어머니의 농장을 은행에 빼앗길 날이 다가오자 한정된 시간에 딱 필요한 액수의 돈을 누구도 해치지 않고 훔칠 계획을 세운다. 39년 평생 중 10년을 감옥에서 보낸 전과자 형 태너(벤 포스터)는 동생의 계획에 경험과 실천력을 제공한다. 동시에 손을 더럽히지 않을 수도 있다고 믿는 동생과 달리 범죄의 대가를 예상한다. 막무가내 망나니처럼 보이지만 그는 마음 깊은 곳에서 냉철하다. 폭압적인 아버지를 사살한 것으로 짐작되는 태너는 이미 이번 생에 연연하는 바 없이 다만 가족에게 진빛을 청산하고 싶어 하는 것처럼 보인다. 사회적으로 백인 쓰레기(white trash)로 간주되는 그에게 미약한 위안은 텍사스의 쫓겨난 주인 코만치 인디언과 동일시해 스스로를 '평원의 제왕'으로 일컫는 판타지다.

형제의 맞은편에는 오직 고독만이 기다리는 은퇴를 앞둔 보안관 마커스(제프 브리지스)와 멕시칸과 인디언의 혈통을 반씩 지닌 파트너 알베르토(길 버밍엄)가 있다. "교회 설교를 왜 듣나? 모닥불 주위나 돌지" 같은 인종주의적 농담을 습관처럼 던지는 마커스를 알베르토가 참아주는 이유는 완고한 늙은이에 대한 연민과 직업적 존중이 반반인 듯하다. 한편 마커스의 비뚤어진 유머는 알베르토보다 자신이 먼저 세상을 뜬다는 확신의 발로로 보인다. "자네는 내 무덤에 찾아와 놀려댈 시간이 많을 테니까"라는 태도랄까(영화 후반 이 믿음이 무너졌을 때 마커스는 처음으로 통제력을 잃는다). 마커스는 현장을 보는 것만으로 범인이 냉정하다는 사실을 알아채고 마지막 임무를 깨끗이 완수하려고 한다. 한밤중에 깨어 모포를 뒤집어쓰고 감상에 빠지기도 하지만 아무도 보고 있지 않을 때 한정이다. 반면 알베르토는 수사를 진행하면서도 종종 적당히 의미심장한 관조의 표정을 짓는다. 내 종족의 땅을 오래전 백인들에게 빼앗겼고, 그 백인들이 다시 금융자본에 땅을 도둑맞았고, 그 은행을 턴 강도를 내가 추격한다. 근사하군! (〈로스트 인 더스트〉의 원래 제목은 '코만체리아', 즉 코만치의 땅이었다.)

삽입곡 가사에서 따온 한국 개봉 제목은 그런 면에서 영화와 다소 어긋나 보이기도 한다. 〈로스트 인 더스트〉의 모든 극중 인물들은 (단역까지 포함해) 현시점에 자기에게 필요한 것이 무엇인지부터 장기적 운명에 이르기까지 지옥에 떨어지건 높은 파도가 몰아치건[이 영화의 원제는 '헬 오어 하이 워터(Hell or High Water)'다] 놀랄 만큼 명징하게 인식하고 행동한다. 〈로스트 인 더스트〉의 시나리오는 두 남자 대 두 남자의 구도에 상당히 애착한다. 마커스가 알베르토와 떨어지면 한 민간인 남자가 망설임 없이 엽총을 들고 옆자리에 뛰어든다. 토비가 농장을 지키려는 이유인 전처의 두 자식도 아들이다. 무엇보다 〈로스트 인 더스트〉는 인물들 사이의 단순치 않은 관계를 직설적으로 규정하는 법 없이 행위로 형상화한다. 말은 중요하지 않거나 해독되기를 기다리는 위장이다. 마지막 순간에도 하워드 형제의 "사랑한다"는 "가서 엿이나 먹어"로 기어이 중화된다.

데이비드 매켄지 감독과 카메라가 보여주는 완급 조절과 배열에 대한 확신은 2016년 본 어떤 장르영화보다 단단하다. 여운을 보존해야 할 때와 가지를 치고 달려나가야 할 때를 아는 이 영화는 서사가 있는 예술에 종사하는 사람의 기본적 덕목—효율적 타임라인 구성—을 모범적으로 완수한다. 〈로스트 인 더스트〉는 역시 비미국인 감독이 연출한 〈슬로우 웨스트〉와 더불어 소위 '네오 웨스턴'의 여전히 유효한 생명력을 보여주는 영화이자 장르의 전통적 아이코노그래피를 보존하면서 그 안에서 살아가는 동시대 인간의 구체적 문제를 충분히 다룬 만족스러운 결실이다. 길을 잃다니! 당치 않다.

  나름대로 긴박한 은행 강도 현장 신으로 시작한 영화 〈로스트 인 더스트〉는 범죄 수사극이고 웨스턴이기 전에 이 이야기가 소원한 형제가 아주 오랜만에 함께 보내는 시간의 기록이기도 하다는 사실을 잊지 않는다. 그리고 그럼으로써 장르영화로서도 드라마로서도 특별해진다. 처음 브레인과 해결사의 역할 구분 정도로 인식되던 형제의 범죄 동기는 장면과 시퀀스가 축적되면서 명시적 설명 없이 관객의 머릿속에서 형상을 갖추어간다. 두 사람의 동기와 관련해 내게 특별히 인상적이었던 것은 형제가 도달한 체념과 달관의 경지다. 범죄의 기획자인 토비가 원하는 바는 합법적인 불의에 의해 빼앗길 위기에 처한 어머니의 농장을 지키고 거기로부터 자신은 아무것도 취하지 않은 채 신탁에 남겨 이미 양육권을 잃은 자식들의 경제적 보루로 물려주는 것이다. 이 남자는 훔친 돈으로 본인을 위한 어떤 소비도 앞가림도 하지 않는다. 이 점은 용의선상에서 벗어나는 계기가 되기도 한다. 그에게 돌아가는 것은 평생을 잠 못 이루게 할 살생의 가책뿐이다. 다만 질병처럼 가족에게 유전되는 가난의 사슬을 끊는 것으로 본인의 인생은 족하다고 여긴다. 이 계획에 '땔감'처럼 몸을 던지는 형 태너는 말할 나위도 없다. 범죄는 성공했지만 우리는 토비의 긴 여생에 무엇이 남아 있는지 전망할 수 없다. 도덕적으로도 토비는 아무 보람을 구하지 않는다. 죽은 자들의 영혼은 그의 꿈을 괴롭힐 테고, 애써 되찾은 가족의 집에서 아내와 이혼한 그는 손님으로 남는다. 큰아들이 "남들이 아빠와 삼촌에 대해 하는 말 안 믿어요"라고 말할 때 토비는 "아니, 그들의 말을 믿어. 우리처럼 살지 마라"라고 못 박는다. 심지어 복수의 대상이었던 은행에도 그는 한 방 먹였음을 알리지 않는다. 오히려 큰돈을 예치함으로써 자본주의 시스템을 충실히 활용해 안전망을 친다. 형제는 실리도 명예도 없이 자기 앞의 생을 처분한다. 유일한 보람이 있다면 삶의 통제력을 끝내 지켰다는 것, 한 가지다. 오늘날의 세계에서 웨스턴이라는 장르가 비장미를 가질 수 있다면 그나마 가능한 깃발은 이것일까?

태도에 관하여

우리 방식을
굳이 남에게
설명하려고 하지 마

내가 그릴 구름 그림은

클라우즈 오브 실스마리아

              실스마리아는 알프스의 지명이다. 기온과 습도가 적당하면 실스마리아 언덕으로부터 산 너머 이탈리아 호수에서 스위스 쪽으로 가느다란 뱀 모양으로 넘어오는 구름을 관찰할 수 있다. 이 구름의 별칭이 바로 '말로야 스네이크'인데 〈클라우즈 오브 실스마리아〉 안에서 중요하게 등장하는 연극의 제목이기도 하다. 〈여름의 조각들〉(2008)에서 올리비에 아사야즈 감독과 손잡았던 줄리엣 비노쉬가 연기하는 주인공 마리아 엔더스는 중견 배우다. 많은 유럽의 대형 배우들이 그렇듯 최근 할리우드 슈퍼 히어로물에 네메시스라는 악역으로 출연하기도 했다. 현재 이혼 절차 진행 중인 마리아는 태블릿 PC와 스마트폰을 문어발처럼 구사하는 미국인 로드 매니저 발렌틴(크리스틴 스튜어트)을 대동하고 기차를 타고 스위스 취리히로 향한다. 취리히에 가는 목적은, 20대 초반 마리아를 세상에 알린 〈말로야 스네이크〉를 쓰고 연출한 빌렘 멜키오르 감독이 은둔중이라 스위스영화제가 수여하는 일종의 공로상을 대리수상하기 위해서인데 그만 가는 길에 빌렘 감독의 부고를 받는다. 젊은 마리아를 유망주로 세상에 알린 〈말로야 스네이크〉는 젊고 유혹적인 여성 시그리드가 그녀를 고용한 나이든 여자 헬레나를 이용한 다음 버려서 자살로 몰아넣는다는 내용으로 과거 마리아는 시그리드를 연기했다 (이쯤해서 1970년대 뉴 저먼 시네마를 대표하는 라이너 베르너 파스빈더 감독의 〈페트라 폰 칸트의 눈물〉을 떠올리는 아트하우스 관객이 반드시 있을 것이라는 데에 아사야즈의 과거 걸작 〈이마 베프〉의 DVD를 건다).

아무튼 멜키오르 감독의 타계에 즈음해 마리아는 〈말로야 스네이크〉의 리바이벌에, 이번에는 나이에 맞게 헬레나 역으로 출연해 달라는 제안을 현재 상종가인 감독 클라우스로부터 받고 망설인다. 그녀는 아직 시그리드로 남고 싶다. 헬레나가 되고 싶지 않다. 하지만 감독은 시그리드와 헬레나의 영혼은 같으므로 마리아만이 헬레나가 될 수 있다고 예술적 고집을 부린다. 한편 어시스턴트 이상의 친밀한 관계를 마리아와 맺고 있는 것처럼 보이는 발렌틴은 이 제안에 긍정적이다. 그 큰 이유는 새로운 시그리드 역을 수락한 할리우드의 라이징 스타 조앤 엘리스(클로이 모레츠)에 대한 호감이다. 조앤은 파파라치를 달고 다니는 스캔들메이커이면서도 연기 재능이 있고 작품 선택이 대담하다. 한마디로 시크하다. 마리아는 조앤을 또 한 명의 경박한 요즘 아이로 생각하지만 호기심까지 거두진 못한다.

여기부터 〈클라우즈 오브 실스마리아〉의 관객은 마리아가 헬레나 역으로 〈말로야 스네이크〉의 무대에 서기까지 비서 발렌틴, 젊은 배우 조앤을 상대로 겪는 경험을 연극 〈말로야 스네이크〉와 평행하는 이야기로 보게 된다. 우선 헬레나 역을 수락한 마리아는 죽은 멜키오르 감독의 실스마리아 별장에 발렌틴과 머물며 대본을 연습하는데, 시그리드의 대역으로서 대사를 받아주는 발렌틴과 마리아의 장면은 리허설인지 실제 대화인지 절묘한 선 위에서 흔들리며 정확히 〈말로야 스네이크〉의 구도를 반영한다. 마리아와 발렌틴은 레즈비언 커플로 규정될 수 없지만 보스와 피고용인, 배우와 매니저를 넘어서는 매우 배타적이고 친밀한 세계를 이룬다. 둘은 한 담배를 나눠 피우고 함께 계곡에서 나체수영을 한다. 배우 크리스틴 스튜어트의 실제 섹슈얼리티도 물론 관객의 해석에 작용한다. 발렌틴은 또래의 스타 조앤이 재능도 있고 대중 영화 연기에도 영혼을 불어넣는 예술가라고 동경하는데(〈트와일라잇〉의 크리스틴 스튜어트!) 마리아는 그런 발렌틴의 호감에 경쟁심을 느낀다. 과거 시그리드 역을 연기하며 헬레나 역의 나이든 선배를 완전히 그늘에 묻어버렸던 그녀는 본능적으로 조앤에게 같은 꼴을 당할까봐 경계한다. 〈클라우즈 오브 실스마리아〉의 마지막 악장은 신구 여성 배우의 선망과 갈등을 그린 조셉 맨케위츠 감독의 고전 〈이브의 모든 것〉을 고스란히 떠올리게 한다.

〈클라우즈 오브 실스마리아〉는 표면 서사만 따라가도 충분히 즐길 수 있는 예술계 내부자들의 드라마다. 마리아, 발렌틴, 조앤은 현실의 스타 줄리엣 비노쉬, 크리스틴 스튜어트, 클로이 모레츠가 지닌 속성을 섞어서 다시 삼분(三分)하고 적당량의 허구를 보탠 결과물이다. 세 인물 사이의 관계도 삼각구도로 정립한 거울상과 같다. 연극 속 헬레나와 시그리드의 관계는 마리아와 조앤, 마리아와 발렌틴의 그것과 마주본다. 미디어에 노출된 극 중 조앤의 모습은 현실의 스타 크리스틴 스튜어트의 스캔들과 비슷해서, 이를 발렌틴이 열심히 검색하는 장면을 찍으며 스튜어트가 느꼈을 재미가 짐작된다. 세 주인공 외에도 젊은 감독 클라우스와 죽은 감독 빌렘 멜키오르도 시그리드와 헬레나의 그것과 비슷한 함수 관계를 이룬다. 클라우스는 선배의 걸작에 대한 존경과 재해석이 목표라고 공표하지만 그 아래에는 다른 야심도 있다. 하지만 아사야즈는 글로 쓰면 될 이야기를 영화로 찍을 예술가가 아니다. 〈클라우즈 오브 실스마리아〉가 그리는 구름 그림은 훨씬 오묘해서, 궁극적으로 인물의 갈등이 아니라 인생의 패턴을 드러내고자 한다. 이 영화의 최종 승자(?)가 줄리엣 비노쉬의 마리아가 아니라 크리스틴 스튜어트의 발렌틴인 이유다. 내러티브의 표면에 집중하면 마리아가 제1 주인공이지만 〈클라우즈 오브 실스마리아〉에서 궁극적으로 중요한 것은 날씨가 허락할 때 구름이 계곡을 타고 신비한 모양으로 넘어오게 만드는 드문 촉매고 이 영화의 그것은, 발렌틴이다. 그녀는 영화와 연극을 잇고, 성 정체성의 테두리를 풀어헤치고, 조앤과 마리아를 끌어당긴 다음 천사처럼 홀연히 사라져 버린다. 21세기 들어 스크린에서 목격한 가장 유유하고 강렬한 퇴장이다.

연극 연습 중 마리아는 구름의 움직임을 바라보기 위해 거듭 언덕에 오른다. 거기 해답이라도 있는 것처럼. 많은 화가들이 일찍이 그랬다. 반 고흐, 카스파르 다비드 프리드리히, 조반니 도메니코 티에폴로, 컨스터블⋯. 나는 아사야즈도 마찬가지라고 생각한다. 마치 구름처럼 〈클라우즈 오브 실스마리아〉도

순간순간 예측하기 어렵지만 크게 보면 자연스럽게 흘러간다. 이 순연한 인상은 올리비에 아사야즈 감독의 편집에 기인한다. 분석해보지는 못했지만 나는 아사야즈의 영화를 관람할 때마다 대화를 가장 적절한 순간에 가장 편안한 방식으로 마칠 줄 아는 세련된 상대와 차를 마시는 기분을 느껴왔다. 통상적 편집점보다 1, 2초 빠르거나 느려서 관객을 슬쩍 집중시키는 아사야즈의 컷은, 언제나 다음 장면으로 넘어가고 얼마 지나지 않아 정당화된다. "그 타이밍, 완벽했어"라고 작게 한숨을 쉬게 된다(아사야즈는 연출 외에 유일하게 본인이 먹고 살 수 있는 영화 관련 직업으로 편집 기사를 꼽곤 한다). 〈클라우즈 오브 실스마리아〉에서도 그는 연극을 소재로 삼은 영화에 어울리게 전체 구조를 막과 장의 형태로 구성했다. 신과 신도 조명을 줄였다 켜듯이 이어나간다. 연극과 유비관계에 집착했다면 편집이 뻣뻣해질 만도 한데, 작위적이긴커녕 신과 신 사이에 미소가 흐른다. 아사야즈 영화를 보는 동안만큼 내 숨이 편안한 시간은 없다. 나는 어쩌면 영원히 그 이유를 모르고 싶다.

Back to Black

에이미

4년 전 요절한 가수 에이미 와인하우스의 노래 몇 곡을 남들만큼 좋아했지만 그녀에 대해 잘 알지 못했다. 늘 똑같이 그린 두터운 아이라인 아래 형형한 눈동자가 마리아 칼라스랑 닮았다고 무심코 생각했던 기억만 난다. 그래미상을 받았다는 뉴스도, 약물 스캔들도 기사 제목만 흘깃하며 그러려니 했다. 아시프 카파디아 감독의 다큐멘터리 〈에이미〉를 꼭 보려던 이유는 비운의 뮤지션보다 감독의 전작 〈세나: F1의 신화〉가 남긴 좋은 기억 때문이었다. 하지만 이번에도 카파디아 감독은 대상(subject) 뒤에 연출의 손길을 숨긴 채 인물을 둘러싸고 벌어진 일들을 냉정한 균형 감각과 예민한 공감 능력을 동원해 침착하게 종합한다. 〈에이미〉는 이 단순한 미덕이 다큐멘터리 감독으로서 카파디아의 최대 장점임을 확신하게 만든다.

유니버설 뮤직이 자료를 통째로 제공하고 감독의 전적인 통제권을 보장하는 조건으로 의뢰한 영화 〈에이미〉는 전작 〈세나: F1의 신화〉와 공통점이 꽤 많다. 첫째, 영화에 착수할 무렵 카파디아는 레이싱에 관해, 에이미 와인하우스에 관해 보통 사람 이상 알지 못했다. 그래서 영화를 찍는 동안 스스로를 교육하는 식으로 작업했다. 둘째, 두 영화 공히 영상은 100퍼센트 이미 존재하는 자료로 구성됐다. 본인과 가족, 친구가 찍은 사진과 비디오, 언론 인터뷰와 공연, 아카이브 영상이 편집의 재료다. 한편 오디오의 중요한 부분을 이루는 관련 인물 인터뷰에는 카메라가 동행하지 않았다. 촬영기 없이 취재원과 방에서 만나 조명을 은은하게 낮추고 사적인 분위기에서 흘러나오는 이야기를 한없이 녹음했다고 감독은 밝혔다. 〈에이미〉가 〈세나: F1의 신화〉와 다른 한 가지는 비교적 최근 사건이 소재라 이미 출간된 기존의 전기나 해석이 없었다는 것이다. 이를테면 인터뷰에 응한 에이미 와인하우스의 가족, 친구, 전남편, 매니저는 서로 교류가 없는 경우도 많았다. 영화를 보고서야 서로의 관점을 확인한 셈이다. 이 과정은 기획 인터뷰를 준비하는 기자의 작업과 비슷해 보인다. 인터뷰어 역시 대상이 들려주는 이야기에 개입하지는 않되 내가 파악한 인물의 핵심과 직결된 내용을 신중하게 편집해야 한다. 한편 〈에이미〉는 다큐멘터리를 게릴라식 독립영화와 동일시하는 선입견과 달리 다큐멘터리도 숙련된 전문 스태프들의 협업으로 얼마나 세련될 수 있는지 입증한다. 기초 자료를 수집하고 더 흥미로운 부분을 심화 조사해 감독에게 제시한 아카이브팀, 스토리의 흐름을 잡아나간 편집기사, 휴대전화와 홈비디오로 촬영된 영상을 스크린에서 볼 만하게 다듬은 기술 스태프가 없었다면 〈에이미〉는 불가능했을 영화다.

분업 가운데 연출자로서 아시프 카파디아 감독의 미덕은 두드러지지 않는 구석에서 은은히 빛난다. 방대한 자료 가운데 영화에 포함될 클립을 선택하고 영상의 일부를 천천히 연장하거나 확대하는 리듬의 판단, 특정 장면과 특정 인터뷰를 조합하는 결단에 감독의 태도가 반영된다. 센세이셔널리즘에 대한 카파디아의 경계는 명백하다. 와인하우스의 정신이 바닥을 친 시기를 그리기 위해 감독은 앙상하고 피폐해진 에이미의 사진을 보여주지만 결코 그 이미지를 확대하거나 오래 들여다보지 않는다. 아마도 감독 자신이 응시할 수 있는 딱 그 시간만큼 스크린에 지속시킨다. 그러면서도 카파디아는 감정의 선을 꼼꼼

히 쌓아간다.

첫 신의 선택부터 감독은 뛰어난 감수성을 드러낸다. 〈에이미〉는 에이미와 단짝이었던 두 친구 중 한 명의 열네 살 생일파티 비디오로 시작한다. 다 같이 부르기 시작한 〈해피 버스데이 송〉의 세 번째 소절을 에이미가 집중해서 부르는 순간 친구들의 음성은 잦아들고 형언할 수 없는 찰나의 침묵이 소녀들 사이에 감돈다. 천사가 방금 지나간 것이다. 카파디아는 인터뷰이들이 말하지 않은 감정도 예의를 갖추며 포착한다. "음반? 그걸 내면 뭐가 좋은데?" 열아홉 살의 기획사 신입 사원 닉 시멘스키의 비디오카메라 앞에서 열여섯 살의 에이미 와인하우스는 천진하게 반문한다. 시멘스키는 소녀를 녹음실로 데려갔고 다음 일은 모두가 아는 대로다. 두 사람은 이후 동료이자 친구가 된다. 뒷날 닉이 매니저를 그만둔 후 에이미의 약물 중독은 악화된다. 닉은 한 번도 본인의 마음을 언급하지 않지만 그가 찍은 비디오와 회고담을 보고 듣는 동안 우리는 이 매니저가 에이미를 어떤 식으로든 사랑했으리라 짐작하게 된다. 에이미는 닉이 촬영한 영상 속에서 가장 건강하고 아름답기 때문이다. "에이미, 네 작은 중심엔 뭐가 있어?" 화면 밖에서 닉이 묻는다. 멋쩍게 답을 피하며 담요 아래로 숨는 소녀의 이마 위로 다시 돌아오지 않을 영원의 햇빛이 부서진다.

〈에이미〉를 보러 간 관객은 누구나 묻게 될 것이다. 누가 언제 무엇을 잘못해서 이 탁월한 뮤지션을 파괴했는가? 카파디아는 천재 음악인에게 닥친 비극의 원흉으로 특정인을 손가락질하지 않은 채 최소의 팩트만 제시한다. 에이미를 마약에 빠뜨리고 혼자 발을 뺀 남편 블레이크, 딸이 성공하기까지 사라졌다가 성공한 이후엔 곁을 파고들었던 아버지를 관객이 악역으로 받아들일 수는 있지만 적어도 연출의 계략은 아니다. 동시에 카파디아는 에이미 와인하우스 본인의 책임을 외면하지 않는다. 이 예술가는 그런 범인(凡人)들의 오류만으로 파괴되기엔 너무 특별한 영혼이었다. 그녀는 얼마간 스스로 삶을 놓은 것이다.

〈에이미〉가 없었다면 내가 몰랐을 중대한 사실은 싱어송라이터 에이미 와인하우스의 가사가 그녀의 실제 삶과 얼마나 철저히 밀착해 있었는지다. 연상의 연인과 이별했을 때 쓴 〈스트롱거 댄 미(Stronger Than Me)〉에서 그녀는 "당신은 이곳에 나보다 7년 더 살았잖아"라고 따지고, 애인 있는 남자에게 실연당한 후 쓴 〈백 투 블랙(Back to Black)〉에서는 "너는 그녀에게로, 나는 암흑 속으로 돌아갔지"라고 직설법으로 노래한다. "내가 울어도 넌 돕지 않지. 날 도와서 얻는 게 없으니까"라고 그녀가 읊조릴 때 타블로이드 기사를 무심히 소비했던 우리는 '너'의 일원으로서 가책을 느낀다. 적절하게도 아시프 카파디아 감독은 와인하우스의 가사를, 방대한 자료와 취재 내용을 하나의 서사로 꿰는 실로 이용하고 있다(영화는 내내 노랫말을 필기체의 그래픽으로 화면 한쪽에 보여준다). 그리하여 〈에이미〉는 와인하우스의 노래가 곧 시나리오가 된 극영화처럼 보이기도 한다.

우리 방식을
굳이 남에게 설명하려고 하지 마

머니볼

〈머니볼〉은 극장을 나서자마자 친구에게 전화를 걸어 그가 국수를 삶는 중이라고 항의하건 말건 45분쯤 다짜고짜 수다를 떨게 부추기는, 그런 영화다. 작품에 관한 감탄 및 트집은 내일로 미루고 오늘은 브래드 피트에 관해서만 쓰자. 그는 감독이 수차례 교체되는 덜컹이는 프로덕션 과정에도 불구하고 이 프로젝트를 고수해 끝내 성사시킨 걸로 알려졌는데, 탁월한 선구안이다. 메이저리그의 전통적 구단 운영 방식을 혁신하려고 하는 가난한 구단 오클랜드 애슬레틱스의 40대 단장 빌리 빈. 그는 브래드 피트가 지닌 장점의 목록에 골고루 빛을 던지는 캐릭터다. 그리고 시나리오는 록 스타

의 그것과 유사한 브래드 피트 연기의 섹시한 파괴력을 입증하
는 장면으로 연신 '만루'를 이룬다.

브래드 피트는 배우가 되기 오래전 학창 시절부터 동급생
사이의 스타였다고 전해진다. 10대 시절부터 인기 있는 아이
였던 인간만이 가질 수 있는 구김살 없는 자신감은 과거 브래
드 피트가 형상화한 많은 인물의 완성에 기여했는데 선수 출신
다운 행동력과 결단력을 가진 빌리 빈의 경우도 예외는 아니
다. 여기서 유의할 대목은 브래드 피트의 카리스마는 상대방을
쥐고 흔드는 종류의 것이 아니라 언제나 그가 처한 공간을 환
하게 비추는 방식으로 작용한다는 점이다. 감독과 마찰하고 선
수를 해고하는 일을 밥 먹듯 하는 빌리 빈이 아무리 야박하고
잔인한 말을 할 때에도 해맑게 활짝 열려 있는 채인 피트의 눈
은 "나는 이 말을 함에 있어 주저와 부끄러움이 전혀 없어"라
고 웅변함으로써 상대의 항변을 봉쇄해버린다. '오션스' 연작
과 〈머니볼〉을 포함한 여러 작품에서 브래드 피트는 팝콘, 쿠
키, 아이스크림 등 주전부리를 입에 달다시피 하고 연기를 하
는데 이 역시 같은 맥락이다. 우적우적 먹는 행위만큼 인간을
어리고 무방비하게 보이도록 하는 것이 없다는 점을 상기하면
이는 거꾸로 "난 감출 게 없고 허세도 불필요하다"는 강단의
표현으로 읽힌다. 같은 맥락에서 책상이나 앞좌석에 다리를 쭉

뻗어 걸치고 있는 격의 없는 자세가 브래드 피트만큼 잘 어울리는 배우도 없다.

반면 메이저리거로서 실패한 기억이 있는 빌리 빈은 게임의 예측 불가능성을 누구보다 잘 알기에, 그리고 패배를 못 견디 하기에 막상 경기가 시작되면 중계조차 껐다 켰다 하는 남자이기도 하다. 카메라는 그럴 때면 브래드 피트의 뒤쪽 측면으로 돌아가 천진한 눈 옆에 숨어 있던 뺨의 주름과 살짝 튀어나와 희미한 응석이 어린 아랫입술의 실루엣을 보여준다. 노안으로 콧등에 안경을 걸친 극 중 브래드 피트는 누차 지적됐듯 로버트 레드퍼드를 닮았지만 그에게는 분명히 앞 세대와 구별되는 개방성과 장난기가 있다. 대사의 리듬감이 장점인 그가 상술한 모든 육체적 신호를 쏘아 보내는 동시에 속사포 통화로 선수를 사고파는 장면은 서사와 무관한 별개의 영화적 클라이맥스를 만든다. 〈머니볼〉의 브래드 피트는 너무나 종합적으로 매력 있는 나머지 다른 구단 소속이었던 통계의 귀재 피터 브랜드(조나 힐)가 빌리가 건넨 딱 한마디 이직 제의에 바로 짐을 싸는 급격한 전개도 이상하지 않다. 관객은 생각하고 마는 것이다. 너도 반했구나?

각설하고 동시대 관객으로서 나는 어차피 언젠가 일어날 일이라면 브래드 피트가 〈머니볼〉로 오스카 트로피를 안는 광경을 보고 싶었다. 감량과 특수 분장으로 브래드 피트인지 베니치오 델 토로인지 분간할 수 없는 변신을 하거나 경천동지할 휴먼 감동 연기를 해서, 혹은 실존 인물을 무덤에서 불러내는 묘기를 부려서가 아니라 100퍼센트의 브래드 피트로서 재즈 뮤지션처럼 분방하게 타고난 매력을 햇살처럼 찬란히 흩뿌리는 연기로 말미암아 이 스타가 길이 기념되기를 바란다. 그것이야말로 브래드 피트라는 배우가 스크린에서 가장 초월적인 순간이기 때문이다.

상업영화로서 〈머니볼〉의 괴이한 점을 적어두기로 한다. 부자 구단과 힘겹게 경쟁하는 가난한 구단이 중심에 서 있는 할리우드 스포츠영화라는 전제를 들으면 누구나 생의 마지막 기회를 잡은 외인구단 선수들의 인간 승리와 의리, 그리고 이어지는 한스 짐머풍의 음악이 곁들여진 인생 대역전의 피날레를 상상할 것이다. 그러나 〈머니볼〉의 실상은 거리가 멀다. 이 영화의 갈등은 인간 대 인간이 아니라 야구라는 게임을 운영하는 방법론과 방법론 사이에서 빚어진다. 더구나 주인공 오클랜드 애슬레틱스 단장 빌리 빈이 대변하는 입장은 전통적으로 비호감을 사는 관점이다. 빌리 빈은 통계를 신뢰하고, 반대자들은 다이아몬드에서 뼈가 굵은 야구인들의 직관과 경험을 옹호한다. 숫자 대 휴머니즘. 통상 대중영화는 이런 구도에서 영웅을 후자의 자리에 세우고 결론에 이르러 손까지 들어준다. 빌리 빈은 게다가 토론을 별로 믿지 않는, 독재자에 가까운 인물이다. 감독이 자신의 구상과 엇나가는 용병술을 고집하자 빌리 빈은 아예 감독이 선호하는 선수들을 트레이드해버린다. 다시 말해 〈머니볼〉은 인물끼리의 싸움이라기보다 얼굴 따위 없는 방침의 대결이며, 나아가서는 충돌하는 신념과 방침의 내용도 영화의 핵심과는 관계가 없다. 엄밀히 말해 작가 아론 소킨과 스티브 자일리언, 베넷 밀러 감독에게 정말 문제가 되는 것은 (그것이 어떤 것이 됐건) 하나의 방침을 사수하는 개인의 내면이다. 그러므로 '머니볼' 이론의 실제적 허점이라든가 영화 이후 오클랜드 애슬레틱스가 올린 저조한 성적은 영화의 힘을 깎아먹지 못한다.

그래서 본인이 선택한 방침에 대한 주인공 빌리 빈의 자세는 무엇인가? 극 중에서 그의 딸이 부른 〈쇼(The Show)〉의 가사를 빌리자면 "난 몹시 두려워. 그러나 아무에게도 두려움을 보이지 않아(I'm so scared but I don't show it)"로 요약할 수 있겠다. "우리 방식을 굳이 남에게 설명하려고 하지 마"라고 빌리 빈이 오른팔 피터 브랜드에게 건네는 한마디는 주옥같은 대사가 자갈처럼 발에 차이는 이 영화에서도 유독 귀를 파고든다.

급기야 자신이 선택한 방법의 정당성을 남에게 인정받는 일에도 관심이 없음을 표명하는 대사이기 때문이다. 메이저리그라는 세계에서 가장 화려하고 왁자지껄한 판을 무대로 삼지만 〈머니볼〉이 다루는 승부는 그처럼 극히 사적이고 내밀한 것이다. 작가들은 "돈의 좋은 점은 편견을 꺾고 패러다임도 바꿀 수 있다는 것"이라는 요지의 대사를 끼워 넣음으로써 〈머니볼〉에 보편적 교훈의 기운을 슬쩍 끼웠지만 그것은 어디까지나 사은품에 불과하다. 재미있게도 공동 각본가 아론 소킨의 전작 〈소셜 네트워크〉와 페이스북의 상관관계는 거의 정확하게 〈머니볼〉과 프로야구의 그것에 포개지는 것처럼 보인다. '〈소셜 네트워크〉 : 페이스북=〈머니볼〉 : 메이저리그'다. 뭐, 내항의 곱이 외항의 곱과 같을지까지는 모르겠으나 한 가지는 확실하다. 두 영화 모두 궁극적으로 우리에게 주는 것은 감동이 아니라 감흥이다.

플랜B

매기스 플랜

"셋 중 누가 제일 마음에 들어
요?"〈매기스 플랜〉을 보고 나오는 길에 받은 질문이다. 영화
의 중심 트라이앵글을 이루는 매기(그레타 거윅), 존(에단 호크),
조젯(줄리언 무어)도 막상막하지만 인공수정을 위해 매기에게
정자를 제공하는 동창 가이(트래비스 핌멜)도 만만치 않다. 이
름마저 수더분한 이 남자는 얼마나 자만심이 없냐면, 수학 천
재지만 광활한 진리의 옷깃만 스치는 좌절이 두려워 포기하고
수제 피클 제조를 생업으로 택했다. 뿐만 아니라 누가 봐도 명
백한 매기를 향한 우정 이상의 감정을 결코 표내지 않는다. 그
러나 카메라가 그의 신실한 두 눈에 한 발 접근하면 관객은 털

모자와 수염에 가려져 있던 상냥한 미남을 발견한다.

〈매기스 플랜〉이 시작되면 카메라는 뉴욕 거리를 빠르게 걷는 여성을 뒤따라간다. 꽤나 바빠 보이지만 그녀는 횡단보도에서 시각장애 노인을 친절히 돕는다. 잠시 후 유니언 스퀘어에 도착하자 기다리던 친구(빌 헤이더)에게 대뜸 털어놓는다. "나, 아기를 가지려고 해." 친구는 그 아이디어가 탐탁지 않지만 매기에겐 준비된 대답이 있다. 뭐 어차피 각자 사는 거다. 오래전 애인이었던 둘은 서로의 입냄새를 점검해주며 짧은 논쟁을 마무리한다. 이 심플한 도입부는 주인공의 근본적 선량함과 과단성, 영화의 모티브가 되는 사건과 매기가 속한 친구 집단의 분위기를 간결하게 소개한다. 레베카 밀러 감독은 움직이는 버스에 폴짝 올라타듯이 〈매기스 플랜〉을 연다. 이 속도감은 영화 내내 유지되며, 〈매기스 플랜〉을 우디 앨런 영화와 동류라고 느끼게 만드는 특징의 하나다. 나머지 유사성으로는 언어가 중요한 영화라는 사실과 주요 인물들이 속한 계층—뉴욕 지식인 사회—그리고 음악을 넣는 방식을 꼽을 수 있다.

그러니까 매기의 첫 번째 플랜은 남편 없는 출산과 육아다. 30년을 살아본 경험으로 짐작건대 6개월 이상 지속되는 관계는 본인 몫이 아니라고 판단한 매기는 가임기 막바지에 쫓겨

325

정자은행을 찾느니 일찌감치 능동적으로 인생을 기획한다. 학생마냥 카디건에 롱스커트, 타이츠와 단화를 즐겨 착용하는 그녀는 얼핏 도전적으로 보이지 않을지 몰라도 큰 문제에 있어 단호하다. 이런 자질을 혹자는 "깜냥이 된다(capable)"고 표현하고 친구들은 통제 집착(control freak)이라고 혀를 찬다. 물론 대학의 카운슬러인 매기는 양육을 감당할 생활력도 있다. 그러나 나무랄 데 없어 보였던 계획은 예상 못한 절차로 실현된다. 수학 잘하는—유전적 플러스—대학 동창 가이로부터 정자 샘플을 받아놓고는 유부남인 방문 교수 존과 사랑에 빠져 끝까지 가버린 것이다. 존은 같은 학계의 스타 교수인 아내 조젯에 가려지고 치다꺼리를 도맡는 데에 지쳐 있던 차에 본인의 로망인 소설가로서의 재능을 알아주는 매기에게 빠져든다.

매기의 두 번째 계획, 플랜 B는 2년 후 추진된다. 이혼한 존과 결혼해 딸을 키우며 생활하는 매기는 편중된 가사 및 (존과 조젯의 자녀를 포함한) 양육 부담과 영원히 완성될 줄 모르는 존의 소설에 지친다. 게다가 실체를 마주친 조젯은 존의 묘사와는 달리 근사한 여성이다. 문제는 매기가 그냥 존을 떠나지 않고, 남편을 전처와 다시 맺어주는 '애프터서비스'까지 도모한다는 점이다. 도대체 왜? 극 중 친구가 관객을 대신해 매기에게 물었을 때 그녀는 대답한다. "낭비잖아." 살면서 얼마든지 있을 수 있는 관계 재편에 따르는 잡음과 고통을 최소화하겠다는 입장이다. 이 선한 의도의 오만은 바쁜 싱글 엄마 대신 열두 살부터 살림을 도맡아온 엽렵한 성격의 발로이기도 하다.

남의 인생을 대신 정돈하려는 매기의 주제넘음에도 알리바이가 있긴 하다. "모든 관계에는 장미와 정원사가 있다. 내가 정원사고 조젯이 장미다. 그런데 나는 원예에 소질이 없다"라고 토로하던 존은 매기와 재혼하자 잽싸게 장미의 자리를 차지한다. 게다가 그의 장미—걸작 소설—는 도통 필 기미도 보이지 않는다! 존은 매기의 돌보는 천성에 기댄다. 매기와 첫 섹스를 하는 날 구애하는 존의 포즈는 엄마에게 매달리는 아들의 그것이다. 심지어 외도를 저지르고 돌아와서는 "오, 난 어떻게 해야 하지?"라고 매기에게 답을 구한다. "그녀에게 돌아가." "으음, 그렇게 생각해?" 아무리 직접 판 함정이라지만 다른 상대와 자고 온 배우자에게 해결책까지 알려줘야 하다니 이 순간만큼은 매기가 무척 딱해 보인다. 매기는 극심한 스트레스 상황에서도 시야를 흐리지 않는 인물이다. 그녀의 행위를 욕할 수는 있어도 그녀의 명쾌한 판단에 이의를 제기하긴 어렵다. "조젯, 당신은 애정 결핍에 자기도취가 심하지만 존한테는 그게 필요해요. 남을 돌보지 않으면 자기 생각만 한다고요."

익숙한 이름의 재해석

실수와 오해의 우회로를 거쳐 궁극적으로 바른 결론에 도달하는 〈매기스 플랜〉은 제인 오스틴과 셰익스피어의 짝짓기를 둘러싼 고전 로맨스 희극을 연상시킨다. 매기는 〈레이디 수잔〉(2016)의 수잔처럼 주변 타인들의 감정을 조정하려고 들면서도《엠마》의 엠마가 그랬듯 본인에게 가장 따스한 감정을 가진 가이는 알아보지 못한다. 결국 원점으로 돌아온 듯하지만 처음과는 달라지는 세 사람의 자리 바꾸기는 사랑의 묘약으로 벌어진 〈한여름 밤의 꿈〉의 한바탕 소동 같다. 과연 〈매기스 플랜〉에는 공원에서 〈한여름 밤의 꿈〉을 공연하는 길거리 배우와《엠마》의 현대판 〈클루리스〉(1995)에 출연했던 배우 윌리스 숀이 잠깐 등장한다. 〈매기스 플랜〉은 우디 앨런의 아류작이라기보다 앨런의 영화를 극복한 로맨틱 코미디다. 적어도 나이 많은 남성이 젊은 여성을 동경하고 대상화하는 앨런의 고착된 서사 구조를 감내하지 않아도 되니 웃음이 한결 흔쾌하다. 〈매기스 플랜〉은 트라이앵글의 중심인 남자 존의 자아에 관한 이야기가 아니라 매기의 계획과 조젯의 감수(監修)에 대한 이야기다. 에단 호크의 캐스팅도 적절하다. 더 높은 연령대로 설정됐다면 장년의 망연자실함 혹은 세대차에 관한 소극(笑劇)으로 변질됐을 터다.

〈매기스 플랜〉은 어디까지나 매기와 친구들 세대의 이야기다. (적어도 미국에서) 이혼으로 부모 중 한쪽과 생활하며 성장한 예가 드물지 않은 30대, 이혼과 재결합이 흔해지고 결혼의 청산이 서로의 삶에서의 완전한 퇴장을 의미하지 않는 문화, 여성이 아이를 갖고 키우는 데에 있어 결혼이 필수적이지 않은 시대가 〈매기스 플랜〉을 시의적절한 장르 업데이트로 인정하게 만든다. 레베카 밀러 감독은 카렌 리날디의 미완성 소설을 시나리오로 각색하는 과정에서 "자녀들 문제로 전남편과 계속 약속을 잡고 만나다 보니 그냥 그랑 재결합하는 게 제일 간단하겠다 싶더라"던 친구의 경험담이 흥미로웠다고 인터뷰에서 말한 바 있다. 요컨대 매기를 둘러싼 인물 군상이 보여주듯 연애와 우정, 이혼과 재결합이 빈번해지면서 교우 관계와 가족은 연결되고 확대된다. 현대의 로맨틱한 관계를 소재로 삼는 영화가 여기에 시선을 던지는 것은 자연스럽다. 그러나 쿨하고 현명한 현대의 연인들이 아무리 많은 함정을 예견하고 합리적인 계획을 세워도 삶은 수습할 수 없는 속도로 손가락 사이를 빠져나간다. 그래서 수정안을 요구한다. 눈 깜짝할 새 2년을 점프하고 관계의 챕터가 넘어가는 〈매기스 플랜〉의 편집은 이 세대가 체감하는 삶의 스피드 같기도 하다.

익숙한 이름의 재해석

페미니스트 코미디언

나를 미치게 하는 여자

〈40살까지 못해본 남자〉(2005), 〈사고 친 후에〉(2007), 〈앵커맨〉(2013)……. 주드 애파토우가 연출하거나 제작한 코미디를 보고 있으면, 외설적 대화를 주고받으며 짐짓 센 척하지만 실상은 새가슴인 사춘기 소년들이 떠오르곤 했다. 철들기가 두려워 친구들과 똘똘 뭉쳐 소파에서 뒹굴고, 여자를 상대하는 어려움을 야한 농담으로 무마하는 애파토우 영화의 남자들은 얼핏 중산층 가족주의에 저항하는 피터 팬 일당으로 보인다. 하지만 이 남자들은 대개 영화 말미에 이르면 짝짓기나 가족 만들기를 통해 성장을 확인한다. 심지어 보수적 '패밀리 맨'의 미래를 인생의 절대적 답안으로 받아들인 나머지 "어차피 언젠가는 투항할 거, 가능한 동안만큼은 최대한 철없이 놀자"고 결의한 인물들 같기도 하다. 주드 애파토우는 이 캐릭터들을 본인의 친구처럼 사랑한다. 증거? 배우들과 현장에서 만든 재미난 장면들을 버리지 못하다 보니 영화가 하염없이 길어진다. 이 버릇은 동시에 감독의 친구들을 영화 안으로 불러들여 파티를 여는 카메오 과잉 현상으로 나타난다. 친구 그룹은 크게 둘로 나뉜다. 재능 있는 무명 코미디언들이 한쪽이고 애파토우와 친분이 있는 각계 유명 인사 그룹이 두 번째다. 러닝타임이 줄어들기 어려운 또 하나의 이유다. 끝으로 애파토우 감독의 코미디는 웃음 끝에 한 단계 성숙한 인생의 전망을 보여주고 교훈을 전하는 시간을 빠뜨리지 않는다. "15분 정도 줄여도 무방할 듯한데?"라는 관객의 여론은 애파토우 감독으로서는 실행하기 쉽지 않은 충고다.

TV쇼 〈인사이드 에이미 슈머〉로 급부상한 코미디언 에이미 슈머가 각본을 쓰고 주연한 신작 〈나를 미치게 하는 여자〉는 주로 남성 주인공의 성장기가 지배해온 애파토우 영화를 최근 몇 년 동안의 슬럼프에서 건져낸다. 뉴욕의 타블로이드 남성지 에디터인 30대 초반의 싱글 에이미(에이미 슈머)는 안정된 연애를 기피하며 파티와 원 나이트 스탠드에서 낙을 찾는

익숙한 이름의 재해석

다. 그녀의 아버지는 두 딸이 열 살도 되기 전에 "평생 인형 하나만 갖고 논다면 어떻겠니? 자! 아빠를 따라해봐. 한 명한테만 충실한 관계는 비현실적이다(Monogamy isn't realistic)!"라는 말을 남기고 가족을 떠났다. 이혼의 여파로 엄마 손에서 힘들게 성장했음에도 에이미는 아버지를 여전히 좋아하고 아버지의 연애관을 내면화한다. 〈나를 찾아줘〉의 또 다른 에이미가 논파한 대로, 에이미에게는 '쿨 걸'의 자질과 강박이 잠재되어 있다. 문제는 취재원으로 만난 스포츠 전문 닥터 애런(빌 헤이더)이 에이미에게 진지하고 참을성 있게 다가오면서 발생한다. "에이미가 저렇게 괜찮은 남자의 구애를 받을 자격이 있나?"라고 일부 관객은 의문을 품기 시작한다. 확실히 에이미는 극 중 대사에 따르면 "예쁘지만 지나치게 예쁘지는 않고" 직장은 단지 허영의 전쟁터로 보이며 술도 과하게 마신다. 취한 나머지 생면부지 남자의 집에서 밤을 보내고 하이힐 바람으로 뒤뚱대며 새벽에 귀가하는 에이미의 모습은 그녀의 정돈되지 않은 생활을 대변한다. 반면 애런은 용모 단정하고 사명감 있는 프로페셔널이며, 연애부터 박애에 이르기까지   그는 '국경 없는 의사회' 회원이다   사랑을 소중히 여긴다. 그런데 사랑받을 자격과 관련한 이 의문은 로맨틱 코미디의 여성 관객에겐 익숙한 것이다. 미숙하고 혼란에 빠진 남성 캐릭터에게 제삼자가 보기에 과분하게 매력적인 여성이 나타나 사랑을 통해 남자를 개선시키고 행복한 커플 천국에 입성하는 서사를 우리는 수도 없이 목격해왔다. 〈나를 미치게 하는 여자〉는 술을 즐기고 성적으로 분방한 여성은 진실한 사랑을 받기 어렵다는, 남성에게는 적용되지 않는 이중 기준(double standard)에 대한 노골적 반문이기도 하다.

코미디로서 〈나를 미치게 하는 여자〉의 1차적 재미는 전통적 데이트 에피소드에서 표현되어온 성 역할의 전도다. 애런이 여태 같이 잔 여자가 셋이라고 고백하자 에이미는 "나도 (같이 잔 여자는) 세 명이에요"라고 대꾸한다. 가족을 여읜 날 애인을 위로하고 싶어 애런이 "사랑한다"고 고백하자 에이미는 "하필 이런 날 그 말을 해야겠냐!"고 성을 낸다. 애런의 클라이언트이자 베스트 프렌드인 농구 스타 르브론 제임스는 내 친구한테 정말 진지한 거냐고 염려스러운 얼굴로 에이미에게 다짐을 요구한다. 한국 관객에게는 도발적인, 혹은 웃기기 위한 성 역할 전도로 보이는 이 설정은 미국 관객에겐 현실의 뒤늦은 반영이다. 현대 여성의 사회·경제적 역할 변화에 따라 안정된 연애와 결혼은 남자들에게 오히려 절실한 필요가 되기도 했다. 〈CBS〉 인터뷰에서 에이미 슈머는 정착과 결혼을 바라는 쪽은 여성이라는 통념에 대해 "내 주변에선 그런 여자를 본 적이 없

익숙한 이름의 재해석

다. 첫 만남 후에 열렬히 문자 공세를 하는 쪽은 남자들이더라"
라고 말했다. 주류 로맨스가 그리는 것과 달리 에이미라는 여
성에게 섹스는 타락도 로망도 아닌 단지 스트레스를 푸는 출구
라는 사실도 주목할 만하다.

　　어쨌든 전통적인 커플 맺어지기로 일단락되는 〈나를 미치
게 하는 여자〉의 결말은 페미니스트 코미디언으로서 에이미
슈머를 주목해온 관객을 실망시킬 만하다. 결론을 놓고 보면
이 영화는 주드 애파토우 코미디의 도약이라기보다 주체의 성
별을 바꾼 리노베이션에 가깝다. 즉 이 영화는 본질적으로 에
이미의 성장담이다. 만족스럽지 않은 직업, 묵은 상처를 품은
가족관계, 연애라는 세 가지 변수에 동시다발적으로 영향을 받
으며 그녀가 어렵사리 변화하는 이야기다. 전작들과 도착점은
같되 반대쪽 길을 돌아 도착하는 셈이다. 하지만 이 '작은' 업
데이트가 훨씬 신선하고 큰 웃음을 만들어낸다는 점이 대중영
화로서 중요하다. 정치적 올바름은 둘째 치고 한쪽 성에 편향
된 이야기는 재미의 한계점에 도달했다는 신호이기도 하다. 나
아가 변호하자면 〈나를 미치게 하는 여자〉의 피날레가 명시하
는 사실은 에이미가 애런과 꾸준히 사귀어보기로 결심했다는
것, 거기까지다. 애런이 원하는 대로 결혼해서 마흔 전에 세 아
이를 낳고 지금까지의 라이프스타일을 청산하리라는 예상은

관습에 길든 관객의 앞지른 상상으로 보인다. 이 여주인공에게 주어진 당면 과제는 어떻게 하면 사랑받을 것인가가 아니라 자신이 사랑을 할 것인가 말 것인가의 선택이고 거기에 답을 내릴 때 영화가 끝난다.

〈나를 미치게 하는 여자〉의 쾌감은 스크린 입성 전부터 스탠드업 코미디언이자 작가로서 에이미 슈머가 추구해온 웃음과도 통한다. TV쇼와 인터뷰를 통해 드러난 그녀의 페미니스트 코미디 전략은 이상적이고 긍정적인 여성 역할 모델을 제시해 남성 중심 사회가 여성을 인식하는 상투형을 반박하는 데에 있지 않다. 에이미 슈머의 캐릭터들은 시행착오 과정에서 우스운 꼴이 되길 두려워하지 않고, 법적 평등만큼이나 아이돌에 대해서도 열성적 견해를 표한다. 〈나를 미치게 하는 여자〉의 에이미는 말하자면, 독립적으로 엉망진창인 여자다. 아니 엉망진창이라는 말은 좀 과언이다. 에이미는 과음하고 냉소에 의지하고 무의미한 관계에 너무 많은 시간을 쓴다. 이 정도로 폐인 운운할 수는 없다. 내게 〈나를 미치게 하는 여자〉의 즐거움 중 하나는 캔디와 왕자만 보다가 현실적으로 나쁜 여자와 현실적으로 좋은 남자를 보는 경험이었다. 첩보영화 〈스파이〉(2015)의 주연 멜리사 매카시는 "코미디 작가들은 여성 배우들의 무기를 다 박탈해놓고 웃기기를 바란다. 아름답고 유능하고 성격도 착한데 남자친구가 없다는 상황만 주고는 '거봐, 여자들은 재미없잖아'라고 평한다"고 지적한 바 있다. 에이미 슈머는 모든 무기를 쓴다. 뚱뚱하지 않은 금발의 젊은 여성은 별로 웃기지 않을 거라는 편견과 페미니스트는 유머 감각과 거리가 멀다는 통념을 동시에 우습게 만든다.

"그렇게 날 보고 있으니
널 꼭 안아주고 싶구나"

노 홈 무비

약간의 두려움을 품고 샹탈 애커만 감독의 〈노 홈 무비〉를 보러 갔다. 〈노 홈 무비〉는 생명력이 다해가는 어머니와 감독 자신을 찍은 다큐멘터리이고, 애커만 감독은 영화를 완성하고 오래지 않아 스스로 세상을 떠났다. 앞의 죽음은 뒤의 죽음과 어떤 관계가 있을까? 나는 모종의 인과를 찾으려는 충동으로 관람을 망치지는 않을까? 〈노 홈 무비〉의 주요 공간은 팔순의 나탈리아 애커만이 사는 벨기에 브뤼셀의 아파트 실내다. 감독은 집 안에서 움직이는 어머니 나탈리아의 모습과 부엌에서 나누는 모녀의 대화를 우두커니 세워둔 카메라로 찍었다. 부엌은 샹탈 애커만의 대표작 〈잔느 딜망〉(1975)에서도 영화를 차지한 장소이고 뒷날 감독은 이 영화를 가리켜 "어머니께 바치는 연서"라고 불렀다. 얇은 커튼을 통과해 집 안에 괴는 주택가의 소음과 여름 빛 안에서 모녀는 두서없이 추억을 되짚는다. 그리고 어머니의 기억이 목숨과 함께 사위어갈수록 인물은 실루엣에 가까워진다. 감독은 노모가 미국에 사는 친지 집에 머물 때는 컴퓨터 스카이프 화면을 찍음으로써 간소한 투숏을 만들어낸다. "넌 왜 이걸 찍는 거냐?" "세상이 얼마나 좁은지 보여주려고." 감독이 "마망"이라 부르는 어머니는 대양 건너편에서 전송되는 네모난 창 안에서 어린 애처럼 흐뭇하게 웃는다.

촬영 날짜나 앞 장면에서 얼마가 지났는지 자막으로 명기하지 않는 〈노 홈 무비〉에서 시간은 양적으로 모호하고 질로 구분된다. 모녀가 같은 집 안에 머무는 시간, 떨어진 채 대화하는 시간, 영화제 등으로 세계 곳곳을 주유하느라 감독 혼자 먼 나라를 여행하는 시간이 있다. 이 중 세 번째 종류의 시간은 어떤 인물도 목소리도 나오지 않은 채 사막을 달리는 차창에서 (아마도 스마트폰으로) 찍은 트래블링 숏으로 함축된다. 영화 제목이 암시하듯 샹탈 애커만은 세상이 작다고 느끼는 유목민이고 아우슈비츠 수용소에서 부모를 잃고 살아남은 어머니 나탈리아도 가슴 깊이 그렇다.

"어렸을 때 넌 정말 예뻤단다. 학교에서 돌아올 때면 엉망이 되어 있었지만. 구두끈이 항상 풀려 있었지." "구두끈은 요즘도 풀려 있는걸. 나도 예쁜 엄마가 학교에 올 때 자랑스러웠어." 나이 든 모녀의 애정 표현에는 과장도 주저도 없다. 어머니는 감자 요리를 차려낸 딸을 보고 이런 것도 할 줄 아느냐고 감탄하고 "게다가 너는 남들이 모르는 걸 많이 알고 있잖니?"라고 자랑스러워한다. "그렇게 날 보고 있으니 널 꼭 안아주고 싶구나"라고 스카이프 화면 속 딸에게 불현듯 마음을 표현하기도 한다. 그러나 영화 후반 몸을 뜻대로 가누기 힘들 만큼 쇠약해진 어머니는 비로소 조심스레 끌어안아온 불안을 드러낸다.

샹탈이 자신에게 말을 별로 하지 않는다고 탄식하는 나탈리아에게 감독의 동생은 반문한다. "언니가? 종일 쉬지 않고 떠드는데?" 어머니의 대답은 내게도 쓰라렸다. "하지만 중요한 이야기는 내게 하나도 하지 않아. 그 애 인생에서 일어나고 있는 중요하고 재미있는 일들은 말하지 않아. 나는 그게 알고 싶은데." 한편 간병인은 샹탈과 대화를 시작하면 환자가 불안해하고 숟가락질이 더뎌진다고 관찰한다. 딸의 목소리를 갈망하지만 막상 이야기를 시작하면 극진히 사랑하는 이와의 대화가 또 한 번 가져다줄 실망의 예감에 고통스러워하는 것이다. 그

익숙한 이름의 재해석

순간 나는 언젠가 내 어머니와 이별하게 되면 이 영화를 다시
보는 일이 몹시 힘겨워질 거란 사실을 알았다.

〈노 홈 무비〉의 말미에는 샹탈 애커만 감독이 또다시 여행
을 준비하며 베란다에서 휴대전화 통화를 하는 동안 퍼뜩 잠에
서 깨어난 어머니가 "샹탈은 어디 있니?"라고 중얼거리는 광경
이 찍혀 있다. 거실 입구에 켜둔 카메라가 근경의 소파에 누워
있는 어머니와 커튼 뒤에 어른대는 딸을 한꺼번에 촬영한 숏
이다. 누구도 의도하지 않은 연출이다. 〈노 홈 무비〉는 소위 '홈
무비'라면 편집되었을 시공의 조각으로 이루어져 있는 영화다.
비단 프레임 안에서 일어나는 행위와 대화뿐 아니라 카메라도
숏과, 숏 안의 피사체 사이의 서열에 아무 관심이 없다. 카메라
는 그냥 한자리에 서 있을뿐더러 서 있는 장소도 애초에 아름
답거나 경제적인 구도에 무심하다. 심지어 전원 코드가 화각에
걸려도 치우지 않은 숏도 눈에 띈다. 내러티브도 구도도 그 밖
의 어떤 인위도 부재하는 〈노 홈 무비〉는 급기야 영화가 스스
로를 창조하는 기적을 목격하고 있다는 감격을 안긴다.

영화 마지막 두 번째 숏에서 샹탈 애커만 감독은 침대에서
홀로 일어나 창밖을 보고 구두끈을 묶은 다음 프레임 밖으로
나가버린다. 그녀의 어머니는 이 세상에 없다. 그러나 우리는
거기서 어린 딸의 허술한 구두끈을 기억하던 나탈리아를 본다.

그리고 어머니도 딸도 사라진 거실의 벽을 담은 마지막 숏에는 나탈리아와 샹탈, 지금까지 우리가 지켜본 '홈 무비'와 보지 못한 모녀의 역사가 한꺼번에 존재한다. 나는 문득 이해한다. 세상 어느 곳에서도 휴식할 수 없는 영혼들이 스크린에서 자신의 거처를 발견하는 이유를.

익숙한 이름의 재해석

"그렇게 날 보고 있으니
널 꼭 안아주고 싶구나."

나를 보는 당신을 바라보았다

초판 1쇄 발행 2017년 3월 29일
초판 10쇄 발행 2023년 5월 2일

지은이 │ 김혜리
발행인 │ 김형보
편집 │ 최윤경, 강태영, 임재희, 홍민기, 김수현
마케팅 │ 이연실, 이다영, 송신아
디자인 │ 송은비
경영지원 │ 최윤영

발행처 │ 어크로스출판그룹(주)
출판신고 │ 2018년 12월 20일 제2018-000339호
주소 │ 서울시 마포구 양화로10길 50 마이빌딩 3층
전화 │ 070-5080-4113(편집) 070-8724-5877(영업) 팩스 │ 02-6085-7676
e-mail │ across@acrossbook.com

ⓒ 김혜리 2017

ISBN 979-11-6056-015-2 03800

만든 사람들
편집 │ 강태영
교정교열 │ 윤정숙
디자인 │ 양진규
사진 │ 서지형